희주

희주

박향 장편소설

강

차 례

프롤로그 7

1장 11

2장 41

3장 83

4장 153

5장 227

6장 247

발문
몸에 새겨진 기억과 상처, 그리고 치유와 해방 | 강동수 278

작가의 말 297

프롤로그

꿈을 꿨다. 내가 죽어서 내가 슬피 우는 꿈이었다. 한참을 울다가 나는 눈을 떴다. 나는 그 순간에도 내가 죽었다고 생각한 것 같았다. 서서히 몸에서 피가 도는 것이 느껴졌다. 손가락 끝에서 시작한 기운이 팔을 타고 올라가 심장으로 들어갔다. 죽음의 순간에는 심장이 아니라 손가락 끝에서부터 피가 시작되는 건가 하고 나는 생각했다. 멍한 상태에 빠져 있다가 잠시 후 나는 눈 뜨기 직전에 꿈을 꿨다는 사실을 인지했다. 꿈이었다. 그러니까 나는 아직 살아 있었다.

몸에 무늬가 생겼다. 꽃 같기도 하고, 멍 같기도 한 것들이었다.

팔다리에 작은 꽃잎을 흩뿌려놓은 것처럼 붉은 반점이 보이기 시작한 것은 오늘 아침이었다. 어젯밤에 샤워하면서 허벅지에서 본 것은 붉은 멍이었다. 손가락 끝에 묻은 오물을 닦을 곳이 마땅치 않아 슥 문혀놓은 것 같은 검붉은 흔적이 허벅지에 묻어 있었다. 무늬는 피부에만 생긴 것이 아닌 모양이었다. 속에도 차곡차곡 아주 용의주도하게 생기기 시작했음을 몸은 정확하게 내게 알렸다.

일상은 나를 간단하게 배반했다. 삶의 질은 떨어졌다. 자주 화장실에 드나들어야 하고, 오래 앉아 있어야 소변이 겨우 나왔다. 빈속이나 밥을 먹은 후나 상관없이 오심을 느끼고, 설사와 변비가 번갈아 왔으며, 음식의 맛을 제대로 느끼지 못했다. 손톱과 발톱이 시커멓게 변하고 급기야 덜렁거리는 것도 생겼다. 그러니까 온통 발진 같은 꽃들이 앞다투어 피어나 기름 속에 떨어뜨린 물처럼 튀어 오르고 야단법석을 떨었다. 꽃이 핀 몸이 말을 하기 시작했다. 여기가 아프다고, 걷지 못하겠다고, 밥을 못 먹겠다고.

삶의 방향을 바꾸어야 했다. 아프기 전과는 다른 방식으로 생각해야 했다. 이전의 계획과 무엇을 해보겠다는 사소한 결심조차 더 이상 쓸모없어졌다. 나는 5차 항암 중이다. 나는 심장 가까운 곳에 주삿바늘이 들어갈 구멍을 가지고 있는 사람이다. 몸을 씻을 때에도 그곳에는 차마 손을 가까이 가져가지 못한다. 심장과 가장 가까운 곳에 뚫린 구멍이라니! 그곳에 주삿바늘을 꽂을 때마다 극한의 공포를 느꼈고, 간호사가 미숙하여 여러 차례 시도할 때는 나도 모르는 욕설이 튀어나올 뻔한 위기를 겪기도 했다. 나는 그녀가 내 몸을 하나의 인격체로 생각하지 않는다는 것을 알았다. 찌르고 또 뽑고 다시 찔러도 내가 느낄 공포를 그녀는 전혀 느끼지 않는다는 것이다. 나는 그녀에게 하나의 개인이 아니었다.

몸에서 일어나는 문제는 인생 전체에 스며들었다.* 나는 나를 목격자로 보아야 한다는 것을 알았다. 그래야 살 수 있을 것 같았다. 그것은 지금까지 아예 상상하지도 못한 삶의 방식이었다. 그러자 이상한 일이 일어나기 시작했다. 나를 들여다보면서 나는 어떤 아이를 만나게 된 것이다. 아프지 않았더라면 평생 만나지 못했을 거라고 생각한 아이였다. 이것은 그 아이를 만난 기록이다.

---

* 아서 프랭크, 『몸의 증언』.

01

 주택가 골목 안쪽에 있는 커피숍은 생소했다. 지나다니면서 간판은 몇 번 본 적이 있지만 들어가보기는 처음이었다. 주택을 개조해서 커피숍으로 꾸민 모양인지 입구 벽에는 철제 대문을 떼어낸 흔적이 그대로 남아 있었다. 자갈을 심어놓은 마당 가장자리 화단에는 노란 금계국과 보랏빛 꽃잔디가 소복하게 피었고, 꽃들 사이로 작은 항아리와 토기 인형들이 제집인 듯 익숙하게 놓여 있었다. 올해 들어 꽃을 본 것이 처음인 듯싶었다. '곧 여름인데, 꽃이 없었을까……' 중얼거리며 나는 화단 앞에 쪼그리고 앉았다. 가만히 보니 작은 야생화들이 화단을 군데군데 가득 메우고 있었다. 금낭화, 루드베키아 그리고…… 익숙한 꽃인데도 이름이 생각나지 않았다.

저 쉬운 이름이…… 나는 머리를 갸웃거리며 마당을 한 바퀴 돌아 커피숍 입구로 들어갔다. 건물로 들어서는 계단 옆은 제 멋대로 자란 로즈메리가 삐죽삐죽 솟아올라 낮은 담장을 넘보고 있었다. 생긴 지 얼마 되지 않은 커피숍일 거라고 생각했는데, 마당은 마치 수십 년의 시간이 고여 있는 장소 같았다. 나는 로즈메리를 손으로 쓸고 진한 허브향을 깊이 들이마셨다. 항암 이후 냄새에 더 민감해졌다. 꽃향기나 허브향도 마찬가지였다. 오늘은 다행히 역겹지 않았다.

나는 커피숍 유리문에 잠깐 손을 대고 숨을 내쉬었다. 내가 문을 열기도 전에 개 짖는 소리가 들렸다. 실내를 왕왕 울릴 정도의 큰 소리였다. 유리문 앞에 '개가 있어요, 겁이 많아서 처음엔 짖지만 곧 괜찮아집니다. 놀라지 마세요'라고 적힌 안내문이 보였다. 문을 밀고 들어가자 보이지도 않는 곳에 숨어서 개는 더 급격하게 짖어댔다. 나는 마치 개를 찾기라도 할 것처럼 실내를 천천히 둘러보았다. 그녀는 이미 와 있었다.

그녀는 그대로였다. 조금 살이 찌고 주름살이 늘었다. 그것을 그대로라고 표현한 것은 나도 그만큼 변했기 때문일 것이다. 거울 속에서 나는 내 얼굴에 이미 익숙해져 있었고, 그것은 가볍게 적지 않은 시간을 건너뛰어 상대방에게도 간단하게 적용되었다.

내가 27년 만에 그녀를 만난 것은 암에 걸렸기 때문이다. 대뜸 그녀는 전화를 걸어와 이렇게 물었다.

"나 기억하지? 주선영."

물론 기억했다. 잊을 수 없는 추억들을 지니고 그 엄청난 이십대를 함께 지나왔기 때문이다. 그녀는 같은 직장을 다녔던 사무실의 일곱 명 처녀들 중에 제일 먼저 결혼했다. 결혼을 했지만 그녀의 마음씨 넓은 남편 덕분에 우리는 전과 다름없이 유쾌하게 지낼 수 있었다. 마음씨 넓은 남편이 아니라 그녀의 오지랖 넓은 남편이라고 가끔 흉을 보기도 했지만 말이다.

한밤중에 신혼집 문을 두들겨도 그들은 활짝 웃는 얼굴로 두 팔을 벌리며 우리를 환영했다. 그런 신혼부부가 있을 수 있을까. 달콤한 밤을 보내고 있을 거라고 상상하면서 우리의 짓궂은 장난은 계속되었다. 잠옷 바람으로 우리와 함께 술을 마시던 그녀의 남편이 생각난다. 그 시절을 함께했던 사람들은 이리저리 다른 곳으로 발령이 나면서 모두 뿔뿔이 흩어졌고, 죽을 때까지 만날 것 같던 사람들도 시간이 지나면서 바람에 모래가 날아가듯 흔적도 없이 사라져버렸다. 그런 그녀가 연락을 해온 것이다.

"우연히 순영이를 만났는데, 순영이 알지? 우리 예전에 같은 사무실 있던 똑단발하고 다니던 그 순영이 말야. 순영이 딸이 니 딸이랑 아는 사이라고 하더라고."

"순영이랑은 가끔 연락했어. 둘이 같이 부산으로 발령받아 왔잖아. 결혼하고 애 낳고 난 뒤에도 애들 데리고 자주 만났거든. 그러다 보니 자연스럽게 우리 딸이랑 순영이 딸이랑 친하게 지냈지."

"순영이가 니가 아프다고 그러더라. 그 말을 들으니까 갑자기 너무 보고 싶어서 니 연락처 알려달라고 했지. 016, 019 이런 번호 없어지고 난 뒤로 우리 연락이 끊겨버렸잖아."

전화번호가 010으로 통일되기 전에 우리는 각자 다른 앞자리 번호를 가지며 서로의 연락처를 공유했다. 그리고 어느 순간 통신산업의 획기적인 발전이 우리의 관계를 단절시켜버린 것이다.

나는 전화기를 귀에 댄 채 침대에 누워 고개를 끄덕였다. 아무리 상대방이 아프다고 해도 그렇지, 설사 내가 죽는다고 해도 그렇지, 27년 만에 만나자는 연락을 해오다니. 이런 생각을 하며 그녀의 황당한 전화를 받았을 때 나는 첫 항암 중이었다. 항암 치료는 총 여덟 번 시행될 예정이었다.

"지금 당장은 어렵고, 나중에 한번 보자."

나중에 한번 보자라는 말은 내가 아프고 난 후 전화 온 사람들에게 가장 많이 한 말 중 하나였다.

"나중에 언제? 일주일 후쯤 괜찮아?"

내가 아무 말이 없자 그녀가 다시 재촉했다.

"면역력 때문이야? 마스크 끼고 공원이나 뭐 공기 좋은 그런 데서 보면 안 될까?"

이런 부류의 사람들도 있었다. 정확한 날짜를 정해야만 전화를 끊는 사람들 말이다. 나는 곧 그녀를 만나게 될 것이다라는 생각을 했다. 그녀를 만나면 그 간격이 27년이라고 할지라도 내 몸에 관한 이야기를 주저리주저리 늘어놓아야 한다는 것 또한 짐작하고 있었다. 사람들을 만났을 때 기분이 조금만 업되거나 나 스스로에 대한 연민이 지나치게 높아지면 나는 의사에게 들은 이야기뿐만 아니라 유튜브에서 본 것과 TV 의약코너의 짧은 지식이나 하다못해 홈쇼핑의 약 광고에서 주워들은 이야기까지 내 몸에 대한 이야기인 양 늘어놓았다. 무엇보다 나는 사람들을 만나면 내가 요즈음 그러고 있는 것을 인지하고 있었다. 그런 내가 마음에 들지 않았지만, 그렇게라도 하지 않으면 마치 죽을 날짜를 꼽고 있는 사형수 같은 기분이 들어서 견딜 수가 없었다.

그런 자기혐오 비슷한 것이 자꾸 발생해서 가능한 사람들을 만나지 않으려고 하는 것인데, 끈질기게 만남을 요구하는 사람들은 또 어쩔 수 없이 만나야 했다. 사람에 따라 만나는 것도 만나지 않는 것도 내가 덜 피곤해지는 방법이었다. 절대로 포기하지 않는 사람들은 다음 날도 어김없이 전화를 걸어와 마치 내가 약속 장소가 마음에 들지 않아 거부하는 것인 양 장소를 이리저리 바꾸려는 시도를 했다.

"항암 3주차에는 몸이 좀 괜찮아지니까 그럼 그때 잠깐 보자. 우리 집으로 와도 되고."

그게 일주일 전이었고, 주선영은 정말로 서울에서 부산까지 내려왔다.
 나는 주선영에게 마치 짜여진 대본이라도 있는 것처럼 나의 발병과 투병에 관해 이야기했다. 내가 이 말을 얼마나 많이 했는가를 꼽아보지는 않았지만 나는 마치 드라마 재방송이라도 방영하듯 한 치의 오차도 없이 설명했다. 그럴 때마다 지루한 기분이 들었기 때문에 어떨 때는 아픈 것을 잊는 때도 있었다. 초상집에 앉아서 오는 사람마다 고인의 마지막 순간에 대해 이야기해야 하는 상주도 같은 기분일 거라는 생각이 들었다. 말하고 또 말하면서 마치 처음 이야기하는 것처럼 몸이 안 좋아 오랫동안 병원에 계셨어요, 갑자기 의식을 잃으셨어요, 라고 말하며 슬픔을 잊는지도 모르는 것이다. 어쩌면 지인들에게 병에 대해 설명하는 것 또한 내가 앓고 있는 병의 일부일지도 몰랐다. 항암을 받고, 약을 먹고 치료를 받는 것과 남에게 내 몸에 대해 이야기하는 것까지 모두 환자의 일인 것이다. 그렇게 생각하면 오히려 마음이 편안해졌다.
 나는 오늘도 그동안의 투병에 대해 천천히 곱씹듯이 이야기할 수 있었다. 빠진 부분은 없나 하고 느긋해져서 점검에 들어가기도 했다. 질문에 대한 답이 끝나면 나는 그제사 상대방의 안부를 물었다. 그것이 그들이 원하는 순서이기 때문이다.
 "그래, 너는 어떻게 지내? 애는?"
 "아픈 거 말고는 별일 없지? 요즈음도 써?"
 내 질문에 대한 답은 없이 주선영이 엉뚱한 걸 물어서 나는 고개를 갸웃하며 되물었다.

"뭘?"

"너 예전에 겨울만 되면 신춘문예에 소설 낸다고 분주했었잖아. 겨울마다 너랑 같이 우체국에도 가고 그랬는데. 혹시 등단했나?"

"아, 뭘 그런 걸 다 기억하고 있네."

"그걸 어떻게 기억 못 하겠냐. 우리 진짜 친했었잖아."

"다 지난 거야."

"우체국에 가서 등기로 소설을 부치던 그때, 난 니가 정말 좋았어. 열정이 있고, 그 열정을 포기하지 않고 노력하는 모습이 멋졌거든. 한동안 널 좋아했어. 내가 레즈비언일지도 모른다고 생각했을 정도라니까."

"멋지기는 무슨…… 나도 겨우겨우 썼는데."

힘들었던 기억이었다. 열 번은 도전해봐야 되지 않을까 했는데, 결국 열 번을 못 채우고 포기했다. 결혼을 하고 아이를 낳고 키우면서 점점 그 꿈이 멀어져가는 것을 지켜보고 있었을 뿐이다. 하지만 그러고도 오랫동안 흉터처럼 몸 어딘가에 박혀 있는 그것이 아주 말끔하게 없어졌다고 말할 수는 없었다. 그것들을 꺼내어서 아무렇지도 않은 척 마주하고 싶은 마음도 없었다. 나는 중요하지 않다는 듯 손사래를 치고 그녀에게 다시 질문했다.

"애는 몇이야? 이제 다 컸겠다. 경민 씨도 잘 계시지?"

"그럼, 다 컸지. 애 둘도 다 취직했고."

주선영이 내가 한 질문에서 남편에 대한 답변은 뺀 채 말했다. 어쩌면 27년이라는 세월은 누군가와 헤어질 충분한 시간일지도 모른다. 아플 수도 있고, 죽을 수도 있는 충분한 시간. 그러므로 상대방이 대답하기 싫어하는 질문은 더 이상 하지 않는 게 좋을 것 같았다.

"난 몇 년 전에 명퇴했어. 나이가 들수록 정말 힘들더라. 요즘 공무원 바쁜 거 알지? 우리 같이 근무할 땐 지금만큼 바쁘지 않았는데……"

"맞아, 요즈음 명퇴하는 사람 많더라."

"시대나 이유와 상관없이 떠나고 싶어 하는 건 어쩔 수 없는 병인가 봐."

주선영이 그 말을 하면서 흐흐 낮게 웃었다.

"그때도 다들 떠나고 싶어 했잖아. 우리 모두 별문제 없이 잘 지냈으면서도 다들 큰 도시로 나가고 싶어 안달했어."

"그래, 일부러 지원해서 거기까지 간 나도 떠났으니…… 다 설명할 순 없지만 엄마 때문에 난 선택의 여지가 없었던 것 같아. 생각하면 나도 너무 아쉬워."

"우리 참 재밌었는데……"

주선영이 말했다. 재미있었다고 말하는 그녀의 얼굴은 무표정했다. 재미있었다는 표현을 저런 얼굴로 말하는 사람은 분명 무슨 사연이 있을 거라는 생각이 들었다. 그녀가 단지 나를 보기 위해 서울에서 부산까지 일부러 내려왔다는 생각은 들지 않았다. 그녀는 내가 암에 걸렸다고 해도 전화 한 통이면 충분한 사이였던 것이다.

"경민 씬…… 이제 얼굴도 잘 생각나지 않아. 너희 둘이 각각 다른 도시로 전근 가고 한 달 뒤에 남편이 죽었어. 자살이었는데, 그 원인을 알 수 없었어."

나는 너무 놀라 들이켠 숨을 채 내뱉지 못하고 입을 벌린 채 그녀를 보았다.

"아니, 어떻게 그런 일이…… 우리한테는 왜 안 알렸어?"

"그때는 그럴 정신이 없었어."

"그래도 그렇지. 띄엄띄엄이지만 그래도 우리 몇 년 동안은 계속 연락했었잖아. 왜 아무 말도 안 한 거야?"

"처음엔 너무 속상했고, 그래서…… 아무한테도 말하기 싫었어. 겉으로 어떤 이유도 없었던 사람이었으니 시어머니 말처럼 나한테 문제가 있었을지도 몰라. 어린 그때는 슬픔보다 배신감이 들고, 그리고 자존심이 상했어."

"경민 씬 왜 그런 건데?"

"노름도 아니고, 도박도 아니고, 여자가 있는 것도 아니었고…… 우울증이 있는 것도 아니고, 직장 생활도 잘했다고 그리고, 정신과 상담을 받은 적도 없던 남자가 하루아침에 목을 맨 게 너무 이상해서 나는 한동안 잠을 잘 수가 없었거든. 밤마다 뭔가를 이리저리 갖다 붙이며 그 남자의 죽음의 이유를 찾아보곤 했어. 그랬는데……"
"그랬는데?"
"그 당시 남편과 내 일상의 변화는 너희들뿐이었어. 너랑 정희가 다른 도시로 전근을 간 것."
"너무 갔다, 그 추측은. 우리 전근이랑 니 남편이랑?"
"그러게 말이야. 그런데 그때 나는 그랬어. 얼토당토않은 생각인 걸 알면서도 멈춰지지가 않았어. 내가 아닌 다른 곳의 이유는 그거뿐이었으니까."
"그럼 우리한테 물어보지 그랬어?"
"그건 더 할 수가 없었지."
"왜?"
"오직 내 머릿속에서만 일어난 전쟁이었으니까."
"무슨 낌새라도 있었던 거야? 의심할 만한?"
주선영이 머리를 흔들었다.
"그때는 뭐가 있는 것 같았어. 내 머릿속에서 온갖 가능성을 끌어다 붙여서 마구 만들어냈어. 시간이 지나면 정말 아무것도 아닌 일들이 있잖아. 그때, 이십대 때는 내가 뭔가를 잘못했을 수도 있다고 생각하는 게 싫었어. 그래서 늘 남 탓을 했던 것 같아. 그게 얼마나 어리고 유치한 생각들이었는지 지금 생각하면 끔찍해."
"난 지금도 그래. 올해 나이가 쉰셋이나 됐어. 나이를 그만큼 먹어도 똑같다고. 아픈 것도 남 탓이나 하고 있는 걸 뭐."

주선영이 맞아, 나이가 든다고 달라지는 것도 없지 하고 중얼거리면서 고개를 끄덕였다.

"그때는 그렇게 내 탓이 아닌 남 탓을 해야만 살 것 같았어. 그래서 온 힘을 다해 핑곗거리를 찾았던 거야. 모든 것, 작은 것 하나까지 짜맞추듯 찾아내서 너희들을 거기다 끼워 넣었어."

이런 뜨악한 말이라니! 들이킨 숨을 내쉬지도 못한 채 놀라 그녀를 보던 나는 어깨를 늘어뜨리며 말했다.

"도대체 경민 씨랑 우리를 엮을 어떤 낌새를 말하는 건지 난 짐작도 안 간다."

"맞아, 짐작도 안 가지. 그런데 그때 나는 그랬어. 머릿속으로 온갖 상상의 나래를 펼쳤지. 한번은 너희 둘이 한밤중에 아이스크림을 사 가지고 우리 집으로 온 적 있었어. 아이스크림 봉지 안에 아이스크림 스푼이 두 개뿐이었는데, 내가 스푼을 부엌에서 가지고 오겠다고 하자 너네가 그냥 둘이 둘이 먹자고 했지."

"그런데?"

"작은 소반 위에 아이스크림을 올려두고 먹고 있었는데, 이야기를 하며 웃고 떠들다가 나는 남편이 너희 둘 숟가락으로 아이스크림을 퍼 먹는 걸 봤어."

"경민 씨가 착각했을 수도 있지 않았을까? 그게 의심 갈 행동이었나?"

"글쎄, 모르겠다. 그때는 내가 왜 그랬는지. 너희 둘 다 예뻤고, 어렸고……"
"말도 안 돼. 너도 예뻤어. 너도 젊었어. 우리랑 한 살 차이 밖에 안 나. 한 살밖에 차이 안 나는데 높임말 쓰는 거 친구 안 같다고 반말 쓰라고 한 것도 너였잖아."
"아니, 무엇보다…… 그즈음 그가 자주 잠자리를 거부했어. 우린 신혼이었잖아. 난 그게 이해가 잘 안 됐고…… 그리고 가끔 너희 둘 이야기를 했어. 놀러 오지 않으니까 심심하다고. 우리 둘만 있으니까 심심하다고……"
"신혼인데 둘이 있는 게 왜 심심하다는 거야? 경민 씨한테 도대체 무슨 일이 있었던 거야?"
"모르겠어. 그런 것들이 마구 뒤죽박죽 섞이고, 또 서로 연결되고, 그러다 보니 마음속에 질투심이 넘쳐났어. 나는 그때 벼랑 끝에 선 기분이었어. 미쳤었나 봐. 남편의 물건 하나하나, 주머니 속의 쓰레기까지, 전화국에 가서 집 전화 내역까지 싹싹 뒤졌어. 그런데 의심 갈 만한 게 없더라. 남편은 항상 나와 있었고, 너랑 정희는 늘 함께 있었잖아. 통화 기록은 온통 나뿐이었어. 그런데도 나는 둘 중 하나를 의심했어. 둘 중 하나가 남편이랑 무슨 일이 있었을 거라고 믿기 시작하자 그 의심은 시멘트 벽에 단단히 박힌 못처럼 꼼짝도 하지 않았어."
"그래서?"
"그래서는 뭐. 그 상태가 한 일 년 갔어. 가능한 모든 지인들과 연락을 끊었어. 당연히 니 결혼식에도 가지 않았고……
그가 죽고 난 뒤에야 임신한 사실을 알았는데, 임신하고 있는
동안 너희 둘을 미워했어. 죽었으면 좋겠다고, 암에 걸리라
고……"

 갑자기 코끝이 찡해지며 눈물이 차오르는 느낌이었다. 이
것은 이렇게 먼 과거의 누군가가 간절히 기원했던 결과인 걸
까. 좁고 긴 검은 물길이 마음을 타고 흘러 흘러 지금까지 이
어진 걸까. 그런 생각이 들자 슬프고도 섬뜩했지만, 주선영의
얼굴은 담담했다.

 "왜 그랬어? 우리한테 말하지. 너 혼자서 얼마나 힘들게 지
옥에 산 거야?"

 "그래서 사과하고 싶었어. 이 년 전쯤이었을 거야, 사과하
고 싶다는 생각이 든 게. 그때부터 너희들을 이리저리 수소문
했어. 그런데 정희는 독일에 갔고, 만날 수 있는 사람은 너뿐
이더라. 막상 너를 만날 수도 있다고 생각하니까 하루하루 미
루게 되더라. 내일 전화해야지. 아니 다음 주가 좋겠어. 그렇
게 미루다가 얼마 전에 우연히 니가 아프다는 이야길 들었어.
인간은 결국 너무나 이기적이라 니가 이렇게 아픈데, 나는 내
마음 편하자고 여기까지 왔다. 미안해."

 "됐어. 잊어버려. 지옥은 니가 산 거지. 정희랑 나는 아무
것도 몰랐는데 뭘."

 던지듯 말을 하고 나는 재빨리 화제를 바꾸기 위해 노력했

다. 이야기할 거라곤 다시 병원에 관한 것뿐이었다. 친절하거나 불친절한 간호사와 의사들 이야기였다. 주선영이 아이가 아팠을 때의 이야기를 하며 끼어들기도 했으나 나는 곧 내 이야기로 화제를 돌렸다. 그러다가 아, 미안 말을 끊었네. 니가 아까 하려던 이야기 계속해, 라고 덧붙이곤 했다. 주선영이 이야기를 중단한 시점에서 요점을 기억해 다시 상기시키는 일은 중요했다. 나는 대화를 하면서 주선영의 말을 기억하려고 애를 썼고, 중단한 이야기를 다시 이으려고 노력했다. 하지만 대화는 마치 어긋난 통나무를 차곡차곡 쌓는 것처럼 힘들었다. 분위기는 점점 어색해졌고, 그 어색한 분위기를 떨치고 당장 일어설 방법은 없었다. 나 스스로 이 공간을 더 이상 견딜 수 없다고 느꼈을 때 그녀가 산티아고 순례길이라는 말을 꺼냈다.

"거기 관심 있어? 요즘 한국 사람들 많이 간다고 하더라."

"……거길 한번 걸어보려고."

"거긴 종교적인 의미가 있는 길 아냐?"

"꼭 그런 건 아냐. 그 길이 나에게 뭔가를 준다면 그게 나에겐 종교인 거지. 사람들이 그 길을 걷는 것도 그런 의미가 아닐까."

"거기서 뭘 구하고 싶은데? 이제 와서 혹시? 남편 때문이야?"

"왜 그렇게 생각해?"

"그렇게 많은 시간이 지났는데도 이렇게 찾아온 걸 보면 그럴 수도 있을 것 같아서."

"아냐. 그럴 리가. 널 찾아온 것도 남편을 위해서가 아니라 나를 위해서고, 그 길을 걷고 싶은 것도 나를 위해서야."

"걷는 건 자신 있어? 산티아고 순례길 걷는 게, 그게 그렇게 쉬운 일은 아닐 텐데."

"걷는 건 자신 있지."

그녀가 그 말을 하고 처음으로 활짝 웃었다.

"그때부터 걷기 시작했거든. 직장 끝나고 집까지 두 시간씩 걸어갔던 적도 있어. 임신한 채로 말야. 휴일에는 집에 있으면 미칠 것 같더라. ……걷는 것 외에는 할 수 있는 게 없었어. 그렇게 무작정 걷다 보니 점점 그 범위가 넓어지더라고. 그러다 산을 타기 시작했지. 산티아고 길은 이 년 전부터 준비했어. 연습 삼아 제주도에 몇 차례나 가서 올레길을 잇달아 걸었어."

"이 년 전부터?"

"응, 올레길을 두 번 완주하고, 전국의 유명하다는 길도 하나씩 시도해보고 있어. 체력만 받쳐준다면 도전할 수 있을 것 같아서."

"아까 나를 찾아오려고 생각하기 시작한 게 이 년 전부터였다고 하지 않았어? 이 년 전에 무슨 일이 있었던 거야?"

"아, 아냐. 그렇잖아. 텔레비전 경연 프로그램에서 무명 가

수가 부르는 노래를 듣고 인생이 달라지기도 하잖아. 그런 경험 없어? 너무나 하찮은, 나하고는 아무 상관도 없는 일이 삶을, 생활을, 마음가짐을 달라지게 했던 경험 말야. 그런 말도 안 되는 일이 일어나는 게 인생인 것 같아."

그럼 그때 무슨 노래를 들은 거야? 라는 질문은 할 수가 없었다. 그것은 마치 왜 길을 걷는가, 왜 산을 오르는가라고 묻는 것처럼 어리석어 보였기 때문이었다.

마침내 산티아고 이야기를 끝낸 그녀가 남편이 죽고 난 후 아이들을 혼자서 키워야 했던 일들에 대해 말했다. 고통과 외로움 속에서도 존재했던 이상한 신기로움에 대해 조곤조곤 이야기하기 시작했다.

"웃기지. 쌍둥이를 낳은 거야. 정말 잔인한 사람 아니니? 어떻게 쌍둥이를 내 몸속에 두고 갈 수 있냐고."

한참을 듣던 나는 내가 조금씩 초조해지고 있다는 것을 알았다. 이렇게 상대방의 아픈 이야기를 듣다 보면 마음이 점점 무거워졌다. 나도 내 얘기를, 균등한 불행까지는 아니더라도 어느 정도는 내놓아야 공평해질 것 같았다. 그러면 몸이 아픈 이야기 말고 나도 이혼한 얘기를 늘어놓아야 맞는 것일까. 말도 안 되는 의무감이다. 그런데 지금이 그랬다. 너처럼, 너와 같이 내 인생도 조금 더 불행했다는 것을 이야기해야 한다고, 어쩌면 너의 남편이 내가 먹던 아이스크림 숟가락을 쓰는 것을 알면서도 제지하지 않았기 때문에 너의 불행이 시작되었다는 듯이 말이다. 불행의 유대감으로 이 자리의 어색함을 지우고 이 시간을 유지해야 한다고 생각하자 나는 한시라도 빨리 이 자리를 떠나고 싶었다. 너는 왜 찾아왔는가? 그 이야기를 내게 들려주려고? 그녀의 마음을 이해할 수 없었다. 수십 년이 지난 지금에 와서 내게 저런 이야기를 털어놓는 그녀를 이해하기 힘들었다. 서로의 상처를 몰랐던 며칠 전의 시간으로 돌아가고 싶었다. 나도 너를 모르고 너도 나를 몰랐던 그 시간으로.

  나는 창밖으로 시선을 돌렸다. 마당 귀퉁이의 화단이 잘 보이는 자리였다. 로즈메리 무리가 일제히 바람에 흔들리며 군무를 추듯 쓸려다녔다. 독특한 허브향이 창문을 넘어 순식간에 실내로 잠입했다. 오로지 이 식물의 냄새만이 불편한 시간들을 다 덮어주기라도 할 것처럼 나는 눈을 감았다. 여전히 금낭화 무리 옆에 핀 그 작은 꽃의 이름은 생각나지 않았다.

02

 나는 링거병에서 떨어지는 액체를 바라보다 눈을 감았다. 머릿속에서 두서없는 문장들이 떠올랐다. ……환자는 참 어려운 직업이다. 누군가에게 위로받는 일도 힘들 때가 있다. 그렇다고 모든 연락이 끊기면 서운하다. 그런 이중적인 감정을 발견할 때는 몸서리치게 싫다가도 또 너무나 당연하게 내가 보통 사람임을 깨닫고 안심한다. 상대방이 어떤 이상한 짓을 저지르더라도 밉지도 서운하지도 않는 무감의 상태가 된다는 것은 끔찍한 일이기 때문이다. 그래도 나는 자주 그렇게 되고 싶다는 생각에 빠진다. 사소한 일에 너무 많은 감정을 소모하고 있다는 생각을 할 때는 더욱 그렇다.
 매일 전화를 하던 명숙 언니가 오늘은 연락이 없었다. 나는 아까부터 머릿속을 맴돌던 서운함의 정체가 그녀의 침묵이었다는 것을 깨닫고 문득 미안해졌다. 그녀의 생활 한가운데 암 환자 친척 동생이 뛰어들었다. 뭔가를 바쁘게 하면서도 하루 종일 내게 전화하지 않았다는 사실이 그녀의 마음을 짓누르고 있을 것이다. 도대체 이게 뭔가. 이렇게 질척대는 꼴이라니.

가장 힘든 순간은 퇴원 시간이 가까워지는 때였다. 그때가 되면 단 일 분이라도 병원 냄새 맡기가 싫었다. 집에 가고 싶은 마음이 뭉글뭉글 일어나 나 스스로도 감당할 수 없는 지경이 되면 나는 맹렬하게 나를 질책했다. 도대체 침대에 가만히 누워 있는 일이 이렇게 힘들 일인가.

"이희주 씨, 이거 다 맞고 바로 가시는 거 아니에요. 어제 항암제 투여한 시각이 세시 사십분이니까 오후 세시 사십분 퇴원이에요. 그때까지 기다려야 합니다. 아시죠?"

나는 고개를 끄덕였다. 백혈구 호중구 수치를 잘 유지할 수 있게 백혈구 생성 촉진제 주사, 일명 면역력향상 주사라는 걸 맞고 퇴원해야 한다는 말이었다. 백혈구 수치를 잘 유지해야만 다음번 항암을 할 수 있었다. 다른 도시에서 몇 시간 동안 차를 타고 항암하러 왔다가 백혈구 수치가 낮아서 도로 집으로 돌아갔다는 이야기도 환자들 중 누군가에게서 들은 적이 있었다.

간호사가 가고 나자 나는 습관처럼 옆에 놓인 거울을 들어 얼굴을 보았다. 퉁퉁 부은 얼굴에 비니를 뒤집어써놓으니 완전 찐빵 꼴이었다. 나는 얇은 비니 속으로 손을 넣어 민머리를 쓸어보았다. 면도 솜씨가 좋았다. 사흘 전 민머리도 잘 어울리세요, 라고 말한 미용사가 떠올랐다. 정말 잘 어울려서 그런 말을 한 것은 아닐 것이다.

2차 항암 하기 전에 머리를 미는 게 좋아요, 라고 간호사가 말했다. 머리를 밀어야겠다고 같이 미장원에 가자고 전화했더니 명숙 언니가 머리를 민다구? 라고 반문했다.
"아직 머리카락이 빠지는 것도 아니잖아. 지금 완전히 밀면 충격이 클 텐데…… 일단 먼저 쇼트커트부터 하는 게 나을 것 같아. 나중에 탈모가 시작되더라도 긴 머리보다는 짧은 머리가 나을 거고."
그 말도 맞는 것 같았다. 진단을 받은 후 '내 의견'이라는 것이 조금씩 없어졌다. 내 판단의 옳고 그름은 이미 몸이 아픈 것으로 큰 결락이 생겨버린 느낌이었다. 몸이 아픈 것이지 내 정신이 아픈 것이 아니라고 주장을 할 수 없었다. 그냥 몸이 아픈 것은 내가 아픈 것이었고, '나' 속에는 육체와 정신과 영혼까지 포함되어 있었다. 이렇게 인간이 나약한 줄 몰랐다는 말로 나 자신을 항변하기도 지긋지긋했다.
"쇼트커트로요. 아주 짧게."
집에서 가까운 미장원에 가서 어깨까지 내려오는 긴 단발을 잘랐다. 턱에 갈색 점이 있는 미용사가 왜 머리를 짧게 자르느냐고 물었다. 명숙 언니가 나 대신 항암 때문이라고 말했다.

"며칠 후에 머리를 좀 밀어야 할 것 같아요. 2차 항암 하러 가기 전에 머리 밀러 올게요. 사람이 없는 시각이 언제쯤일까요? 예약을 좀 하고 싶은데."

미용사는 마칠 즈음이 그래도 사람이 좀 적다고 했다. 명숙 언니가 미용사와 이야기를 나누고 있는 동안 나는 거울 속 짧은 머리의 생소한 여자를 뚫어지게 보았다.

미장원을 나오자 명숙 언니가 모자를 사러 가자고 했다.

"담주에 머리를 밀고 나면 모자가 필요할 거야."

명숙 언니는 암 환자 어쩌고 하는 블로그를 훑어보고 온 게 틀림없었다. 항암 후 준비물, 챙길 것, 주의사항 같은 것들 말이다. 백화점 직원은 내가 모자를 거울 앞에서 써보자 손사래를 치며 말했다.

"그렇게 쓰면 암 환자 같잖아요."

직원이 모자를 좀 더 맵시 있게 씌워주었다. 나는 거울 속의 내 모자를 고쳐 쓰며 직원에게 말했다.

"제가 암 환자면 어쩌시려고."

직원이 무슨 농담을 하느냐는 듯 깔깔 소리 내어 웃었다. 그녀의 웃음소리를 따라 내 얼굴 근육이 점점 굳어졌다. 암 환자 같다는 말, 잘못한 것도 없는데 잘못한 것 같은 기분이었다. 썼던 모자를 놓고 이리저리 다른 물건을 고르는 척했지만 마음이 편치 않았다. 며칠 뒤면 후두둑 떨어져 나갈 머리

위에 나는 명숙 언니가 골라준 모자를 썼다.

짧게 자른 것을 비웃기라도 하듯 마치 기다렸다는 듯이 머리카락은 전쟁을 선포했다. 첫 항암을 하고 난 뒤에는 별 이상이 없길래 난 혹시 예외일지도 몰라라는 생각을 하고 있던 참이었다. 미장원에 다녀오고 사흘 뒤에 2차 항암을 했다. 아침에 일어나니 베개가 시커먼 머리카락으로 뒤덮여 있었다. 너무 놀라 헉 소리가 났다. 전날 집에 와 있던 유미가 말없이 밖으로 나가더니 비닐봉지를 들고 와 베개 위에 벌초한 풀처럼 누워 있는 머리카락을 쓸어 모았다.

"엄마, 머리카락은 다시 날 거야."

"나도 알아."

대답하는 내 목소리가 쪼그라들어서 한없이 작아졌다. 목소리에 형태가 있다면 손안의 먼지처럼 사라졌을 거라는 생각이 들 정도였다.

그것을 시작으로 머리카락은 마치 비가 오듯이 두둑두둑 떨어졌다. 두피는 극도로 예민해졌다. 빠지기 전의 머리카락은 한 올 한 올이 잘못 심겨진 것 같았다. 가르마나 머리카락의 방향을 조금만 바꾸어도 누가 일부러 잡아당기기라도 하는 것처럼 아팠다. 그렇다고 아직 붙어 있는 머리카락을 뽑을 수도 없었다. 온 신경이 머리카락으로 집중되었다. 방바닥을 머리카락으로 도배하지 않으려면 모자를 써야 했다. 빠진 머리카락은 모자의 씨줄과 날줄을 뚫고 튀어나왔다. 작고 가늘고 세상에서 제일 힘이 없을 것 같았던 머리카락은 유유히 제가 하고 싶은 대로 온몸과 사방에 폭풍처럼 휘몰아쳤다.

모자를 벗을 때마다 머리카락이 모자 안에 가득 들어찼다. 더운 날씨 때문에 땀까지 흘러 모자에서도 머리에서도 냄새가 났다. 참을 때까지 참다가 머리를 감았다. 샤워기로 머리에 물을 적시는데 하얀 욕조 위로 머리카락이 뭉텅이로 쏟아졌다. 곧 욕조 바닥이 검은 숲을 이루었다. 손이 닿는 곳마다 빠진 머리카락이 잡히니 샴푸하고 두피를 문지를 수가 없었다. 겨우 헹구고 머리를 드니 채 흐르지 못한 검은 머리카락 덩어리가 정수리에 수북이 얹혀 있었다. 꼭 우스꽝스럽게 분장한 개그맨 같은 꼴이었다. 수건으로 꾹꾹 눌러서 물기를 없애고 까치집처럼 올려진 머리카락을 대충 제거했다. 비닐봉지를 가지고 와서 바닥에 널린 머리카락을 쓸어 담았다. 어떻게 해야 할지 막막했다. 살면서 이렇게 막막한 적이 없는 것 같았다. 머리카락이 떨어지지 않게 모자를 써야 욕실 밖으로 나갈 텐데 머리가 축축해서 모자를 쓸 수도 없었다. 나는 그 자리에 주저앉아 욕실 타일 벽에 등을 기대고 한참을 앉아 있었다.

"사람 머리카락이 이렇게 많았나?"

누가 옆에 있는 것처럼 나는 혼자 중얼거렸다. 결국 축축한 머리에 모자를 뒤집어썼다. 드라이어를 작동하는 순간 머리카락이 사방으로 날릴 터이니 어쩔 수 없는 일이었다. 시간이 지나자 그나마 마른 머리카락들이 모자를 비집고 올라왔다. 마스크 안으로 옷 틈 사이로 머리카락이 파고들었다. 나는 명숙 언니에게 전화했다.

"언니, 아무래도 안 되겠어. 머리카락 때문에 아무것도 할 수가 없어. 미장원에 가서 머리를 밀어야 할 것 같아."

명숙 언니가 알았다고 말하면서 예약 날짜를 당겨보겠다고 했다. 미장원을 다시 예약한 날 아침, 언니가 전화를 받지 않았다. 아무도 나를 모르는 곳이라고 해도 혼자 가서 머리를 밀 자신이 없었다. 마치 어린 시절 시동이 걸린 버스에 나를 앉혀두고 버스 앞에서 아는 사람과 대화하느라 정신이 없던 엄마를 기다리는 기분이었다. 이대로 버스가 엄마를 두고 출발해버릴까 봐 너무나 무서웠던 그 순간이 떠올랐다. 버스 떠나면 어떡해, 엄마 빨리 와. 발을 동동 구르고 유리창을 두드리고 울음 섞인 목소리로 엄마를 불렀으나 버스에서 내려 엄마에게 갈 생각은 하지 못했다. 엄마가 자리에 단디 앉아 있으라고 말했기 때문이었다. 그때의 불안감이 가슴속에 가득 들어찼다. 나는 무릎에 얼굴을 묻었다. 그때 전화가 울렸다.

"지금 막 나가려는 참이야. 준비 다 됐지?"

언니의 목소리를 듣고서야 나는 내 신경이 너무 곤두서 있다는 것을 깨달았다. 아무렇지도 않은 척 대답을 하는 내 목소리의 어색함을 명숙 언니가 눈치채지 못하기를 바랄 뿐이었다. 하지만 언니는 예민한 사람이었다.

"목소리가 왜 그래? 머리 밀려니까 마음이 안 좋아?"

"아냐. 귀찮아 죽겠어. 빨리 밀었으면 좋겠다."

혼자서는 못 갈 것 같아서 그렇다는 말은 차마 하지 못했다. 서둘러 도착하자 미용사의 말과는 달리 마칠 시간이 다 되어가는데도 미장원에는 사람들이 많았다.

"잠시만 기다려주세요."

이리저리 직원들과 이야기하던 미용사가 사람들의 시선에서 조금 벗어난 빈 자리로 우리를 안내했다. 턱에 갈색 점이 있는 미용사의 이름은 그루였다. 가슴에 명찰이 부착되어 있는 것을 첫날에는 보지 못한 것 같았다. 무언가 중요한 의식을 치르는 사람처럼 내 어깨에 손을 올린 그루가 자, 준비됐죠? 하는 눈빛으로 거울 속의 나와 눈을 맞추더니 가위를 들고 머리를 자르기 시작했다. 자르는 중에도 저절로 흐른 머리카락이 커트 보자기 위로 두둑 떨어졌다. 거울 속에서 점점 생소한 얼굴이 나타났다. 이발기로 남은 머리카락을 정리한 후 손바닥으로 두피를 쓰윽 훑던 그루는 보조대 위에 놓인 면도칼을 집어 들었다. 순간 나도 모르게 흠칫 어깨가 떨렸다.

"면도합니다."

치치치치. 스스스스. 두피를 스치는 부드러우면서도 날카로운 면도날 소리도, 몸을 발가벗기는 것 같은 이런 수치스러운 느낌도 처음이었다.

"자, 됐어요."

다시 그루가 내 어깨에 손을 올리고 머리를 하얗게 민 거울 속의 여자를 보았다. 명숙 언니가 얼른 모자를 꺼내 내 머리에 씌워주었다. 민머리에 와닿는 니트 모자의 감촉이 간지러우면서도 까칠까칠했다. 어색함에 모자를 이리저리 매만지며 카드를 내밀자 그루가 희미하게 웃으며 말했다.
"오늘 돈은 안 받을게요."
"아니, 왜요?"
"나중에 머리 길면 오세요. 그때 많이 받을라구요."
나는 가방을 뒤져 현금을 꺼내 그루의 손에 쥐여주었다. 받으라고, 무슨 소리냐고. 하지만 그루는 끝까지 받지 않았다. 나는 고맙다는 말도 하지 못하고 미용실을 나왔다.

그 미용사를 떠올리면 마음이 아득해졌다. 암의 위력이 이런 거구나. 모르는 남에게 원하지도 않는 호의를 받게 되는구나 하고…… 나는 얼른 모자를 눈썹까지 내려 썼다. 일 분이라도 단축하고 싶어서 환복을 하고 침대에 누워서 시계를 보았다. 초침이 내 옆구리를 그으며 느리게 지나가는 것 같았다. 초침이 그 아이의 손가락이라도 되는 듯 나는 옆구리를 문지르며 중얼거렸다.
"이제 집에 가면 또 사라질 거야?"
명숙 언니의 전화를 기다리고 있다고 생각했는데 아닌가 보았다. 옆구리가 근질근질한 게 그 아이가 느껴졌다. 늘 밤이 되어야 나타나곤 했던 아이가 슬며시 내 옆에 누웠다.
―고작 그걸 못 기다리나?
―집에 가고 싶어. 이때가 제일 힘들어.
―아프다는 이 상황에 대해 체념할 수는 없어?
―체념이 안 돼. 병이, 한갓 병이 인간의 몸뿐 아니라 실존 자체를 위협할 수 있다는 사실이 놀라울 뿐이야.
―두려움 때문에 스스로를 바로 보지 않으려고 하는 게 문제인 것 같은데?
―아냐, 그 어느 때보다 나를 똑바로 보고 있어. 그러니까 알게 된 거야.
―그래, 니 말이 완전히 틀렸다고 할 수는 없겠지.
―그렇게 위대하다고 떠들어대던 인간의 정신은 어디로 갔는지 알 수가 없어. 존재니 철학이니 하는 따위는 나 같은 하찮은 인간에게는 아무것도 아닌 모양이야.
―하지만 누구나 그러지 않아? 약해지기도 하고, 다시 일어서기도 하고.
―그게 안 돼. 다시는 일어나지 못할 것 같아.
―육체가 병들었다고 해서 인간이 존엄성 같은 걸 완전히 잃어버린다고 생각하지 않아.
―하지만 육체가 없으면 정신도 없잖아.
―죽음이 두려워?

희주, 그 아이가 물었다. 죽음이 두렵냐고? 그에 대한 적당한 대답이 떠오르지 않았다. 어떤 대답이라고 할지라도 죽음 그 자체로 나에게 온 이 아이한테 할 말은 아니라는 생각이 들었기 때문이다. 하지만 마음과 달리 말은 퉁명스럽게 나왔다.

―너는 맘 편하게 그런 질문 할 수 있겠지. 이미 죽었으니까.

이미 죽은 사람과 죽을지도 모른다는 두려움을 갖고 있는 사람이 생각하는 죽음이 어떻게 같을 수 있단 말인가. 쏘아붙이듯 말하고 나니 조금 미안한 생각이 들긴 했다.

―병원에서 발병했다는 말을 들었을 때부터 시작된 감정이 아직 사그라들지 않고 있어서 나도 당황스러울 뿐이야. 이 분노나 화도 어쩌면 죽을지도 모른다는 생각에서 비롯됐을 수도 있고……

그날 병원에서 의사로부터 처음 그 말을 들었을 때 목구멍을 틀어막을 듯 올라오던 슬픔과 대상을 알 수 없는 분노가 이토록 오랫동안 이어진다는 사실이 놀라울 뿐이었다. 내가 이 병을 마음대로 통제할 수 없듯이 나는 그날 나를 통제할 수 없었다. 첫 진단을 받은 날이 생생하게 떠올랐다.

2장

01

 첫 진단을 받은 날은 5월을 막 맞이한 즈음이었다. 딱딱한 나무둥치를 뚫고 나온 4월의 용감한 새싹은 그 초록 이파리를 원도 한도 없이 세상을 향해 내보이고 있었다. 연초록으로 뒤덮인 나무가 진료실 창밖으로 보였다. 의사의 말을 듣고 고개를 창으로 돌리고 있던 나는 눈이 시려와 잠깐 눈을 감았다가 떴다. 참 초록이 아름답구나. 이 맑은 날, 너는 정말 싱싱하고 푸르구나. 나는 머릿속에 떠오른 말을 삼키고 천천히 의사를 마주 보았다. 의사의 눈에 서서히 온화함이 깃들었다. 당신은 암입니다라는 말을 하면서 의사는 하루에 몇 번이나 저런 표정을 짓는 것일까. 마치 아무 말도 듣지 못한 양 나는 다시 고개를 창밖으로 돌렸다.

"림프절 전이가 안 되길 바라는데 그것은 열어봐야 알겠지만, 요즈음 유방암은 워낙 완치율이 높고, 또 그리…… 나쁜 암으로는 안 보입니다."

나쁜 암, 착한 암이 있나요? 나는 말을 삼켰다. 말을 삼키는데 갑자기 입술이 떨리기 시작했다. 추운 것도 아닌데 입술이 왜 떨리나, 라고 생각했지만 입을 힘주어 다물어도 스스로 주체할 수 없는 떨림이 계속되었다. 입술이 떨리니 인중이 흔들리고 얼굴 전체가 흔들리는 느낌이었다. 다행이다, 마스크가 있어서. 코로나라서 얼마나 다행인가. 나는 얼굴을 덮은 마스크의 코 부분을 습관처럼 고정시키며 나를 뒤흔들고 있는 뜨거운 덩어리를 천천히 몸 아래로 내려보냈다. 드라마에서 암 선고를 받은 주인공들은 이 순간 보통 주마등처럼 온갖 것이 머릿속으로 지나가던데 나는 왜 아무 생각도 나지 않는 거지? 나는 왜 온몸의 피가 다 빠져나가는 것 같지? 왜 얼굴 근육이 제멋대로 움직이는 거지? 눈물이 쏟아지면 그대로 주저앉을 것만 같아서 나는 미간을 찌푸리며 눈에 힘을 주었다.

"일단 여러 가지 검사를 먼저 하셔야 합니다. 검사 결과에 따라 수술을 할 거고요. 그때 몇 기인지, 환자분의 병기가 나올 겁니다. 그리고 수술 결과에 따라 항암, 방사선 치료를 할 거고요, 밖으로 나가셔서 간호사한테 우선 안내를 받으시고……"

일단, 먼저, 우선, 안내…… 의사의 말이 톡톡 끊어져서 들렸다. 나는 간호사의 손짓에 따라 일어나서 진료실을 나왔다. 많은 여자들이 대기실에 앉아 있었다. 나처럼 적당한 나이가 된 후 정기적으로 유방암 검사를 해온 여자들일 것이다. 결국 저 여자들도 몇 년이 지나면 이렇게 당신은 암입니다, 라는 선고를 받게 될까. 이희주 님! 간호사가 내 손을 끌고 다른 방으로 안내했다. 간호사 앞에는 인쇄된 여러 장의 A4용지가 들려 있었다.

"검사할 게 많은데요, 소변 검사, 피 검사, 골밀도 검사는 교수님 진료 보시는 당일 조금 일찍 오셔서 하시면 되고요, 유방 촬영, 복부 초음파랑 엠알아이, 시티, 뼈 스캔 검사도 하셔야 하거든요. 모두 오늘 예약을 하시고 가셔야 해요."

"제가 직접 예약을 해야 하나요?"

"네, 보호자분이 계시면 좋은데 혼자 오셨으니 직접 하셔야 할 것 같네요. 아 그리고 복부 초음파는 금식이시니까 이른 시간으로 예약하시는 거 잊지 마시고요."

금식이시니까, 예약하시는 거, 마시고요, 간호사가 말하는 시, 시, 시 소리가 귀에 거슬렸다. 의사의 말도 그렇더니 지금부터 어떤 말을 듣더라도 다 귀에 거슬릴 것 같은 느낌이었다. 나는 간호사가 주는 A4용지를 들고 일층으로 내려갔다. 예약을 해야 하는 장소가 각 과마다 달랐고, 같은 날 비슷한 시각에 맞추는 것도 힘들었다. 시티 찍는 시간을 엠알아이와 좀 맞춰달라고 했는데 이게 보통 쉽게 되는 일인 줄 아냐는 듯 영상의학과 카운터 직원이 볼펜 쥔 손을 잠시 멈추고 나를 쳐다보았다.

"그러니까 정확하게 딱 맞출 수는 없고요, 환자분이 조금 기다리셔야 된다고요."

직원의 성마른 말이 마치 금방 의사에게서 들은 선고처럼 가슴을 아프게 찔렀다. 이건 아무것도 아닌 말인데 왜 그래, 상처받지 마. 재빠르게 속엣말을 하고 나자 허기인지 갈증인지 모를 것들로 속이 타기 시작했다. 금방 암 선고 받았어요. 당신은 이게 직업이잖아요. 조금만 더 친절하게 해주시면 안 돼요? 나도 모르게 구멍 뚫린 봉지 속의 물처럼 말이 입 밖으로 새어 나왔다. 혹시나 내 말을 들었을까 봐 네, 네 큰 소리로 대답하며 직원이 주는 예약증을 받는데 손이 덜덜 떨렸다. 이건 아니라고, 이런 예약증 같은 거 나는 필요 없다고 말하고 싶었다.

입이 점점 말라왔다. 침을 묻히면 묻힐수록 입술은 바싹 갈라져 터질 것 같았다. 나는 병원 내 편의점으로 뛰어가다가 삐끗 발을 접질렸다. 순간 허리에 묵직한 통증이 날아왔다. 나는 복도에 서서 벽에 손을 짚고 한참을 서 있었다. 다리를 한 발 뗐지만 걸을 수가 없었다. 갈증과 허리 통증과 암 중에서 무엇이 가장 우선 순위인지 인지하기 힘들 정도로 아무 생각이 나지 않았다.

허리를 짚고 절룩거리며 예약을 모두 마치는 데 한 시간이 걸렸다. 기다리는 사람도 많고 시간도 날짜도 안 맞아서 결국 2주 후 이틀에 걸쳐서 모든 검사를 해야 했고, 수술은 결과를 보고 난 후에 날짜가 잡힐 예정이었다. 한 손을 뒤로 돌려 불편한 허리를 누르며 운전을 하고 집으로 돌아오면서도 이것이 현실이라는 생각이 들지 않았다. 다시 일의 순서가 무엇인지 모르겠다는 생각이 들었다. 이럴 땐 어떻게 해야 하는지, 당장 가족 중 누군가에게 전화를 걸어 결과를 알려야 하는 것인지, 나중에 내가 좀 더 침착해진 후 조용히 말을 꺼내는 것이 맞는지, 누군가에게 전화를 걸어 펑펑 우는 게 나은지 종잡을 수 없었다. 그 종잡을 수 없는 일들의 순간순간을 뚫고 질문이 끊임없이 올라왔다. 왜? 나인지, 왜 하필 나여야만 하는지! 시뮬레이션처럼 눈앞의 자동차들이 펼쳐졌다 흩어졌다를 반복했다.

아파트에 도착하자 운전하는 내내 긴장했던 근육이 풀려서인지 주차를 하고 내리는데 다리가 휘청했다. 누가 이런 내 모습을 볼세라 나는 서둘러 엘리베이터를 탔다. 엘리베이터 안에는 모르는 중년 남자가 한 명 서 있었다. 그는 거울에 비친 자신의 얼굴을 힐끔거리며 손으로 바쁘게 핸드폰을 만지고 있었다. 엘리베이터는 믿기 어려울 정도로 천천히 올라갔다. 나는 남자를 보았다. 살집이 있고 덩치가 크고 헐렁한 티셔츠를 입었다. 내가 무슨 말이라도 걸면 친절하게 들어줄 것 같은 생각도 들었다. 진료실에서 처음 암 선고를 받았을 때부터 검사 예약을 하느라 이러저리 뛰어다니던 순간에도 나는 누군가에게 말하고 싶었다는 사실을 떠올렸다. 지금 이 순간에도 그랬다. 나를 모르는 누군가에게 이 사실을 털어놓고 싶었다. 순간, 어깨가 심하게 흔들렸다. 이건 뭐지? 아직 아무한테도 말 못 했잖아? 그런데 왜? 어깨의 떨림이 멈춰지지 않았다. 아까 진료실에서 입술이 내 의지와 상관없이 떨렸던 것처럼, 그래서 멈출 수 없었던 것처럼 어깨의 떨림은 계속됐다. 남자가 눈치챌까 봐 멈추고 싶었지만, 어깨는 흔들리고 눈물은 멈추지 않고 쏟아져 마스크 안으로 들어갔다. 다행히 들키지 않고 겨우 이십오층에 내렸다.

02

"혹시 조직 세포가 다른 사람이랑 바뀐 거 아닐까. 그럴 수도 있잖아."

명숙 언니가 한숨을 낮게 내쉬며 내 손을 잡았다.

"다른 병원에도 가보자."

나는 명숙 언니의 손을 조심스럽게 빼며 주머니에 손을 넣었다.

"그냥 이 병원에서 수술할래. 유방암 검사는 여기서 계속 받아왔잖아. 다른 병원에 가서 그 많은 검사하고 암이라는 게 밝혀지고 수술 날짜를 잡고 그러면 암이 그동안 더 자랄지도 몰라……"

명숙 언니가 손으로 내 얼굴을 감쌌다. 그녀의 눈에 여전히 미세하게 떨리는 물기가 고여 있었다. 눈물을 보이지 않으려고 아무렇지도 않은 척 고개를 돌리며 언니가 말했다.
"애들한테 말해야 되겠지?"
나는 고개를 흔들었다.
"조금만 기다려볼래. 검사하고 수술 날짜 잡히고, 그다음에 말해도 늦지 않아."
"엄마는?"
나는 고개를 흔들었다.
"엄마 요양병원에 계시잖아. 정신도 오락가락하고."
"하지만 너 항암 치료 받으면 표시 날 거야. 머리카락도 빠질 거고. 그래도 엄마 보러 병원은 가야 하잖아. 변한 니 모습 보면 오히려 엄마가 충격받으실 수도 있어."
"나 못 알아볼 때도 있는데 뭘, 말 안 하는 편이 더 나을 것 같아. 아니…… 우리 엄만 모르고 있는 게 더 편할 거야."
명숙 언니에게 제일 먼저 전화를 했지만 막상 언니가 옆에 있자 부담스러웠다. 위로를 받아야 할 것 같은 분위기가 싫었다. 지금은 혼자 있고 싶었다. 걱정 가득한 얼굴로 자고 갈게, 저녁 해줄게, 라는 언니를 억지로 보냈다.
명숙 언니가 가고 나는 거실 소파에 멍하니 앉아 텔레비전 화면에 비친 내 모습을 보았다. 검은 바탕 속에 내 모습은 마치 죽은 사람처럼 괴기스러웠다. 죽음이 있기 때문에 삶은 가치가 있는 것이다. 죽음이 없다면 삶은 얼마나 시시한가, 늘 이런 생각을 하며 살았다. 그런 말을 하며 삶의 가치를 높여야 한다고 이야기하기도 했다. 그런데 예측 가능한 죽음이 눈앞에 다가오자 삶은 더 이상 가치 있게 느껴지지 않았다. 그러자 어쩔 수 없이 남겨야 하는 것들에 대한 미련이 밀물처럼 밀려왔다.

수술이 점점 다가오고 있었으나 차마 아이들에게 입이 떨어지지 않았다. 유미는 여기서 두 시간 걸리는 B도시의 작업실에서 첫 개인전을 준비 중이었고, 민재는 군 복무 중이었다. 다른 사람들과 달리 카톡이나 전화를 걸어서 알릴 만한 내용은 아니었고, 만나서 이야기해야 할 것 같은데, 둘 다 만나고 싶다고 당장 만날 수 있는 처지가 아니었던 것이다. 부모와 자식은 참 이상한 관계구나. 엄마에게도 자식에게도 내가 아프다는 말을 하지 못하고 수술대로 올라갈 수도 있다고 생각하니 참담했다. 어릴 때 부모는 내가 아픈 것을 누구보다 먼저 알았고, 내 아이가 아플 때 나는 그 누구보다 먼저 알기를 바랐다. 유미에게 알리긴 해야 할 터였다. 이번 주 일요일에 잠시 집으로 오라고 유미에게 카톡을 보내고 나는 두 손으로 한참 동안 얼굴을 감쌌다. 다음 주 화요일이 수술 날이었다.

유미에게서 전화가 온 것은 아무래도 수술을 하게 되면 당분간 엄마에게 못 갈 것 같아서 명숙 언니에게 대신 좀 요양병원을 찾아봐달라고 부탁한 날 밤이었다.

"엄마는 도대체 왜 그래?"

이 말을 뱉고 유미는 한동안 말이 없었다. 숨소리가 거친 것으로 보아 뭔가 화가 많이 난 것 같았다.
"왜? 무슨 일인데?"
"왜? 무슨 일이냐고? 그걸 지금 말이라고 해? 엄마는 항상 이래, 항상! 항상! 항상 내 뒤통수를 친다고!"
나는 순간 아, 했다. 애가 알았구나.
"엄마는 어떻게 그래? 어떻게 항상 이래? 왜 이렇게 나를 나쁜 딸로 만들어?"
"무슨 소리야? 누가 너를 나쁜 딸로 만들어."
"내가 엄마 암 걸렸단 소리를 지영이 언니한테 들어야겠어? 내가 그 이야기 듣고 어땠을 것 같아? 민재랑 나한테 비밀로 하고 수술하고 항암 받으려고 했어?"
지영이라면 외국에 살고 있는 명숙 언니의 딸이다. 이종사촌인 언니가 알면 언니의 가족들도 알게 되고, 그 가족들 중의 한 명이 유미에게 알릴 수도 있다는 생각을 나는 왜 하지 못했나. 그러면 암 환자가 그런 것 하나까지 다 신경 썼어야 했나. 갑자기 서운하면서도 알 수 없는 짜증이 올라왔다. 암이라는 말을 스스로에게 되뇌기도 무서운데 애는 어쩌면 이렇게 아무렇게나 내뱉나.
"이번 주 일요일에 이야기하려고 했어. 그래서 집으로 오라고 한 거잖아."
"진단받자마자 나한테 제일 먼저 알렸어야지. 언니가 뭐래는 줄 알아? 자식이 그러면 안 된다고…… 엄마한테 이러면 안 된다고 그러더라."

유미는 잠시 침묵하더니 소곤거리듯 말을 이었다.

"그러면 내가 뭐가 되냐고?"

"지금 그게 걱정이니? 남들한테 오해받을까 봐 그게 걱정인 거야?"

나도 모르게 뾰족한 말이 튀어나왔다. 내가 엄만데, 이런 식으로 감정을 드러내는 말싸움은 하지 않으려고 얼마나 많은 순간 결심했나. 그런데…… 나는 입술을 깨물었다.

"엄마 또 무슨 소리 하는 거야? 내가 말하려는 요점은 그게 아니잖아. 지금 내가 그 말을 하는 게 아니잖아. 왜 속상하게 엄마는…… 왜 항상 엄마는 우리가 제일 늦게 알게 해? 엄마도 그래? 엄마도 우리가 아픈 걸 엄마가 제일 늦게 알았으면 좋겠어?"

"어쩌다 보니 그렇게 됐어. 일부러 그런 것 아니야."

"그래, 그렇겠지. 지금 나 엄청 자책하고…… 정말 언니한테 그 말 듣는데…… 전시회가 코앞인데 붓도 손에 안 잡히고……"

"그래서 말 못 한 거야. ……미안하다."

"지금 문제가 그게 아닌데, 내가 늦게 알았다는 게 문제가 아닌데. 난 왜 내가 늦게 알았다는 게 이렇게 화가 나는지 모르겠어."

지금 이 아이를 위로해주어야 하는가, 라는 질문이 머릿속에 떠올랐다. 지금 위로받아야 할 사람이 딸인가? 더 이상 이 쓸모없는 소모전에 에너지를 쏟고 싶지 않았다. 하루에도 몇 번씩 뭔가 잘못되었을 거라는 생각에서 헤어나오지 못하고 있는데 이런 피곤한 싸움까지 벌이고 싶지 않았다.

"일요일에 봐. 그만 끊는다. 전시회 준비 잘해."

나는 전화를 끊었다. 감정이 상해 있는 상태에서 아무 말이나 쏟아내다 보면 그 말들이 항상 아픈 곳을 찔렀다. 서로 핀트가 맞지 않는 말을 하다 보면 결국 나도 상대도 상처를 입었다. 그리고 이렇게 전화를 일방적으로 끊어버리면 더 감정이 상하게 될 것이다. 하지만 정말 지금은 아무 말도 하고 싶지 않았다. 삼십 분 후, 이렇게 전화를 끊어버리면 어떡해, 라는 카톡이 왔다. 미안해. 일요일에 보자, 라고 답장을 썼다.

명숙 언니가 '유방암, 이겨낼 수 있다'라는 유의 책을 세 권이나 보내주었다. 나는 책들을 책상 위에 올려두고 한 번씩 겉표지를 일별했으나 펼쳐보지 않았다. 도저히 펼쳐볼 용기가 나지 않았다. 저 두꺼운 책 속의 내용들을 모두 읽고 나면 나는 암을 이겨낼 수 있을까. 저 책들을 읽으면 나는 희망을 가지고 씩씩하게 이 불안한 시기를 잘 견딜 수 있게 될까…… 어디선가 소문을 듣고 유방암을 앓은 적이 있는, 별로 친하지 않은 누군가에게서 전화가 왔다. 꼭 유방암 환우

카페에 가입을 해서 정보를 얻으라는 것이었다. 망설이다가 카페에 가입을 하고 정회원이 되기를 기다려서 게시판의 글들을 읽었다. 마우스를 누르는 내 손이 하얗게 탈색되는 것 같았다. 샴푸는 이런 걸 쓰세요, 육류는 절대 먹지 마세요, 콩이라고 다 좋은 건 아니에요. 이런 글들만 올라와 있는 것이 아니었다. 십 년, 재발했어요, 항암 후 오 년 완치 판정 받고 일 년 만에 재발했어요, 유방암은 완치율도 높지만 재발률도 높아요. 이런 제목들만 눈에 띄었다. 나는 카페앱을 지워버렸다. 책상 위에 놓인 책들도 치웠다. 스스로 어디선가 새로운 정보를 알아내어 마음속에 불안이나 공포를 키우고 싶지는 않았다. 미래의 불확실성 속에서 가장 확실한 것은 알면 알수록 두려워질 것이라는 예감뿐이었다.

전화가 오는 것도 받기 싫었다. 누군가가 위로하는 것도 듣기 싫었다. 어쩔 수 없이 나가야 하는 모임 같은 것들이 생각보다 많았다. 카톡으로 간단하게 병을 알리고 더 이상 모임에 나가지 않겠다고 했다. 수술하기 전에 힘을 내야 한다며 음식을 싸 들고 온 명숙 언니의 방문조차도 싫었다. 사람이 이렇게 고약해질 수 있나. 원래 이런 사람이었는데, 지금 숨겨둔 내 본성이 나오는 건가, 라고 자책도 했지만 할 수 없었다. 울지 않으려면 그 수밖에 없었던 것이다. 누군가를 만나면 눈물이 쏟아질 것 같았고, 그런 꼴을 보이는 나 자신을 도저히 용납할 수 있을 것 같지 않았다. 수술 날짜를 기다리면서 할 수 있는 일이 없었다. 혼자서 하루 종일 텔레비전을 보거나 영화를 보았다.

03

　수술 하루 전날 입원을 했다. 수술하는 날 아침, 텔레비전에서는 스스로 목숨을 끊은 연예인의 죽음을 보도하고 있다. 누군가의 죽음은 저리도 가벼운데, 그 죽음에 다다르지 않기 위해 침대에 누워 있는 내 모습이 뉴스를 보는 짧은 순간 문득 위선적으로 느껴졌다. 죽음이 삶의 연장선상에 있다면 두려워할 것이 무엇인가, 텔레비전 속의 뉴스를 전하는 앵커가 그렇게 말하는 것 같았다. 나는 수술 모자를 쓰고 속옷을 모두 벗고 수술복으로 갈아입었다. 나는 살기 위해 가는데도 죽음이 나에게 성큼 다가왔다는 사실은 진실인 것처럼 느껴졌다.

　"자, 이희주 씨, 수술하러 갑니다."

수술 예정 시각은 열한시인데 지금은 아홉시 이십분이었다. 유미는 열시까지 오겠다고 했는데 간호사들은 나를 벌써 이동침대로 옮기고 있었다. 파란 옷을 입은 남자가 내 침대를 끌고 엘리베이터를 탔다. '유미가 올 텐데.' 아직 유미가 오지 않았는데 내 침대가 움직인다는 사실이 무서웠다. 드라마를 너무 많이 봐서 그래, 나는 마음속으로 중얼거렸다. 사람들이 우르르 이동침대 옆에 붙어 힘내, 수술 잘해, 사랑해 따위의 말을 절박하게 나누던 드라마 속의 장면이 떠올랐다. 내 감정의 날것들을 들키기라도 한 것 같아 나는 이불을 뒤집어썼다.

수술실은 너무 추웠다. 마치 냉장고 속인 듯 서늘한 기운이 수술실 구석구석에 배어 있었다. 내 의지와는 상관없이 몸이 덜덜 떨렸다. 천장의 수술실 전등이 켜지고 팔과 발이 묶이더니 여러 가지 모니터링 장치들이 몸에 부착되었다. 수술 준비로 분주한 의사와 간호사들이 수술이나 환자와는 상관없는 말들을 주고받으며 주변을 왔다 갔다 했다.

갑자기 얼굴 위로 무거운 시트 같은 것이 툭 던져지고 세상이 캄캄해졌다. 주삿바늘을 통해 핏줄 속으로 차가운 물질이 밀려 들어오는 게 느껴졌다. 이제 다시 눈 뜨지 못할지도 몰라, 라고 생각한 순간 나는 정신을 잃었다.

나는 살아서 돌아왔다. 환자분 수술 끝났어요! 눈 뜨세요! 라는 소리가 아득히 멀리서 들렸다. 그리고 다시 추위가 몰려왔다. 어딘지 모르는 어수선한 곳에 내가 방치되어 있다는 느낌이었다. 곧 누군가가 침대를 잡고 나를 옮겼다. 수술 후 병실로 옮겨지는 이동침대의 바퀴 소리를 들으며 수술받기 전 짧은 순간 머릿속에 떠올랐던 모든 미망들이 한꺼번에 사라지는 것을 느꼈다. 유미가 병실에서 기다리고 있었다. 딸을 다시 만난 사실이 감격스러워 새삼스럽게 울컥했지만 나는 농담처럼 말했다.

"수술 들어가기 전에 아무도 없었어. 나도 드라마 한 편 찍어보나 했는데."

"엄마가 너무 일찍 들어갔잖아. 열시 십 분 전에 왔는데 벌써 가고 없더라고."

눈동자는 젖은 채로 흔들리는데 아무렇지도 않은 척 유미가 내 말을 받았다.

마취가 풀리면서 몸이 저려오기 시작했다. 유미가 다리와 팔을 주물렀지만 저림은 멈추지 않았다. 마치 몸 어딘가에 강력한 전극이 연결된 것 같은 기분이었다. 곧 괜찮아지겠지, 주문처럼 나는 중얼거렸다. 용도를 알 수 없는 두 개의 링거병이 칼로 긋고 암 덩어리를 도려낸 내 몸을 지탱시켜주고 있는 것이 확실해 보였기 때문이었다. 엊그제의 날선 감정 따윈 다 잊은 듯 유미가 옆에서 계속 종알거렸지만 일부는 들리고 일부는 들리지 않고 말들은 증발하듯 공기 중으로 날아갔다.

의사는 오후에 다녀갔다.

"이희주 씨, 우측 부분절제 수술을 받으셨고요, 수술은 잘

되었습니다. 병기는 2기이고요. 면역화학염색에서 호르몬 수용체 양성이며 허투 음성으로 나왔습니다. 제거한 임파선 두 개에서 전이가 나타났으므로 항암 치료 8회와 항호르몬 치료 5년 이상, 방사선 치료 19회를 시행합니다. 이 암은 재발이 잘 되기도 하지만 관리만 잘하면 별 증상 없이 완치될 수 있는 병이기도 합니다."

의사가 한 말 중 알아들을 수 있는 말은 항암과 방사선뿐이었다.

"호르몬 수용체 양성이라는 말이 무슨 뜻인가요?"

내가 멍하니 천장만 바라보고 있는데 유미가 물었다.

"여러 가지 자료에 따르면 유방암의 60퍼센트 전후는 호르몬 수용체 양성 타입인데, 호르몬 수용체가 양성이라는 것은 암세포에 여성 호르몬을 받아들이는 수용체가 많아서 여성 호르몬에 큰 영향을 받아 암세포가 증식하는 경우입니다. 따라서 호르몬 수용체가 여성 호르몬을 만나기 전에 차단해주면 암이 증식하는 것을 막을 수 있습니다. 이러한 역할을 하는 것이 항호르몬제인데, 환자분의 경우 폐경 후에 해당하므로 아로마타제 억제제가 처방될 겁니다. 최소 오 년은 복용하셔야 하고요. 임파선에 전이가 나타났으므로 그 이상 갈 수도 있습니다."

유미가 고개를 끄덕였다. 무슨 말인지 정확하게 모르지만 내가 가장 많은 유형의 유방암에 걸렸으며 임파선에 전이가 나타났고, 항호르몬제를 계속 먹어야 한다는 말이라는 것은 알 수 있었다. 의사는 생각보다 시간을 많이 지체했다는 듯 서둘러 병실을 나갔다. 차트에 뭔가를 기록하며 간호사도 뒤따라 나가자 마치 처음 비밀을 알아버린 사람들처럼 유미와 나 사이에 무거운 침묵이 찾아왔다. 침울한 표정으로 서 있던 유미가 다시 내 팔을 주물렀다. 나는 유미의 손을 잡았다.
"이제 괜찮아. 일찍 서두르느라 피곤하겠다. 너 좀 쉬어."
"나, 괜찮은데."
"보조침대 꺼내서 좀 누워."
유미가 보조침대를 꺼내서 펼치는데 내 침대 위에 올려둔 유미의 핸드폰이 드르르 울렸다. 유미가 핸드폰을 보더니 어? 민재네, 라고 말하며 전화를 받았다.
"엄마, 민재 왔대. 요 밑에."
"뭐 하러 와, 휴가 내기도 어려울 텐데."
"내가 있다고 했는데 굳이 지가 하룻밤 있겠다잖아. 여자들만 있는 병실이라 니가 있으면 더 불편하다고 그냥 잠깐 왔다가 가라고 했어."
휴가를 내보겠다고 민재가 전화했을 때 그럴 필요가 없다고 했는데, 굳이 온 모양이었다. 병실로 들어선 민재는 군복을 입었는데도 하나도 씩씩해 보이지 않았다. 검게 탄 얼굴에 눈동자만 반짝반짝 빛이 났는데, 그 눈동자에 물기가 가득 고여 있었다. 눈물을 참으려고 해서 그런지 민재의 턱이 울근불

근 움직였다.

"엄마, 힘들었지?"

털썩 침대에 걸터앉은 민재가 내 손을 잡고 기어이 주르륵 눈물을 흘리자 유미가 민재를 쿡쿡 찔렀다. 슬픔을 위장하는 일은 힘든 일이다. 죽음보다 더 힘든 일은 이 사람들을 두고 가야 한다는 사실이라는 걸 나는 느꼈다. 산 사람은 산다고 누군가 말했다면 그것은 산다는 것이 명확한 사람들의 말일 것이다. 나는 이들이 슬펐다. 그래서 자꾸만 더 있으려고 하는 민재를 억지로 보냈다.

병실은 6인실이었다. 다음 날 아침이 되자 같은 방을 쓰는 사람들의 면면이 눈에 들어왔다. 그중 한 명이 항암 치료를 받는 환자였다. 여자가 모자를 벗는데 하얀 민머리였다. 마치 탈색한 듯 머리통이 하얬다.

"난 세번째 항암이야."

여자는 내가 어제 수술을 했다고 하자 대뜸 반말로 머리카락 떨어지는 이야기를 하기 시작했다.

"사람들이 하도 머리카락 빠진다고 겁을 주길래 나는 아예 항암 받기 전에 머리를 빡빡 깎았어. 근데 1차 항암을 받고 머리카락이 바로 빠지는 것이 아니잖아. 이게 항암 받고 4주쯤 지나면 빠지기 시작하거든. 그동안 머리카락이 자란 거지. 그니까 어떻게 됐겠어? 4주 동안 일 센티쯤 자란 머리카락이 빠지기 시작하는데, 이건 뭐 보이지도 않고, 밥상에 떨어져도 긴 머리카락 같으면 건져내기라도 하지. 그렇게 짧은 게 우수수 빠져서는 온몸을 쿡쿡 찔러대는데 아주 죽겠더라고. 그니까 아줌마, 절대 1차 항암 받기 전에 미리 머리를 밀면 안 돼. 항암도 다 요령이 있다니까."

여자의 팁은 나에게 새로운 깨달음을 주었다. 나는 앞으로 내 인생이 달라질 것임을 직감했다. 나는 지금까지와는 다른 생을 살아야 하는 것이다. 이제 다른 인생이, 단 한 번도 상상하지 못했던 인생이 시작될 것이다. 이것은 놀라운 일이었다. 그 누구의 탓도 아니고 내가 원한 것도 아니다. 뭔가 특별히 잘못한 것도 없는데 나는 내가 생각지도 못했던 지점으로 삶의 방향을 틀어야 하는 것이다. 몸에 면역력이 떨어지고 머리카락이 빠지고 어쩌면 재발하여 일찍 죽을지도 모른다. 수술하러 입원하면서 남들 앞에서는 가능한 담담하려고 애를 썼다. 그런데 머리통이 하얀 저 여자의 말을 들으니 그 담담함이 유리 갈라지듯 와장창 깨지는 기분이었다. 나는 이제 종이인형처럼 온몸의 면역을 잃고 그렇게 살아가게 되는 것일까. 삶이 바뀌면 나도 다른 사람이 되어야 하는 걸까. 나는 떠들고 있는 여자를 외면했다.

『노인과 바다』를 읽었다. 어젯밤에 민재가 주고 간 책이었다.
"니가 웬일이야? 책을 다 갖고 왔네."

"엄마 주려고 오는 길에 샀지. 이게 내무반에 있길래 그냥 아무 생각 없이 집어서 읽었거든. 엄마가 예전에 이거 읽으라고 할 때는 지겨워서 토할 것 같았는데 이제 읽으니까 기분이 다르더라구. 나도 늙었나 봐."

"어이구 어쩌냐, 늙어서."

"그러게 아직 그런 책 읽고 감동받고 막 그러고 싶지 않은데 말야."

그런 책, 그런 책이 뭘까, 생각하며 『노인과 바다』를 펼쳤다. 읽은 지가 하도 오래되어서 노인이 바다에서 물고기와 사투를 벌인다는 것 외에는 별다른 스토리가 생각나지 않았다. 어쩌면 그게 이 이야기의 전부인지도 몰랐다.

식사 때를 제외하고 하루 종일 책에 몰두했다. 밤에 불을 끄기 전에 독서를 모두 마쳤다. 청새치와 대치하는 노인은 처절했고, 상어와 싸우는 노인은 처참했다. 나는 그 소설이 인생 이야기라는 것을 처음 안 사람처럼 생소한 감동에 사로잡혔다. 노인은 청새치가 지칠 때까지 끌려가야 한다. 그래야 청새치를 잡을 수 있다.

항암주사를 맞기 시작한 하얀 머리통의 여자가 저녁 내내 헛구역질을 했다. 그냥 헛구역질이 아니었다. 천장을 울리고 벽이 울릴 정도로 격렬한 구역질이었다. 병실의 모든 환자가 침대를 비운 것을 나만 모르고 있었다. 나는 침대에 누워서 그 격렬한 구역질 소리를 고스란히 들었다. 청새치는 보통 놈이 아니었다. 나는 끌려갈 수밖에 없을 것이다. 하지만 손바닥에 상처를 내면서 어깨에 낚싯줄을 칭칭 감고라도 조금씩 줄을 당겨야 했다. 때로는 풀어주기도 해야 할 것이다. 그러면 청새치는 조금씩 조금씩 원을 그리는 속도가 늦춰질 것이고, 원은 작아질 것이고, 결국 점점 떠오를 것이다.

  책을 베개 옆에 놓으며 받아들이는 것은 만만치가 않다, 라고 나는 중얼거렸다. 인생은 내게 전환점을 주었는데, 결코 쉬운 놈이 아니었다.

04

 의사는 수술 한 달 후부터 항암이 시작된다면서 항암하기 전에 중요한 시술이 하나 남았다고 말했다.
 "병원마다 조금씩 다르긴 한데, 우리 병원에서는 항암을 2박 3일 입원해서 진행합니다. 항암제뿐 아니라 영양제, 항구토제, 전해질보충제 등 환자분이 항암제를 견딜 수 있는 환경을 만들기 위해서입니다. 그리고 암 수술한 부위가 어느 정도 아물면 항암을 위해 목 아래쪽 쇄골 부분에 케모포트라는 포트를 심을 겁니다."
 "몸에 포트를 심는다구요?"
 고개를 끄덕이며 의사가 말을 이었다.
 "암 환자들은 지속적인 항암주사로 인해서 혈관이 손상되는 경우가 많습니다. 항암주사가 너무 강해서 혈관이 터지거나 꼬이기도 하구요. 케모포트는 암 환자의 심장에 연결된 굵은 혈관인 중심정맥관에 도관을 삽입하여 포트와 연결시킨 것입니다. 이렇게 되면 항암주사에 대한 공포에서도 벗어날 수 있고요."

설명을 마친 의사가 병실을 나갔다. 걱정스러운 내 표정을 보고 담당 교수를 뒤따르던 레지던트가 케모포트를 잘만 관리한다면 반영구적으로 사용할 수 있다는 말을 덧붙였다.

"아주 가끔 감염의 위험이 있는 경우도 있는데, 흔한 일은 아니에요."

"감염요? 그게 더 위험한 거 아닌가요?"

예상한 질문이라는 듯 내가 말하는 동안 고개를 끄덕이고 있던 그녀가 간단하게 대답했다.

"포트 사용 중에 고열이 난다거나, 통증이 있고, 피부가 빨갛게 변하고 목이나 팔이 심하게 붓는다면 응급실로 즉시 달려가시면 됩니다."

그녀는 '달려가셔야 합니다'가 아니라 '달려가시면 됩니다'라고 말했다. 마치 아무 일도 아니라는 듯이 말이다. 주의사항이 너무 많은 몸이 되어버렸다. 사용설명서 같은 거라도 부착해야 할 지경이었다. 포트 시술 이야기까지 들으니 항암에 대한 공포는 더 커졌다. 그놈이 내 몸에 들어와 무슨 짓을 할지 무서웠다. 질질 끌려다니다가 종내는 알 수 없는 어딘가에

거꾸로 처박힐 것 같았다.

 수술 부위가 완전하게 아문 것 같지도 않은데 다시 수술실로 실려가서 항암포트를 심었다. 나 때문에 모인 사람들이지만 아무도 나에게 관심이 없어 보이는 사람들에 둘러싸여 나는 눈부신 수술실 천장의 전등을 마주했다. 간호사가 다리와 엉덩이 부분을 벨트로 꽁꽁 묶었다. 가슴과 목까지 알코올로 닦고 부분마취를 하자 쇄골 부분이 점점 굳어지는 것이 느껴졌다. 무거운 시트가 가슴 위에 얹히더니 파란색 천이 얼굴 위에 올려졌다.

 "오른쪽으로 얼굴을 돌리시고, 그 자세로 견디셔야 합니다. 한 시간 정도 걸릴 거예요."

 나는 다시 느꼈다. 수술실은 춥구나. 오른쪽 어깨가 시려왔다. 전신마취를 하지 않고 하는 수술은 생생해서 더 끔찍했다. 달그락거리는 소리와 지익지익 뭔가가 썰리는 소리가 나더니 내 배 위에 툭툭 수술도구 같은 것들이 던져졌다. 그 모든 과정은 눈앞이 온통 파란 세상 속에서 순식간에 이루어졌다. 마치 잔혹 동화 속에 들어와 있는 느낌이었다.

 "이희주 씨, 일어나실 수 있겠죠?"

 간호사가 등에 손을 대고 나를 일으켰다. 수술실 바닥에 피가 제법 떨어져 있었다. 피가 흥건한 바닥에 간호사가 내 슬리퍼를 놓았다.

 "신발 신으시고요. 자, 여기 앉으세요. 조심하시구요."

휠체어 바퀴가 내 몸이 흘린 피를 유유히 밟고 지나갔다. 순간 바닥이 흔들리는 듯한 어지럼증이 일었다.

"여기 잠시 기다리세요."

휠체어를 끌고 오던 간호사는 복도 한쪽에 나를 두고 가버렸다. 한쪽 구석에 큰 플라스틱 통이 있는 복도였다. 나는 그곳에 처박힌 수술 잔여물 같았다. 복도에는 간호사들이 지나다녔지만 아무도 나를 거들떠보지 않았다.

문득 나는 이 병원에서 첫 아이를 낳았음을 기억해냈다. 개인 산부인과가 많았는데도 그때 나는 첫 아이라 무조건 큰 병원에서 낳아야 한다고 생각했다. 이 대학병원에서 한 시간 이상 기다리며 꼬박꼬박 정기검진을 받고 아이를 낳았다. 병원은 그리 친절하지 않았다. 출산 후 간호사는 나를 회복실로 이동시키더니 아무런 말도 없이 나가버렸다. 눈이 어둠에 익기를 기다리며 눈을 감았다가 떴다가 하던 나는 그제야 옆 침대에도 산모가 누워 있는 것을 발견했다. 그 산모도 죽은 것처럼 꼼짝하지 않았다. 실제로는 한 시간도 안 되었을지 모르나 그때는 대여섯 시간은 된 것처럼 지루하게 느껴졌다. 아무도 나를 바깥으로 데려가지 않았다. 어둡고 희미한 조명이 자꾸만 가슴에 내려쌓여 급기야 숨이 막히는 것 같았다.

그로부터 시작과 끝을 알 수 없는 긴 실타래 같은 시간이 지났다. 결국 같은 병원의 다른 수술실을 거쳐 이번엔 회복실 침대가 아니라 을씨년스러운 복도의 휠체어 위에 방치된 채로 얼굴도 모르는 누군가를 기다리고 있다. 시간은 그때만큼 지루하고 힘들었다.

한참 동안 고개를 푹 수그리고 있던 나는 눈을 뜨고 주위를 둘러보았다. 여태까지 인지하지 못했던 유리방이 눈앞에 있는 것을 나는 그제야 알아차렸다. 유리방 안쪽 침대에 상체를 벗은 채 누워 있는 남자가 보였다. 근육도 붙어 있는 건강한 상체라는 생각이 들었다. 하지만 머리는 박박 민 채였다. 심심했으므로 나는 그 남자를 관찰하기로 했다. 저 방은 어떤 용도로 쓰이는 것일까, 남자는 죽어가는 중일까 아니면 결국 살아서 집으로 돌아가게 될까, 쓸데없는 생각들이 머릿속에서 뒤죽박죽 올라왔다. 그리고 그 생각을 따라 피곤이 허기진 뱃가죽처럼 나를 덮었다.

"이희주 씨 맞죠?"

높은 톤의 목소리를 가진 남자 직원이 휠체어를 잡았다. 휠체어에 앉아 있는데도 건들거리면서 걷는 것이 느껴졌다. 뿐만 아니었다. 남자는 휠체어를 밀면서 만나는 사람마다 낄낄거리며 말을 걸었다. 나에게 무슨 해를 끼치지도 않았는데 기분이 나빴다.

병실에는 전남편 형석이 와 있었다. 의자에 앉아서 스마트폰 게임을 하다가 엉거주춤 일어난 형석이 남자에게서 나를 받아 침대에 눕혔다. 눈물이 도르륵 목덜미를 타고 흘렀다. 형석이 티슈 두 장을 뽑아 건네주더니 수건을 얼굴에 덮어주었다.

"유미가 바쁘다고 해서……"

"됐어. 가봐."

형석은 대꾸도 없이 침대 옆 의자에 앉더니 다시 스마트폰 게임을 계속했다. 저녁밥을 먹은 후 씻느라고 화장실에 다녀오는 동안 내 팔을 붙잡고 부축을 하면서도 형석은 아무 말도 하지 않았다. 여덟시가 조금 넘었을 뿐인데 앞 침대의 환자 보호자가 일어나 병실의 불을 껐다. 나는 이불을 어깨까지 올리고 눈을 감았다. 곧 형석이 병실을 나가는 소리가 들렸다.

형석이 나가자마자 전화벨이 울렸다. 엄마였다.

"너는 어째 소식이 없냐? 벌써 며칠째. 요양병원에 처박아 놓고 에미가 죽든지 말든지 관심도 없냐?"

엄마의 날 선 목소리에 심장이 덜컥 내려앉는 것 같았다. 나는 소리 나지 않게 핸드폰을 아래로 내리고 길게 숨을 쉬었다. 엄마가 이렇게 공격적으로 나온다는 것은 무엇보다 정신이 맑다는 증거였다. 나이가 들수록 엄마는 노골적으로 나를 공격했다. 너를 생각할수록 화가 난다는 듯이 말이다.

"내가 좀 몸이 안 좋아. 엄마, 곧 갈게요."

"몸이 안 좋기는 니가 나보다 더하겠냐."

질책하는 엄마 특유의 빈정거림이 지나가고 탁 전화가 끊겼다. 빈 전화기 속으로 잉 하는 울림이 길게 이어졌다.

05

"엄마, 퇴원하는 날 아빠가 가도 돼? 나, 그날은 전시회 준비 때문에 조금 어려울 것 같아. 명숙 이모도 안 된다고 해서."

"택시 타면 돼."

"혼자 가는 건 안 돼. 짐도 있고."

나는 잠시 침묵했다. 전화기 안에서 유미의 한숨 소리가 들렸다. 퇴원 후 이런저런 짐을 정리해 집으로 가는 것은 나의 일이지만 자식의 일이기도 하다. 딸의 마음을 생각한다면 불편함이 있더라도 내가 참는 것이 맞다고 생각했다. 이것이 나를 늘 불안과 초조 속에 있게 했던 엄마에게 배운 교훈이라면 교훈이었다.

"그렇게 해. 니 아빠 오시라고 해."

"고마워, 엄마."

그렇게 다시 형석의 차를 타게 됐다. 형석도 내키지 않았음이 틀림없겠지만 유미가 부탁했을 것이고, 이런 간단한 심부름으로 그나마 남아 있는 죄책감을 상쇄시킬 수 있을 거라 생각했는지도 모른다. 그리고 무엇보다 시간이 흘렀다. 시간이 흐르면서 나는 차츰 편안해지는 것을 느꼈다. 어쩌면 혼자라는 이 상황을 기다려왔는지도 모르겠다는 생각이 들 정도였다. 그리고 삼 년이라는 시간은 용서할 수 없을 것이라고 생각했던 칼날 같은 감정들 역시 무디게 해주었다. 하지만 이것은 당뇨병 환자의 설탕 같은 것이다. 외로움을 덜기엔 달콤하지만 먹으면 죽는다.

"괜찮아?"

백미러로 눈을 맞추려 애쓰며 형석이 물었지만 나는 고개를 창밖으로 돌렸다. 나는 일부러 그를 쳐다보지 않는 것은 아니라는 인상을 주기 위해 창밖의 풍경에 집중했다.

"왜 아직도 혼자야? 혼자가 아니라면 유미가 당신한테 이런 일 부탁하지도 않았을 텐데."

나는 듣기 싫을 게 분명하지만 고맙다는 말 대신 비꼬아서 마음에도 없는 말을 했다.

"유미 때문만은 아니야. 나도 당신이 걱정되지."

걱정된다는 그의 말에 나도 모르게 인상이 찌푸려졌다.

"유미가 괜히 연락을 해서……"

내가 말을 흐리자 형석이 입을 다물었다. 형석은 일 년 동안 같은 사무실에 있는 여자를 만났다. 여자도 유부녀였다. 내가 그들 사이를 알게 된 것은 여자의 남편이 나에게 전화를 걸어왔기 때문이었다. 남자는 이렇게 말했다.

"모르고 있었다고요?"

그걸 제가 어떻게 압니까? 라고 대답하자 남자가 한심하다는 듯이 혀를 쯧쯧 찼다. 자기는 반년 전부터 눈치를 채고 있었고, 와이프가 너무 용의주도해서 증거를 잡는 데 시간이 걸렸을 뿐이라고 했다.

"이것들이 한 달에 한 번은 여행을 다녔어요. 처음에는 출장이니 뭐니 핑계를 대더니 나중에는 아예 대놓고 친구랑 여행 간다고 하더라고요. 내가 진짜…… 눈이 뒤집히는 줄 알았는데, 아주머니는 아무것도 몰랐다고요? 남자는 훨씬 더 표가 많이 납니다. 당신 남편이 결백할 정도로 완벽한 사람이 아니라면 아주머니가 관심이 없는 거네요."

남자의 신랄한 야유를 들으며 전화를 끊으면서도 나는 이것이 장난이나 잘못 걸려온 전화일 거라고만 생각하고 있었다. 형석은 지나치게 허술한 사람이었다. 핸드폰 비밀번호도 설정해놓을 줄 몰랐고, 카톡의 나가기 버튼을 사용할 줄도 몰랐다. 가끔 옷에서 생소한 향을 맡은 적도 있었지만, 섬유유연제를 너무 많이 썼나 하고 넘어갔을 뿐이었다. 그것이 상대방에 대한 신뢰였는지 무관심이었는지 사실 그 남자의 전화를 받고 난 후에야 나는 자기검열을 했다. 분노에 휩싸인 남자는 이런 여자랑 뭘 의논하겠다고 어렵게 전화번호 알아내서 연락했는지 모르겠다며 전화를 일방적으로 끊었다. 남편의 외도를 눈치채지 못한 것이 무슨 큰 잘못이라도 된 것 같은 기분이었다.

형석은 아무 변명도 하지 않았다. 무조건 잘못했다고, 자신이 책임지겠다고 했다.

"책임을 지겠다고? 어떻게? 어디를? 어느 부분을 책임지겠다는 거야? 내가 받은 충격? 유미랑 민재가 받을 상처? 어떻게 책임을 지면 그게 없었던 일처럼 되는 건데?"

형석은 내가 원하다면 그게 무엇이든 감수하겠다고 했다. 자신은 어떤 죗값이라도 치를 결심을 했고, 만약 그게 이혼이라면 받아들이겠다고 말이다. 형석이 말하는 책임은 아마 그 부분인 것 같았다. 책임이라는 말이 너무나 가증스러워서 그때 나는 서슴없이 그의 뺨을 때렸다.

"유미 뭐라고 하지 마. 사실 나 때문에 당신이 이 병에 걸렸을지도 모른다고 생각했어. 그래서 가능한 내가 할 수 있는 일이 있으면 돕고 싶었어. 그래서 유미한테 혼자 감당하지 말고 어려운 일 있으면 꼭 연락하라고 했고."

"쓸데없는 소리 마. 이게 왜 당신 때문이야?"

"암의 가장 큰 원인은 스트레스라잖아."

나는 아무 대답도 하지 않았다. 그 시간들을 다시 떠올리고 싶지 않았기 때문이었다. 그러면서도 문득 스트레스, 정말 그 시간들의 스트레스가 내 병을 키웠을까? 그때부터 시작된 것일까? 라는 의문이 들었다. 그 여자와 한 달에 한 번씩 여행 갔다는 여자 남편의 말을 듣고 얼마나 많은 밤, 그들이 보낸 밤에 대해 상상하며 그 상상으로 나를 나락의 끝까지 보냈는지…… 절망뿐인 것 같던 그 시간을 다시 떠올리고 싶지 않았다.

"난 좀 외로웠어."

형석이 말했다. 앞쪽 어디에서 사고가 난 것인지, 터널에 들어간 차가 꼼짝도 하지 않은 지 십 분쯤 지났을 때였다.

"당신은 나를 보는 법이 없었지."

어릴 때부터 나는 그 누구에게도 관심이 없었다. 사춘기 전의 나의 눈은 오직 엄마의 애정을 갈구하는 쪽으로 향해 있었고, 사춘기 이후의 나의 눈은 오로지 엄마를 미워하는 데에만 집중해 있었다. 기어이 집을 떠나 다른 도시에서 공무원이 된 이후에도 불안과 불편함은 끝까지 나를 괴롭혔다. 나는 결국 다시 돌아왔다. 모든 것이 엄마 때문이었다. 엄마를 미워하면서 떠났다가 엄마의 불안이 미늘처럼 가슴에 걸려 다시 돌아오기를 반복했다. 또래보다 이른 나이에 결혼을 선뜻 선택한 것도 엄마와 같은 공간에 있게 되면 겪는 미묘한 감정들이 나를 끊임없이 우울의 늪으로 끌어당겼기 때문이었다. 엄마는 분명 아픈 사람이었지만 당시 나는 그것을 인정하고 싶지 않았다. 엄마가 일부러 그런다고 생각했다. 결혼을 하고 난 후에 나는 드디어 내가 보통의 가정을 가지게 되었다고 생각했다. 내가 만든 내 가족에게 집중할 수 있었고, 그것으로 나는 행복했다.

내가 생각해도 내가 이상해진 것 같다고 느낀 것은 민재가 대학교에 막 들어갔을 때였다. 어느 날 갑자기 찾아온 손님처럼 나는 그 병을 맞았다. 그러므로 식구들 중 누구도 내가 아프다는 사실을 인정하지 않았다. 새벽에 일어나서 입시생을 위한 아침밥을 더 이상 차리지 않게 된 나는 지독한 무기력증에 시달렸다. 누구에게 말하고 말고의 문제가 아니었다. 나조차도 내가 게을러졌다고 생각하고 있었다. 직장에서는 목에 쟁기를 건 소처럼 어딘가로 계속 끌려가는 것 같았고, 집 안은 거대한 수렁처럼 느껴졌다. 지친 하루를 마치고 집으로 돌아오면 나는 소파에 그대로 죽은 듯이 쓰러졌다. 시간이 한참 지난 뒤에야 나는 병을 앓고 있으며, 어쩌면 이것이 내가 그렇게도 증오했던 엄마로부터 물려받은 것일지도 모른다는 생각을 했다. 병원을 찾았을 때, 나는 엄마와 같은 우울증 진단을 받았다.

"나는 그때 아팠어. 지금 그게 내 탓이라는 말을 하려는 거야?"

"아냐. 그냥 엇갈림 속에 맞물린 거 같아. 당신에게 찾아온 무기력증을 무관심이라고 생각했어. 당신은 유독 민재한테 집중했고, 입시가 끝나자 우리 모두를 놓아버린 것 같았거든."
"그래서 당신이 그랬다고?"
"아냐, 그건 아니지만."
민재가 고등학교 3학년 무렵 그의 연애는 시작되었고, 내가 내연녀의 남편으로부터 전화를 받은 때는 민재가 대학을 입학하고 난 뒤였다. 그러므로 엄밀하게 말하면 나의 병과 그의 연애에는 시기적 교집합이 없었다. 그걸 다시 이 차 안에서 말하고 싶지 않았다. 이미 삼 년 전에 남편을 향해 저주스러운 악담을 퍼부으며 실컷 한 이야기들이었다.
"굳이 말하자면……"
형석이 뜸을 들였다. 형석은 어떤 일에 대해 이런저런 변명을 늘어놓는 타입이 아니었다. 어떤 일에 대한 핑계나 이유도 대지 않아서 그와 함께 사는 동안 내 마음대로 짐작하고 넘어가는 부분도 없지 않았다.
"민재가 다섯 살 때 유치원에서 다리가 부러졌을 때, 당신이 민재 데리고 간 정형외과 말야. 우리 집에서도 한 시간이나 걸리고, 유치원에서도 오십 분은 걸렸던 그 병원으로 당신이 기어이 데리고 갔을 때 나 정말 당신이 싫었어."
"……"
"나는 그때부터 외로웠다고 말한 거야."
형석은 한정호 정형외과를 말하고 있었다. 한정호의 병원.

그때 아이 다리가 부러졌다고 어떡하면 좋냐고 내가 전화했을 때 정호는 택시 타고 무조건 오라고 했다. 우리는 헤어진 지 팔 년 만에 그의 병원에서 재회했다.

정호와는 대학 독서 동아리에서 처음 만났다. 독서 동아리에 들어온 의대생은 정호가 처음이라며 선배들은 떠들썩하게 정호를 맞이했고, 나머지 신입 다섯 명은 조금은 같잖다는 시선으로 정호를 보고 있었다. 그러든가 말든가 정호는 책상 위에 음료수를 놓고 여기저기 흩어진 과자봉지를 치웠다. 시간이 흐를수록 흥분해서 떠드는 선배들보다 신입생인 정호가 더 의젓해 보였다. 그해 신입생은 모두 여자들이었는데, 우리 모두는 정호에게 관심이 있었다.

정호는 노련했고, 우는 민재를 잘 다뤘다. 나와 정호 사이의 공간에 어색한 침묵이 흘렀으나 나는 아이를 앞세우고 그는 치료를 앞세워 우리는 서로 아무렇지도 않은 척 이야기를 나누었다. 밤에 자려고 눈을 감으면 소독액 냄새가 풍기는 정호가 내게 다가왔다. 시간이 응고된 듯 나는 그 순간 과거로 돌아갔지만, 그것은 아무에게도 말하지 않은 내 머릿속 상상이었다. 나는 오로지 병원에는 아는 의사가 있으면 좋다는 일반적인 논리에 따라 그를 찾아갔던 것뿐이라고 믿었다.

하지만, 터널 속에 가득 찬 붉은 브레이크 등을 보며 민재를 앞세워 정호를 만났던 그 시간들을 내가 얼마나 행복하게 여겼는지 나는 알고 있었다. 정호가 민재의 상태에 대해 설명할 때 나를 바라보는 눈빛에 스민 애잔함과 애절함을 읽으려고 애쓰면서도 내 눈빛이 흔들리는 걸 들킬까 봐 시선을 비껴야 했다. 다른 여자랑 결혼해서 살면서도 여전히 나를 걱정하고 보살펴주려는 그의 마음이 좋았다. 민재에게 조심해야 한다는 말을 하면서 정호의 팔이 내 어깨를 스칠 때 가슴이 쿵 하고 내려앉는 걸 느끼기도 했다. 하지만 그것을 가지고 죄책감을 가질 필요는 없다고 생각했다. 옛사랑은 배설물 같은 것이다. 어차피 다시 주워 담을 수 없는 것이다. 그 속을 파고 들어가면 치열한 전쟁이 여전히 남아 있다. 엄마가 평생 우울증에 걸려 시달린다고 그러던데, 딸이 그런 엄마 밑에서 뭘 보고 컸겠냐는 것이 정호 어머니의 결혼 반대 이유였다.

"정호는 그러더라. 힘들게 살아온 너를 지켜주고 싶다고. 하지만 내 입장은 달라. 사랑도 받은 사람이 줄 수 있는 거야. 사실 그런 정신적인 병력의 유전 여부도 걱정되고…… 난 내 아들이 사랑받길 원한다."

나는 아픈 엄마를 앞세워 정호 어머니가 나에게 쏟아내던 말들을 견디지 못했다. 나는 다음 날 정호 앞에서 철저히 사라짐으로 이별을 고했다. 하지만 그는 오랫동안 내 옆에 존재했다. 그가 누구와 결혼을 하고, 어디서 개업을 했는지 알고 싶지 않아도 동아리 멤버 중 누군가가 나에게 알려주었다.

민재의 다리가 부러졌을 때 오로지 민재 때문이라고, 다른 감정은 깡그리 말라버렸을 것이라고 나는 생각했다. 나에게는 모성보다 더한 것은 없으리라고 자신했던 것이다. 그때 옛 연인을 만난다고 추호도 생각하지 않았지만 나는 그 시간들을 기다렸다. 민재의 다리 수술 후 석 달 동안 통원 치료를 하기 위해 함께 운전하곤 하던 차를 형석에게 주고, 나는 중고 승용차를 따로 구입했다. 몇 번이나 형석이 가까운 병원으로 옮기자는 말을 하였으나 나는 들은 척도 하지 않았다. 그러니 그 시간들을 어찌 평범한 시간이었다고 할 수 있을까. 지금 생각하니 그렇다는 이야기다. 형석의 외도로 분노하던 내 모습이 그 시간들에 겹쳐서 떠올랐다. 마치 결정적으로 취약한 나의 한 부분이 세상에 드러난 것 같았다. 무엇보다 그것을 형석도 알고 있으리라고는 생각도 하지 못했다는 점이 그러했다.

"당신이 친구라고 했던 그 의사, 한정호……"

형석은 자신이 민재를 데리고 그 병원을 찾았던 날에 대해 말했다. 어느 날 민재는 더 이상 한 시간이나 걸리는 그 병원을 다니지 않게 되었다. 정호가 전화했던 것이다. 이제 급한 불은 껐으니 가까운 병원에서 치료받으라고 말이다. 그 전화를 끝으로 그는 더 이상 안부를 묻지 않았다. 연락을 뚝 끊은 그가 서운했으나 시간이 지나면서 그 서운함도, 찌꺼기처럼 남아 있던 애틋함도 일상에 묻혀버렸다.

나는 그 사실을 오늘에야 알았다. 더 이상 자신의 병원에 오지 않아도 된다고 말한 정호의 전화 뒤에 형석이 있었다는 사실을 말이다.

01

그림의 제목은 '나무'였다. 처음 전시장에서 이 그림을 보았을 때, 왜 제목이 나무인 거지? 라고 나는 생각했다. 전체적으로 회색 바탕이 주를 이루고 오른쪽은 흰색과 청회색으로 거칠게 칠해졌다. 이리저리 뻗거나 휘어진 검은 선과 새총 모양으로 벌어진 형체들을 나뭇가지로 본다면 나무라고 여겨지기도 했다. 마치 붓끝에서 잘못 떨어뜨린 것처럼 오래된 피 같은 붉은 점들이 여기저기 흩어져 있고, 포물선을 그린 거친 줄 하나가 그림을 관통했다. 회색 바탕은 날카로운 끌 같은 것으로 여기저기 두텁게 스크래치를 내어 나로서는 더욱 의미를 알 수 없게 만들어놓은 유화였다. 대부분이 추상화인 전시회장의 그림들을 관람하고 나는 다시 「나무」 앞에 섰다. 마치 내 안에 웅크리고 앉은 알 수 없고 어지러운 어둠의 실상을 마주한 기분이었다. 직장 동료의 지인이 하는 전시회라고 해서 따라간 곳이었다. 유미가 그린 그림 외에는 관심을 가져 본 적도 없고, 한 번도 그림을 구매한 적도 없었는데 이상하게 발길이 떨어지지 않았다.

나는 다음 날, 다시 그「나무」를 보기 위해 집을 나섰다. 그림은 어제보다 더 나무 같았다. 검고 붉은 점들을 스치고 지나가는 굵은 선은 잿빛 세상을 홀로 견디는 외로운 생명체처럼 가혹해 보였다. 휘어지고 꺾인 선들은 쓰러지지 않기 위해 힘겹게 버티고 선 나무의 가지가 분명했다. 작가의 의도를 짐작조차 할 수 없는 이 어지러운 추상화가 내 발걸음을 자꾸만 붙드는 이유가 있을 것 같았다. 유미에게 전화를 걸어 그 이야기를 했더니 그럼 사야 한다고 유미가 강력하게 말했다.

"엄마, 그럼 사야지."

"딸내미 그림도 아직 하나 못 걸었는데?"

"나중에 개인전 하고 나면 엄마가 제일 마음에 드는 걸로 하나 걸어. 그건 그거고, 이건 이거지. 볼 때마다 마음이 달라질 거야, 엄마. 어제보다 오늘이 더 나무 같았다면 분명 엄마한테 좋은 그림이고 맞는 그림이야."

그래서 난생처음 그림을 구매하게 되었다. 무명 화가의 작품이라 그런지 생각보다 비싸지 않아 다행이라고 생각했지만, 그래도 그림을 사다니 참, 간도 크다, 라고 그때는 생각했다. 하지만 하루에도 몇 번씩 나를 보는 나무가 있었고, 하루에도 몇 번씩 나무를 보는 내가 있었다. 내가 지나쳐온 과거의 어느 순간, 내가 닿게 될 앞으로의 어느 장면을 조용히 엿보고 있는 느낌이었다. 그러는 동안 나는 차츰 편안해졌다. 나무는 이미 나에게 값을 매길 수 없을 정도로 소중한 어떤 존재였다.

 형석의 짐이 모두 빠져나간 거실에 나는 「나무」를 제일 먼저 걸었다. 이 그림 액자를 건 지 벌써 삼 년이 지난 것이다. 이제 「나무」는 확실한 나무였다. 왜 처음에 이 그림을 나무라고 생각하지 못했는지 의아할 정도로 나무는 그 존재감을 확실하게 알렸다. 이파리 하나 달지 않고도, 상처와 거미줄에 휩싸여 있어도 나무는 굳건했다. 니가 나무여서, 그래서 살 수 있는 거라고 「나무」를 보며 나는 종종 그렇게 중얼거렸다.

 거실은 단출했다. 형석이 나갈 때 소파를 함께 보냈기 때문이다. 형석은 소파에 누워 있는 걸 좋아했고, 그래서 나는 그 물건이 보기 싫었다. 1인용 소파와 작은 탁자가 있는 거실은 왠지 곧 이사를 나갈 집이거나, 막 이삿짐을 겨우 몇 개만 들인 집처럼 느껴졌다. 긴 소파가 싫다고 했더니 유미가 사서 들인 것이었다. 부모의 이혼에 침묵으로 일관하던 민재와 달리 유미는 좀 더 적극적으로 엄마를 챙겼다. 아빠의 짐이 나간 자리를 걱정스러운 눈으로 본다거나 고양이를 키우는 건 어때? 라고 묻는 식이었다. 아마 제 아빠한테도 마찬가지였는지 형석이 작년부터 고양이를 키우기 시작했다는 말을 듣기도 했다.

베란다 오른쪽 창으로 해가 지는 것이 보였다. 형석이 떠나고 난 뒤 나는 오른쪽 창에 붙어서 해가 지는 것을 자주 보았다. 그쪽에서 해가 진다고 스스로 인식한 적이 한 번도 없는 것처럼 나는 노을이 하늘과 빌딩들을 가득 물들일 때까지 우두커니 서 있곤 했다. 순간 맞은편 아파트 유리창에 반사된 노을 두 줄이 우리 집 거실 바닥으로 재빠르게 드러누웠다. 이즈음 꼭 나타나는 현상이었다. 이삼 분이면 그 빛은 감쪽같이 사라졌다. 마치 빛의 긴 그림자 같기도 한 바닥의 빛을 응시하며 나는 계시라도 받은 듯한 느낌에 사로잡혔다.

항암이 시작된다……

케모포트 시술한 곳과 수술 부위가 아물기를 기다리는 동안 항암에 대한 공포감으로 일이 손에 잡히지 않았다. 가끔 책을 펼치면 글자는 읽고 있는데, 내용은 하나도 알 수 없는 채로 페이지만 넘어가는 일이 무시로 일어났다. 영화 속 인생과 도전, 그들의 희망과 슬픔과 좌절을 엿보며 가끔 그 가짜 인생에 속아 눈물을 흘리면서 나는 내 인생 역시 가짜로 느껴진다고 생각했다. 넷플릭스가 알고리즘을 타고 '회원님이 좋아할 만한 콘텐츠'들을 토해놓는 사이 1차 항암 날짜가 성큼 다가왔다.

가만히 누워서 링거액을 받는 것이 항암이었다. 링거액은 어마어마한 힘을 발휘해서 내 몸의 세포들을 간단하면서도 무례하게 건드렸다. 링거는 한 병을 비울 때마다 다른 것으로 다시 교체되었다. 몸은 그것들을 거부할 작은 빈틈조차 없어서 점점 무기력해져갔다. 마치 고립된 감옥 속에 갇혀서 억지로 뭔가를 꾸역꾸역 삼키고 있는 기분이었다.

병원에 와서 그 소리를 처음 들었던 순간에 대해 이야기해야겠다. 처음 그 소리를 들었을 때에는 환청이라고 생각했다. 항암을 하고 있다는 생각 그 자체로 무서웠고, 그래서 더욱 잠이 오지 않았다. 잠이 오지 않으니 몸에 붙어 있는 링거줄이 거추장스럽기 그지없었다. 정지시켜둔 링거의 바늘을 빼고 편하게 누워 있으면 잠이 좀 올까 싶어서 몸을 뒤척였다. 시간이 되면 알아서 주삿바늘을 빼주러 오더니 바쁜 일이 있는지 잠시 졸고 있는지 간호사실에서는 아무런 기척이 없었다. 일어나기 귀찮아 한참을 그대로 누워 있다가 나는 느릿느릿 슬리퍼를 꿰신었다.

간호사실은 텅 비어 있었다. 저기요, 라고 부르려다가 나는 가만히 그 자리에 섰다. 무슨 소리를 들었기 때문이었다. 누군가가 내 이름을 부르는 소리였다. 병원 침대에서 늘 듣는 것처럼 성과 이름을 함께 부르는 것이 아니라 이름만 부르는 소리였다. 나는 귀를 기울이려 잠시 간호사실 데스크에 머리를 기대었다. 그때 정말 내 이름을 부르는 소리가 들렸다. 이번엔 성도 함께였다.

"이희주 씨! 아, 죄송해요. 다른 병실에 갔다가 어찌나 환자분께서 컴플레인이 많으신지 제가 그만 깜빡하고. 자, 링거 빼드릴게요."

링거줄이 몸에서 빠지자 자유로움이 느껴졌다. 자유로움과 함께 수면 욕구도 완전히 달아나버렸다. 잠들지 못하는 이유가 항암제라는 독한 약 성분 때문인지 낯선 환경 탓인지 아니면 정신적인 문제 때문인지 알 수 없지만, 가만히 누워서 시간이 지나가는 것을 확인하는 것은 보통 문제가 아니었다. 가능한 눈을 뜨지 않았다. 시간을 확인하는 절차를 최대한 늦추기 위해서였다. 인내심 끝에 눈을 뜨면 문틈으로 새어 들어온 빛으로 벽에 매달린 벽시계가 조롱이라도 하듯 천천히 바늘을 옮기는 것이 보였다. 시간은 이상하게 한 시간씩 뭉텅뭉텅 잘려 나갔다. 그러므로 침대를 벗어난 지금은 그곳으로 돌아가지 않는 편이 나을지도 몰랐다.

나는 링거줄이 매달려 있던 왼쪽 가슴에 심겨진 포트에 가만히 손바닥을 대고 병실을 지나쳐 휴게실로 갔다. 새벽 두시의 휴게실에는 아무도 없었다. 텔레비전도 꺼져 있었지만 휴게실이 아주 조용한 것은 아니었다. 옆 병실의 코 고는 소리와 간호사실에서 따르릉거리는 전화 소리가 끊임없이 들렸다. 나는 소파에 등을 기대고 머리를 뒤로 젖힌 후 눈을 감았다.

—희주야.

나는 번쩍 눈을 떴다. 잠깐 기댄 것 같았는데 시간이 이십분이나 지나 있었다. 마치 그 짧은 시간 동안 코 고는 소리와 전화벨 소리를 목침 삼아 잠이 든 기분이었다. 그리고 누군가가 나를 부르는 소리에 깬 것이다. 목소리는 분명했다. 아까 복도에서 들었던 가냘프면서도 단호한, 바로 그 목소리였다. 꿈인가, 꿈이겠지. 그럼 아까 복도에서 들은 소리는? 자꾸 환청이 들리는 이유는 역시 몸이 허약해졌기 때문일까. 나는 몸을 일으켜 천천히 병실로 돌아왔다. 발이 질질 끌리는 느낌이었다. 누군가가 뒤에서 등을 잡아채기라도 한 것처럼 발이 무거웠다.

이 느낌이 처음은 아니었다. 초등학교 5학년 때 학교에서 피구를 하다가 상대팀 남학생이 던진 공에 머리를 맞고 정신을 잃고 쓰러졌을 때였다. 보건실에 누워 있는데 누군가가 '희주야' 하고 부르는 소리가 들렸다. 처음엔 친구들인 줄 알았다. 눈을 뜨자 보건선생님이 1학년쯤 되어 보이는 아이를 치료하고 있는 모습이 보였다. 주변에 다른 아이는 아무도 없었다. 그때 다시 내 이름을 부르는 소리가 들렸다. 가냘프고 단호한 목소리. 나는 벌떡 일어나 앉았다. 후다닥 일어나는 내 소리에 보건선생님이 고개를 돌렸다.

"아이고, 니 일어났나?"
"선생님, 혹시 저 불렀어요?"
"안 그래도 언제 일어나나 싶어서 기다리고 있는 중이다.

너거 쌤도 아까 다녀가싰다. 안 일어나면 병원 가볼라 했더만 다행이다. 인제 괜찮나?"

나는 고개를 끄덕였다. 고개를 끄덕이는 내 양쪽 볼에 얼음덩이가 문지르고 지나간 듯한 서늘함이 느껴졌다.

사십 년이 지났지만 나는 지금도 그 목소리의 톤과 색깔을 기억했다. 그것을 잊어버릴 것이라고 한 번도 생각하지 않았다. 그만큼 선명했던 것이다. 그리고 그 목소리를 오늘 다시 들은 것이다.

"맞아, 그 목소리야. 그 목소리가 맞아."

치매로 요양병원에 들어간 엄마는 내 이름을 잘 부르지 않았지만, 가끔 희주야, 라고 나지막하게 부를 때가 있었다. 그렇게 이름을 불러놓고 엄마는 내게 물었다. 우리 희주 못 봤나? 그때 엄마의 눈빛을 나는 기억했다. 젖어 있었고 흔들렸다.

이런 멍청한 생각을 하는 자신이 한심스러웠다. 고작 첫번째 항암을 하면서 이렇게 나약해진다면 여덟 번이나 되는 그 과정은 어떻게 견딜 것인가.

'약물은 몸에 축적되고, 더 이상 나빠질 것이 없다고 생각될 때까지 나빠질 거예요.'

낮에 옆 침대에 누워 있던 꽃무늬 비니를 쓴 여자가 했던 말이었다. 환청까지 듣다니 갈 데까지 가는구나 싶은 생각에 눈물이 아니라 화가 났다.

며칠 전 명숙 언니가 추천해준 넷플릭스 영화가 떠올랐다. 「데이비드 게일」이라는 영화였다. 죽음 앞에 선 인간이 겪는 심리적인 변화에 대해 두 주인공이 주고받는 대화 중에 나온 말이었다. 무심결에 지나간 그 장면을 앞으로 돌려서 몇 번이고 반복해서 보았다. 죽음을 직면한 인간은 부정-분노-타협-우울-수용의 5단계를 거친다는 어느 박사의 이론에 대한 이야기였다. 내가 그 이야기를 했을 때 명숙 언니는 그건 인간에 대한 보편적인 이론일 뿐이라고 말했다.

"그에 따르면 나는 아직 부정과 분노의 단계에 머무르고 있어. 이 생소한 질병과 타협할 생각이 없고."

"인간은 누구나 그래. 의사에게 선고를 받은 순간 뭔가가 잘못되었을 거라는 부정의 순간이 짧게 지나가고 계속 분노의 감정 속에 휩싸인 채 다음 단계로 넘어가지 못하는 거야. 그건 누구나 그럴 거라고."

하지만 나는 계속 징징거렸다. 나보다 건강 관리를 못하는, 무절제한 삶을 살면서도 암 따위 걸리지 않는 사람도 많았다. 뉴스에 나오는 살인마, 극악무도한 성폭행범도 병에 안 걸리고 잘만 살았다. 그런 생각이 들 때마다 분노가 솟구쳐 올랐다. 위로의 말을 전하면서 사람들은 마치 약속이라도 한 듯이 같은 말을 했다. 더 이상 암은 불치병이 아니야. 암에 걸리면 죽는다는 건 옛말이야. 나도 곧 걸릴지도 몰라. 네 명 중 한 명이 암 환자래. 그들의 말은 전혀 위로가 되지 않았다. 암은 암이었고, 고혈압이나 당뇨와는 다른, 좀 더 죽음에 가까운 질병이 분명했다. 여전히 전 세계 사망률 1위는 암이며, 완치 판정을 받는다고 해도 재발률도 높았고, 몸을 망가뜨리며 치료라는 것을 하는 항암이라는, 선택의 여지가 없는 유일한 방법만이 내 앞에 놓여 있다는 것이 명백한 사실이었다.

"그냥 화가 나. 화가 나서 미칠 것 같아. 내가 다른 사람이 된 기분이야. 이런 감정에 빠져 있는 내가 싫어서 견딜 수가 없어. 병을 알기 전의 내가 나인지, 속수무책 감정 기복에 휘둘리는 내가 나인지……"

내가 자책하자 언니는 그게 바로 인간이라는 증거라며 손을 내저었다.

"사람이 다 그렇지. 우리가 신이 아니잖아."

"하지만 한순간에 정체성이 없는 인간이 된 것 같아. 내 꼴이 얼마나 한심한지 모르겠다."

"인간의 정신이 그렇게 단단하고 대단한 거겠니?"

"그래도 이렇게 흔들릴 수 있는 걸까. 이렇게 미쳐 날뛰는 내 감정이 정상일까? 난 내가 좀 이성적인 인간이라고 생각하고 살았는데……"

명숙 언니가 미간을 찌푸리며 고개를 흔들었다.

"자아는 뇌의 물리적 변화나 호르몬의 불균형 때문에 달라질 가능성이 더 높다고 그랬어. 어느 책에서 읽은 내용인데 지금 너를 딱 잘 설명해주는 것 같아. 질병으로 뇌에 물리적 손상을 입으면 성격이나 사고방식이 크게 바뀔 수 있다는 거지."

그렇게 말하는 명숙 언니의 눈은 확신에 차 있었다. 그녀의 눈빛을 보니 자아가 다시 흔들리는 기분이었다. 내 자아가 고작 이런 말 한마디에도 흔들리다니, 믿을 수 없었다.

"그런 책으로라도 위안을 받아야 하나? 엊그제는 내가 성격파탄자 같다는 생각이 들더라."

"슬픈 거보다 화가 나는 게 더 나아. 분노한다는 건 그래도 뭔가 바뀔 수 있는 여지가 있다는 거잖아."

그녀다운 말이었다. 성격 테스트 프로그램에서 명숙 언니의 예상 가능한 직업군 중에 성직자가 있었다. 그녀는 나름대로 작전을 세웠을 것이다. 그녀는 나에 대해 아주 조심스럽게 대처하고 있었고, 나를 자극하지 않으려고 애를 썼다. 하지만 가장 친한 사람의 이런 따뜻한 배려도 가끔은 내 화를 멈추게 하지 못했다. 참 어처구니없는 일이었다.

분노는 항상 엉뚱하고도 생각지도 못한 것에서 터져 나왔다. 지난주에는 명숙 언니가 손수 담가 가져다준 물김치가 문제였다. 비닐봉지에 담겨 있는 물김치를 김치통에 옮기면서 국물을 먼저 통에 따르고 김치를 그 위에 쏟아붓다가 그만 국물이 사방으로 튀고 만 것이다. 싱크대 주변과 바닥, 옷까지 모두 김치 국물이 튀었다.

"도대체 뭐 하는 거야? 이거 다 어떡할 거야! 왜 이런 걸 갖다준 거야!"

나는 김치 국물이 튄 얼굴로 울부짖으며 엉뚱하게 눈앞에 있지도 않은 명숙 언니에게 화를 퍼부었다. 그리고 그 자리에서 옷을 벗어 빨래통에 던져 넣고 바닥을 닦지도 않고 그냥 방으로 들어가버렸다. 혼자여서 다행이었다. 이런 날감정을 그대로 드러내다니 언니가 옆에 있었다면 나에게 질려서 혀를 내둘렀을 것이다. '이럴 생각이 아니었는데, 또 이러고 말았어.' 그런 생각이 들었지만 이미 늦어버린 후였다.

―희주야.
휴게실에서 병실로 들어간 지 얼마 안 되어 잠깐 선잠을 잔 것 같았다. 하지만 분명 꿈은 아니었으니 환청이 분명했다. 사람이 몸이 아프다고 정신마저 이상해지면 어쩌자는 것인가. 나도 모르게 헛웃음이 나왔다. 그러니 이게 무엇인지 확인해야 했다. 헛소리를 들을 만큼 나약해진 것인지, 아니면 정말 누군가가 있는 것인지 말이다.
―누구세요?
―너 내 말이 들리는구나. 내가 보이기도 하는 거야?
병실 안은 어두웠다. 복도에서 새어 나온 빛이 희미하게 병실 안에 스며들 뿐이었다.
―보이지는 않아요. 그런데 누구지?
―나? 나는 너지.
드디어 정신마저 허약해져서 헛소리를 듣는 지경까지 이른 것이다.

　―무슨 소리야? 귀신이야? 날 데리고 가려고? 이제 겨우 1차 항암 하는데?

　―나는 희주야. 너랑 같은 이름을 쓰고 너랑 같은 몸을 가지고 있어.

　나는 벌떡 몸을 일으켰다.

　―희주? 니가 정말?

　귀를 기울였으나 목소리는 더 이상 들려오지 않았다. 나는 목소리가 어땠는지 떠올려보려 했으나 전혀 기억나지 않았다. 살아 있는 사람의 차분한 목소리였나? 아니면 울림 장치를 쓴 것처럼 떨려 나오던 유령의 목소리였나? 어쨌든 형체도 없는 목소리를 들은 것은 사실이었으니 무서웠다. 겁이 났다. 정말 희주가 찾아왔을까 봐.

0
2

 희주라는 이름이 내 이름이 아니라는 사실을 알게 된 것은 아주 우연이었다. 엄마의 막내 여동생인 수미 이모가 미국에서 왔을 때 식탁에 앉아 두 사람이 하는 이야기를 들었다. 그때 나는 학원을 갔다 와서 교복도 벗지 않고 거실에 앉아 텔레비전을 보고 있었다. 두 사람은 나를 전혀 의식하지 않고 있었는데, 텔레비전 소리가 컸기 때문이었다. 텔레비전에는 내가 좋아하는 음악 프로그램이 방영되고 있는 중이었다. 엄마가 계속 소리 좀 줄이라는 말을 하고 있었지만 나는 볼륨을 전혀 줄이지 않았다. 그래서 엄마는 내가 식탁 쪽에는 귀를 기울이지 않고 있다고 생각한 모양이었다. 그러다 가수가 노래를 다 마치지도 않았는데 광고가 뜨는 방송 사고가 났고,

그 방송 사고를 비집고 두 사람의 대화가 마치 물 흐르듯 자연스럽게 내 귀로 들어왔다.

"언니, 내 말 듣고 있어? 쟤가 희주 맞냐고."

"그게 무슨 소리야?"

"쟤는 내가 알던 희주가 아냐."

"얘가 무슨 뚱딴지같은 소리야?"

"희주는 왼쪽 귀 밑에 작은 점이 있었어. 내가 그 점을 얼마나 이뻐했는지 언니도 알잖아. 그런 게 없어졌을 리가 있어? 그리고 느낌이 달라."

"겨우 3개월 키워놓고 무슨 느낌 타령이야? 지금 쟤 중학생이야."

"아냐, 틀림없어. 점도 그렇고. 이마도……"

"어릴 때 애 얼굴은 열두 번도 더 변해. 쓸데없는 소리 하지 마."

나는 왼쪽 귀밑을 어루만졌다. 점 같은 건 없었다. 더군다나 그 점을 지운 흔적도 기억도 없었다. 순간 나는 수미 이모를 공항에서 처음 본 순간을 떠올렸다. 이모는 애가? 라는 표정으로 엄마와 눈을 마주치더니 나를 왈칵 안으며 말했다.

"첨 미국 갔을 땐 니가 보고 싶어서 잠을 못 잤어. 너 태어나고 미국 비자 나오길 기다리면서 키웠는데, 헤어질 때는 꼭 내 자식 같더라. 근데 어떻게 그때 얼굴이 하나도 안 남았네."

엄마가 서둘러 이모 품에서 나를 떼어내는 순간 나는 아버지의 하얗게 질린 얼굴을 보았다. 오랜만에 처제를 만났기 때문이라고 하기에는 너무 당황한 표정이어서 의아하고 놀랐던 기억이 남아 있었다.

"귀신을 속여라."

이모의 말과 동시에 광고가 끝나고 가수는 다시 노래를 불렀으나 나는 더 이상 음악 프로에 집중할 수 없었다. 나는 볼륨을 그대로 두고 온 청력을 모아 두 사람의 이야기를 들었다.

"희주는 어떻게 됐어? 말 안 해줄 거야?"

나를 의식해서였는지 댄스 음악이 나오기 시작한 텔레비전 소리가 시끄러웠는데도 엄마는 입을 다물었다. 쿵쿵 가슴이 뛰기 시작했다. 내가 애써 쌓아 올렸던 모래성이 와르르 허물어지는 느낌이었다. 엄마와 나 사이에 뭔지 모르지만 정체를 알 수 없이 고여 있던 어색한 시간들. 그 시간들이 가짜가 아니었던 것이다. 그게 출생의 비밀 때문이란 말이지…… 너무 유치했다. 이모가 말한 희주의 정체를 밝힌다면 그 모든 시간을 이해할 수 있을 것 같았다. 나에게는 상처가 될 진실이 분명했으나 나는 멈추고 싶지 않았다.

그 간단치 않은 비밀을 푸는 데 무엇보다 간단한 도움을 준 사람은 큰이모의 딸인 명숙 언니였다. 명숙 언니와의 특별한 인연은 그때부터 시작되었다. 언니는 비밀을 나에게 말한 이후 혹시나 내가 잘못될까 봐 안절부절못했다. 수시로 전화를 걸어와 내 안부를 묻거나 학교 앞으로 찾아와 저녁을 사주곤

했다. 많은 나이 차이에도 불구하고 우리는 조금씩 가까워졌다. 자주 만나게 되면서 나는 언니가 소설가 지망생이라는 사실도 알게 되었다. 나는 언니의 소설을 읽으며 소설가가 되는 꿈을 꾸었다. 엄마와 나의 이야기를 소설 속으로 옮겨놓는 게 가능하다면 현실은 훨씬 가볍고 행복해질 것 같았다. 대학생이 되면서 나는 언니의 작품을 흉내 내며 소설을 쓰기 시작했고, 조금만 더 소설이 모양을 갖추게 되면 언니에게 보여주리라 생각했다. 하지만, 지역신문 신춘문예를 통해 언니가 막상 등단을 하게 되자 내가 쓴 글을 보여주는 것이 부끄러워졌다. 결국 언니에게 내가 소설 쓰기에 관심이 있다는 말조차 하지 못하고 나는 꿈을 접었다.

언니는 나보다 열 살이 많았다. 출생의 비밀을 밝히기 위해 명숙 언니를 고른 것은 그런 나이 차이 때문이었다. 열 살이나 많은 언니가 집안에 떠도는 그런 얄팍한 출생의 비밀 따위 모를 리 없다고 생각했다. 눈에 불을 뿜을 듯이 달려드는 중학교 2학년짜리의 터질 것 같은 얼굴에 질린 언니가 고개를 흔들며 그래, 알았어. 말해줄게 했다. 잠시 뜸을 들이던 언니는 곧 담담하게 이야기를 시작했다.

"첨엔 나도 몰랐어. 왜 지금 막 태어난 애기를 희주라고 부르냐고, 희주는 작년에 죽지 않았냐고 엄마한테 물으니까 우리 엄마도 짜증 내면서 말을 안 하는 거야. 이제 막 돌 지난 애기가 죽었는데, 사망신고를 안 하고 있었다는 걸 아무도 몰랐지. 니가 태어나고 난 뒤에 너를 희주라고 부르는 걸 보고 우리 모두가 놀랐어. 이모가 슬픔에 빠져서 출생신고든 사망신고든 아무것도 못하게 했다고 그러더라고. 심지어 미국 수미 이모한테 애가 죽은 걸 절대 말하지 말라고 했다는 거야. 도대체 뭔 생각인지 모르겠다고 엄마가 한탄을 하더라고. 아무튼 그때 이모가 다른 사람은 이해 못할 행동들을 많이 했는데, 그걸 아무도 말리지 못했대. 그게 병이라는 걸 또 아무도 몰랐고…… 결국 이모는, 네 엄마는, 희주라는 이름을 땅속에 묻지 못한 거야. 그걸 당신 죽을 때까지 가지고 갈 거라고 우리 엄마한테 말했대."

희주라고? 그러니까 나는 쐐기 하나가 빠진 채 세상에 나온 것이다. 그래서 그렇게도 삐거덕거린 것이다. 초등학교 때 겪었던 힘들고 이상했던 일들의 아귀가 이제야 맞춰지는 기분이었다. 순간 감당할 수 없는 분노가 솟구쳤다.

나는 죽은 아이 따위는 하나도 놀랍지 않았다. 내 나이가 놀라웠을 뿐이었다.

"그러니까 나는 내 진짜 나이보다 두 살이나 어렸던 거야? 다른 아이들보다 두 살이나 어린 내가 학교에 입학한 거야?"

"그렇게 된 셈이지."

"그렇게 된 셈? 나는 늘 왕따였어. 난 지금도 왕따야."

"니가 무슨 왕따야? 왜 그런 말을 해?"

"언니도 몰랐지? 난 공부도 못하고, 운동도, 다른 어떤 것도 잘하지 못했어."

공부도 못 따라가고 놀이에도 못 끼니까 아이들은 나를 상대도 하지 않았다. 초등학교 2학년 때, 한 달을 넘게 학교 가기가 싫다고 아침마다 울었다. 그때 엄마의 눈빛은 너무 서늘해서 지금도 기억에 남아 있다. 엄마는 가소롭다는 듯이 눈을 흘기더니 내 눈을 마주치지도 않고 소리쳤다. 다른 애들 다 다니는 학교가 뭐가 무섭다고 그 난리를 치냐, 학교 다니는 게 복인 줄도 모르고.

그때는 몰랐던 것이다. 주변에 학교 안 다니는 애가 없는데, 내가 학교 다니는 게 왜 복인지 말이다.

"학교는 나한테 정글이었어. 자식이 어떤 어려움을 겪을지 그런 거 생각지도 않고, 죽은 자식한테서 벗어나지 못해서 산 자식을 정글에다 갖다 버린 거나 마찬가지 아냐? 내가 다른 아이들보다 두 살이나 어렸다니! 정말 믿을 수가 없어. 맞아, 난 바보 멍청이가 아니었어. 나이가 어려서 못 따라간 거야."

나는 언니 앞에서 한참을 울었다. 하지만 집으로 돌아갈 때 나는 화장실에서 눈물 흔적을 싹 지웠다. 그리고 언니한테 말했다.

"내가 알았단 거 울엄마나 큰이모한테 말하지 마. 말하면 나 그냥 확 죽어버릴지도 모르니까."

내 사춘기 반항의 이유는 쓸데없는 감정이나 죄책감에 빠지지 않아도 될 만큼 명백했고 그래서 나는 당당했다. 엄마와 나의 전쟁은 그렇게 시작되었다. 나는 엄마에게 반발하고, 엄마를 무시하고 함부로 대했다. 나는 내가 엄마에게 저지르고 있는 만행을 그 누구에게도 말하지 않았다. 명숙 언니를 만나면 엄마에 대한 원망과 내 설움을 쏟아냈지만 거기까지였다. 나는 피해자였고, 엄마는 가해자였다. 그 프레임이 바뀌어서는 안 된다고 생각했다. 그러면 내가 너무 억울했다.

3학년 운동회 날 이후로 엄마는 노력하고 있었다. 아침에 학교 갈 때면 나를 꼭 안아주었고, 사랑한다고 속삭였다. 그날 이후 엄마는 더 이상 내가 보는 앞에서 울지 않았다. 우리 사이는 보통 엄마와 딸보다 견고해진 것 같았고, 그 누구보다 아버지가 행복해 보였다. 하지만 미국 이모가 다녀간 후, 나는 엄마와 나 사이의 모든 것이 가짜라는 것을 마침내 밝혀낸 사람처럼 배신감에 치를 떨었다. 엄마의 모든 것이, 그 갸륵한 노력이 특히 가증스러웠다.

나는 끊임없이 거부했다. 학교에서 돌아오면 문을 잠그고 방에 들어가서 나오지 않았고, 집에서는 거의 아무것도 먹지 않았다. 학교에 오지 않았다는 담임의 전화를 받은 날 엄마는 땅바닥에 무릎을 꿇었다. 밤 열한시가 넘은 시각이었다. 아버지가 대문 밖에서 초조한 얼굴로 서성이고 있었고, 엄마는 땅바닥에 주저앉아 있었다.

"아가, 미안하다. 엄마가 잘못했다."

엄마는 그 순간에도 나를 희주라고 부르지 않았다. 나는 그런 엄마를 무시하고 현관문을 꽝 소리 나게 닫고 방으로 들어갔다. 그날 밤 내 방문 앞에서 밥상을 차려놓고 애원하다시피 하는 엄마에게 고함을 질렀다. 내가 누구냐고, 내가 지금 누굴 대신해서 살고 있는 것이냐고.

한동안 내 방문 앞에서 꼼짝도 하지 않고 제발, 한 숟가락만 먹으라고 애원하던 엄마는 마치 누군가에게 떠밀리기라도 한 듯 거실 구석으로 자리를 옮겼다. 화장실에 가려고 방문을 열면 거실 구석에 무릎을 세우고 앉아 그 사이에 얼굴을 파묻은 엄마를 볼 수 있었다. 나는 그 모습마저 보기 싫었다. 내 마음은 지옥의 끝에 서 있는 양 한없이 날카로워졌다. 내가 뾰족해질수록 엄마는 나에게 쩔쩔매었다. 그런 엄마의 모든 것이 거짓말 같아서 소리 나게 중얼거리며 야유했다.

'그동안 따뜻한 척하느라 얼마나 힘들었을까.'

엄마는 원래 차갑고 우울한 여자였다. 내가 엄마를 인지한 순간부터 그랬다. 젖을 먹을 때에도 나는 엄마의 눈빛이 냉랭하면서도 슬프다는 것을 알았다. 엄마를 볼 때면 존재하지 않는 사람을 보는 느낌이었다. 그러므로 엄마의 저런 모습은 엄마의 위선을 확인하게 해줄 뿐 나를 감상에 젖게 하거나 마음을 움직이게 할 그 어떤 작용도 하지 못했다.

내가 엄마에게 냉정해지는 만큼 나를 보는 엄마의 눈빛도 점점 차가워졌다. 아버지가 돌아가시고 엄마는 더 깊은 우울의 수렁 속으로 빠져들어갔다. 그것은 내가 감당할 수 없는 깊이의 늪이었다. 엄마가 본래 모습으로 돌아가자 나는 절벽 끝에서 추던 내 미치광이 칼춤을 그만 멈춰야 한다는 걸 알았다. 언젠가 어른이 되면 이름을 바꾸고 말겠다고 다짐하던 결심도 부질없게 느껴졌다. 이름이 문제가 아니었다. 엄마와 나의 존재를 있는 그대로 받아들여야 했다. 대학을 졸업할 무렵에는 내가 엄마를 우울의 늪에서 건져 올려야 한다는 책임감과 죄책감, 그리고 오래된 원망으로부터 벗어나고 싶다는 간절한 갈망 사이에서 갈팡질팡하며 무력한 시간들을 보냈다.

평생을 우울증약과 불면증약으로 버티던 엄마는 삼 년 전 안방에서 목을 맸다. 그게 엄마의 마지막 자살 시도였다. 실패한 후 마치 자신의 의지인 양 엄마는 자신을 잃어버리는 병에 걸렸다.

03

"너 어쩐 일이야? 전시회 준비 중이라 바쁘다고 했잖아?"

유미가 머뭇거렸다. 울었는지 유미의 눈이 발갛게 충혈되어 있었다.

"은정 언니가 신내림을 받았대."

"은정이? 그 은정이?"

유미가 고개를 끄덕였다. '그 은정이'라고 해도 그 속에 많은 것들이 들어 있다는 것을 유미와 나는 알았다. 유미와 내가 함께 나눈 이야기가 '그' 속에 들어 있었다. 은정이는 유미보다 두 살 위인 대학교 선배였고, 유미가 친언니처럼 따랐다. 그 아이가 작년부터 신내림 때문에 고민하고 있다는 이야기를 들었다. 그때 유미는 이렇게 물었다.

"엄마는 신내림에 대해 어떻게 생각해? 그게 진짜로 있는 거라고 생각해? 아니면 정신병 같은 거야?"

무속에 대해 관심도, 아는 바도 없으니 뭐라고 이야기해줄 수 있는 것은 없었지만 그 행위를 정신병으로 규정할 수는 없을 것 같았다.

"무병이 와서 너무 아팠대, 신내림을 받지 않으면 계속 아플 거고, 하지만 차마 그 신내림이라는 걸 받을 수는 없었다는 거야. 병원에도 가고 그림에도 집중해보려고 했는데 아무것도 할 수 없었대. 졸업 전시회 때 가장 큰 관심을 받은 게 언니 작품이었어. 교수님들이 다 인정할 정도였고 유학도 준비 중이었는데…… 결국 제일 먼저 그림을 그만두고, 그 이후론 침대에 누워 이불을 땀으로 흠뻑 적실 정도로 매일 앓았다는 거야. 그렇게 지낸 게 일 년이 넘었고……"

"그래서 신내림을 받았고?"

유미는 고개를 끄덕이며 또 눈물을 글썽였다.

"신내림을 받았는데도 언니는 전혀 행복해 보이지 않았어, 엄마."

"그게 쉬운 일이겠니."

"……언니가 신내림을 받은 이후에 가족들이 은정 언닐 보려고 하지 않는대. 언니 엄마는 매일 울고, 울다가 실신해서 몇 번이나 응급실에 실려 가시고…… 친하게 지냈던 친구마저 얼굴 보는 것은 물론이고, 전화 통화도 피하는 거 같더래."

"은정이 엄마도 얼마나 놀랐겠니, 참 어쩌면 좋냐."

"나한테 제일 마지막에 알렸대. 신내림을 받은 게 한 달 전이었는데…… 나마저 자기를 피할까 봐 너무 겁이 났다고."

"은정이가 가족이나 주변 사람들한테 받은 상처가 깊었겠다."

"그런데 엄마, 솔직히 말하면 나까지 그러고 있었어. 언니라고 생각할 수 있을까. 이 사람이 은정이 언니가 맞을까, 언니 얼굴을 보면서 내가 자꾸 그렇게 생각하고 있는 거야. 그런데 그때…… 언니가 마치 내 마음을 읽은 것처럼…… 당분간 만나지 말자고, 자기가 연락할 때까지 연락하지 말라고. 내 속마음을 읽은 것처럼 그렇게 말하는데, 막 가슴이 뛰고……"

유미는 글썽해진 눈을 손바닥으로 꾹 눌러 닦았다.

"그런 건 아닐 거야."

유미의 눈에서 또 새로운 눈물이 주르륵 흘렀다.

"어떻게 해야 좋을지 모르겠어. 팔 하나가 떨어져 나간 것 같아. 엄마도 알잖아. 내가 언니를 얼마나 좋아했는지. 내가 힘들 때마다 누구보다 의지한 사람도 언니였어."

힘들 때 누구보다 의지했던 사람이었다는 말에서 늘 그렇지만 자식의 고민에 엄마는 정말 쓸모없는 사람이구나 하는 자의식이 뒤따랐다. 하지만 부모는 울타리로 있어주는 것만으로 충분하다. 더 안쪽으로 발을 디미는 것은 과한 욕심인 것이다.

"하던 대로 하면 된다고, 언니가 언니지, 언니가 나한테 무당은 아니라고. 나도 화가 나서 언니한테 막 뭐라고 했는데, 갑자기 언니가 시계를 보더니 가야 한다고, 손님 예약이 있다고 말하는 거야. 그 말을 듣는데 숨이 꽉 막혔어. 그 단순한 손님 예약이라는 말에…… 순간 이 언니가 나를 꿰뚫어 볼지도 모른다는 생각이 들었어. 내가 정말 원하는 것은 언니를 만나는 거였는데, 마치 모르는 누군가가 우리 사이에 엄청난 힘을 발휘해서 내 감정을 조종하는 느낌이었어. 언니는 그런 나를 간파한 거야."

"아니야, 유미야. 은정인 좀 더 인간답게 살기 위해서 신내림을 선택했는지도 몰라. 가족이나 친구들이 모두 외면하는 선택일지라도 그 결심이 자신에 대한 마지막 예의였을 거야. ……살려고 그러는 거야, 살려고…… 그러니까 니가 조금만 더 기다려줘."

신내림 이야기가 처음 시작되었던 작년에 은정이 자살 시도를 하려고 했던 적이 있었다. 차마 서로 입 밖으로 내서 말은 못했지만 유미도 그 생각을 하는 모양이었다. 흐르는 눈물을 내버려둔 채 입을 꾹 다물고 있던 유미가 내 손을 잡았다.

"엄만 절대로……"

엉겁결에 말을 뱉고는 스스로도 놀랐는지 유미가 얼른 옆으로 고개를 돌렸다. 절대로…… 목숨을 놓아버리려는 그런 생각은 하지 말라고 이야기하고 싶었을까. 외할머니의 소동을 겪은 적이 있으니 유미가 저런 생각을 하는 것일 게다. 그 생각이 유산처럼 내 몸에 새겨져 있을까 봐 나는 늘 무서웠는데, 유미도 그것이 두려운 것일까. 짧은 한숨을 내쉰 유미가 베개를 주섬주섬 꺼내더니 보조침대에 몸을 뉘었다.

"전시회는 언제랬지? 준비는 잘돼가?"

"생각 중이야."

"정해진 날짜가 있는데, 생각 중인 건 또 뭐야?"

"그냥 생각 좀 해보려고. 이게 맞는가 싶기도 하고."

"너, 첫 개인전이잖아."

"그게 아무 의미가 없는 것 같아서……"

느릿느릿 말하는 목소리는 한껏 젖어 있었다.

"언니는…… 자기 안의 두려움을 버리지 못한다고 했어. 두렵다고, 자기 안에 가득 찬 두려움을 떨쳐버리지 못할까 봐 두렵다고 했어. 그래서 그 두려움을 한번 떨쳐내보겠다고, 죽음이 아닌 다른 방식이 있다면 그렇게 해보겠다고. 그래서 신내림을 받았다고 말야."

저녁 햇살이 보조침대에 누워 있는 유미의 등에 게으르게 늘어졌다. 나는 침대 아래로 팔을 늘어뜨려 유미의 등을 쓰다듬었다.

"누구에게도 힘든 삶일지언정 영위해야 할 이유가 있을 거야. 엄마는 요즈음 그렇게 생각하려고 노력해."

"유방암은 생존율이 90프로가 넘어. 엄마는 아무 걱정도

하지 마."

"엄마가 지금 걱정하는 건……"

지금 내가 알고 싶은 것은 이 아이의 마음이 왜 변하고 있는지, 왜 준비해오던 전시회를 다시 생각해보겠다고 말하는 것인지 그 이유였다.

"전시회를 다시 생각해보겠다니 그게 무슨 말이야? 너 정말 열심히 준비해오고 있었잖아? 여태 힘들게 준비해오던 걸 왜……"

"내가 지금 그리는 그림에 대해서 한번 생각해보고 싶어졌어. 나중에 다시 그럴 기회가 온다면 계속하겠지만, 오늘 은정이 언니 만나고 돌아오는데 문득 그런 생각이 들더라. 나한테 지금 필요한 그림이 어떤 것인지."

"그러니까 그게 어떤 건데?"

"몰라, 그걸 생각해보려고. 나한테 꼭 필요한 걸 건너뛴 느낌이야. 그걸 찾고 싶어. 두려움을 떨치지 못할까 봐 두려워하는 그런 바보짓은 안 할 거야."

"그게 뭔데? 너한테?"

"어쨌든 나는 지금 그냥 넘어갈 수가 없어."

그 말을 끝으로 유미는 더 이상 답변은 하지 않겠다는 듯 눈을 감고 얼굴 위에 책을 올렸다.

04

 항암을 한다는 소리를 듣고 지인들로부터 전화가 왔다. 몇몇은 직장 동료였고, 몇몇은 연락이 띄엄띄엄했던 친구들이었다. 예전 직장 동료였던 은지가 코맹맹이 소리로 울먹울먹 전화를 이어가다가 문득 질문을 던졌다.
 "이렇게 힘든 일을 겪으면 사람들은 세상을 다른 시각으로 보게 된다고 하잖아요. 언니도 그러세요?"
 "아니."
 나는 빠르게 대답하고 잠시 쉬었다.
 "난 똑같아. 난 여전히 내 단순하기 짝이 없는 시각으로만 세상이 봐져. 건강하고 멀쩡한 사람들한테 질투가 나."
 인생을 보는 다른 시각 따위는 떠오르지도 않아, 라고 덧붙이고 나는 전화를 끊었다. 순간 그 복잡한 감정을 비집고 벌레가 꼬물거리듯이 뭔가가 새어 나오는 것이 느껴졌다. 분노와 부정의 단계가 지나갔다고 말할 수는 없었다. 하지만 나는 순간순간 타협하고 있다는 것을 눈치챘다.

그냥 이러고 살아보는 거지 뭐. 이 시간이 다 지나고 나면 얻는 것도 있겠지, 안 그래? 삶을 향한 통찰력이라든가 뭔가가 생겼을 수도 있어. 하지만 통찰력 따위 얻으려고 누가 항암을 선택하겠는가. 생각은 뒤죽박죽이었지만 나는 알았다. 나는 자꾸만 뭔가를 억누르고 있었다. 화가 나고 화가 나서 견딜 수 없었던 순간들과 믿을 수 없어 스스로를 부정하던 단계들을 지나왔다는 사실 때문에 나는 모욕감을 느꼈다. 저 알지도 못하는 박사의 5단계에 따라 내가 움직인다는 사실이 자존심 상했다. 그리고 그것에 따르자면 마지막 단계인 우울이 남았다. 우울이라니, 저 끔찍한 치매에 다다를 때까지 끊임없이 나를 위협해왔던 엄마의 우울을 다시는 떠올리고 싶지 않았다

항암을 받고 2주가 지나면 구토와 기운 없음, 무기력함 등으로부터 몸이 회복이 되었다. 그리고 3주째 일주일 동안 믿기 어려울 정도의 평화가 찾아왔다. 몸의 컨디션은 너무나 정상적으로 보여서 내가 항암을 받고 있다는 사실조차 잊는 때도 있었다. 운동을 하거나 일상생활을 하는 것에 대한 피로도도 훨씬 덜했고, 메스꺼움이 없어서 먹는 것도 어렵지 않았

다. 어쩔 수 없이 만나야 하는 누군가와 약속을 하거나 엄마를 보러 가는 것도 모두 3주차가 되어야 가능했다. 그 상태로 일주일을 보내고 나면 다시 항암을 하러 입원 짐을 싸야 했다. 평화로워 보이는 일주일은 결코 평화롭지 않았다. 그 평화로움 속에서 다음 항암에 대한 공포가 불쑥불쑥 몸에 달라붙었다. 두려움과 공포, 그리고 무엇보다 어떻게 해볼 수 없는 우울감이 나를 뒤덮었다. 질병은 내 삶이 어디로 가고 있는지 전혀 알 수 없게 했다.

하지만 그 분노와 우울의 순간에도 내가 전혀 염두에 두고 있지 않은 것이 있다면 바로 죽음일 것이다. 나는 나를 가여이 여기면서, 죽을지 모른다고 수없이 되뇌면서도 98프로는 죽음을 믿지 않았다. 과학과 의학의 발전이 나를 충분히 살릴 수 있을 거라고 믿었다. 그렇지 않았다면 사실 분노도 필요 없는 일이었다.

―나는 한참을 울었어. 아무도 오지 않았지. 내 기억은 그게 끝이야. 작은 방을 가득 채운 내 울음소리. 그 소리가 너무 생소해서 그럴 때마다 더 큰 소리로 울어야 했어.
―엄마랑 아버지는 어디에 있었던 거야?
―그건 나도 몰라. 전날 밤부터 내 몸에 열이 있다는 것을 알았어. 열과 기침 때문에 힘든 밤을 보내고 난 후였어. 그래도 처음엔, 처음엔 울지 않으려고 애를 썼어. 나는 겨우겨우

참았어. 억지로 참으려 하니까 가슴이 두근거리고 몸이 부들부들 떨렸어.
―왜 참았는데?
―엄마 기분이 좋지 않으니까 나까지 힘들게 하고 싶지 않았어.
―엄마를 위해서 울지 않아야 한다고 생각했다? 그때 그런 걸 알았다고?
―몸으로 느껴. 엄마니까, 나는 엄마에게서 분리된 지 얼마 안 되었으니까. 엄마의 감정, 기쁨, 슬픔까지 모든 걸 몸으로 느껴.
―난 하나도 모르겠는데. 기억 안 나.
―나이가 들면서 기억을 하지 못할 뿐이야. 나이가 들면서 기억할 게 점점 많아지니까. 하지만 난 그거만 기억해. 기억할 게 그것뿐이니까.
―아버지에 대한 기억은 어때?
―아버지에 대한 기억은 없어. 내 세계는 온통 엄마뿐이었어. 다른 냄새, 다른 촉감, 다른 색깔은 없어. 나에게는 아버지가 없어. 나는 갑자기 나타난 아버지라는 존재가 무서웠어. 엄마만이 실재하는 전부야.
―아버지가 너에게 갑자기 나타났다고?
―맞아, 그래서 나는 그 존재가 무엇인지 몰랐어.
―그래, 좋아, 그렇다 치고. 그래서? 그날 아침에 있었던

일을 자세히 이야기해봐. 울음을 참았는데?

―참았는데, 뜨거운 증기 같은 것이 몸의 구멍이란 구멍에서 다 솟구쳤어. 나는 헉헉대며 숨을 헐떡댔어. 몸에는 열이 났고, 누가 뚜껑으로 입을 막아서 꽉 잠가버린 것처럼 숨이 막혔어. 결국 울음이 터졌어.

―결국 울음이 터졌고.

―울지 말자고 생각했지만 아무리 노력해도 그게 잘 안 됐어.

―두 살짜리의 생각이 아니잖아.

―내가 살았던 기억은 이 년이 채 안 되지만, 난 그 기억을 오십 년 넘게 묵혀왔어. 그러니 지금 내가 이야기하는 걸 아니라고 말할 순 없어.

―알았어. 그래, 이번에도 그렇다고 치자고. 그래서? 엄마는 니가 그렇게까지 울 때 어디 있었는데?

―모르겠어. 나는 우느라 온몸에 힘이 빠져 기어서 방 문턱도 넘을 수 없었어.

―세상에, 그럼 그렇게 계속 혼자 있었던 거야? 밤까지? 엄마는?

―내 차가운 몸을 발견한 건 아버지였어.

―세상에.

―하지만 나는 이제 알아. 그날 열이 나고 숨이 막히고 그런 것보다 나를 죽음으로 몰고 간 게 무엇이었는지.

―그게 뭔데?

　―그 무겁고 진득한 정체는 외로움이었어. 고요한 작은 방이 나를 너무나도 고독하게 만들었어. 외로움이 차곡차곡 짓눌러서 내 숨을 막히게 했어. 한 겹 한 겹 쌓여가더니 결국 그 방을 가득 채우고 나를 짓눌렀어. 그게 하루라는 게 믿기지 않을 정도였어. 그날 홀로 운 시간은 내게 오십 년이고 백 년이었던 거야.

　―엄마를 원망했어?

　처음으로 희주가 침묵했다. 나는 유미가 누워 있는 보조침대 쪽으로 고개를 돌렸다. 그곳에서 소리가 난다고 생각했기 때문이다. 처음 목소리를 들었을 때를 생각하면 상상도 못할 일이지만 시간이 지날수록 나는 제법 익숙해지고 있었다.

　―아니, 그 누구도 원망 안 해.

　―그때는 그랬을 수도 있지만 오십 년이 지난 지금은 어떠냐고?

　―원망할 수가 없어. 엄마는 늘 너에게서 나를 봤으니까. 간절하게.

　―그래, 니가 모를 리가 없지. 엄마는…… 늘 나에게 엄마를 미워할 빌미를 줬어. 그게 나는 지금까지 마음이 아파. 치매에 걸려서도 나를 보지 않아. 너를 찾을 뿐이야. 나는 평생 외로웠어. 니가 혼자 외로움에 짓눌리던 그 하루처럼 나는 평생 그렇게 외로움에 짓눌리며 살았어. 나는 늘 엄마 옆에서 상

처받을 준비가 되어 있었어. 그걸 어렸을 때부터 깨달은 거야.

내가 인지할 수 있었던 엄마의 첫 자살 시도는 열 살 때였다. 그날은 운동회 날이었다. 운동회가 시작될 때부터 시작된 바람이 하루 종일 멈추지 않았다. 3학년 전체 게임인 바구니 터뜨리기는 좀처럼 끝날 줄을 몰랐다. 선생님들이 잡고 서 있는 장대가 심하게 흔들리는 바람에 아이들이 콩주머니로 바구니를 제대로 맞추기가 힘들었기 때문이었다. 결국 청군의 바구니가 먼저 터지고 야, 점심시간이다, 라는 글자가 적힌 긴 종이가 바구니 안에서 쏟아져 나왔다. 아이들의 머리와 옷은 누런 먼지로 범벅이 되었다. 아이들이 모두 점심을 먹으러 엄마에게 달려갈 때 나는 미처 다 줍지 못한 콩주머니를 손에 쥐고 두리번거리며 엄마를 찾았다. 점심때 도시락을 싸서 올 줄 알았던 엄마는 점심시간이 다 끝나가도록 나타나지 않았다. 운동장은 바람 때문에 아무리 물을 뿌려도 뿌옇게 흙먼지가 날렸다.

나는 엄마와 만나기로 한 등나무 아래 나무 의자에 앉아 있다가 밥을 먹으러 온 다른 가족들에게 밀려 교문 앞에 섰다. 혹시나 교실로 갔나 싶어서 올라가보았지만 흙먼지를 피해서 밥을 먹으러 온 사람들 속에 엄마는 없었다. 나는 다시 교문 앞으로 나갔다. 걸어오는 사람들을 하나하나 살피고 가끔 택시와 버스가 설 때마다 눈을 크게 뜨고 발돋움을 해서 그 속을 살폈다. 자전거를 탄 중국집 배달원이 내 앞을 지나가며 소리를 지르고 휘파람을 불었다. 교문 앞 문방구 아저씨가 의자를 끌어내놓고 앉아 담배를 피우고 있었다. 아저씨와 눈이 마주쳤다. 그때 운동장으로부터 흙먼지 바람이 회오리처럼 휘몰아치더니 교문 앞을 휩쓸고 지나갔다. 운동장 가에서 밥을 먹던 사람들이 급하게 도시락 뚜껑을 덮으며 소리를 질렀다. 문방구 아저씨가 나에게 뭔가를 물으려는 듯 의자에서 일어서는 걸 보고 나는 몸을 돌려 화장실로 들어갔다. 화장실은 더러웠다. 실내화를 신지 않은 사람들이 흙을 묻혀서 여기저기 누런 발자국들을 찍어놓았다. 나는 흙먼지로 뒤덮인 화장실 바닥이 꼭 내 심장 같다는 생각을 했다. 화장실에 온 반 아이 한 명이 화장실 바닥에 쪼그리고 앉은 나를 보고 왜 그러고 있냐고 물었다. 나는 아무것도 아니라고 말을 하려고 고개를 들었다. 그 애가 나를 보고 물었다.

"니, 왜 우노?"

그 아이는 대답을 듣지도 않고 달려가더니 내가 밥도 안 먹고 화장실에 있다고 선생님께 알렸다. 선생님은 나를 데리고 교실에 들어가 책상 서랍에서 양갱을 하나 꺼내주었다.

"엄마가 무슨 일이 있으신가 보다."

나는 선생님이 주신 양갱을 한입 베어 물었다. 양갱은 외로움을 느끼지 못하게 할 정도로 달콤하고 맛있었다. 양갱을 반도 채 먹지 못했는데 점심시간이 끝나는 종이 울렸다. 곧 오후 경기가 시작될 예정이니 학생들은 운동장으로 모이라는 방송이 흘러나왔다.
"넌 다 먹고 나와라."
집으로 전화를 해도 엄마가 받지 않자 선생님이 아버지에게 연락을 했고, 엄마는 구조되었다.

―엄마는 김밥을 싸다가 말고 화장실에 들어가서 손목을 그었어. 엄마는 니 생각을 했던 거야. 그전에는 어려서 몰랐지. 하지만 그 후에는 그 어린아이가 눈치를 채더라. 운동회 날, 소풍날, 엄마는 유독 더 우울해했고, 그런 엄마는 나에게 고스란히 읽혔어. 나는 언제나 상처받을 준비가 되어 있는 아이였어. 그리고 지금, 가장, 그 누구보다 엄마에게 위로받고 싶은 지금, 내가 아픈 지금, 엄마는 아예 내가 원망도 할 수 없는 상태가 되어 나에게 상처를 줘. 이게 엄마의 방식이야. 결국 나를 아프게 하는 것…… 내가 어떻게 살았겠어? 나는 늘 정신을 바짝 차리고 살아야 했어. 유미나 민재가 이런 나를 눈치채면 안 되니까. 혹시 나의 유전자 속에 엄마와 같은 삶의 방식이 들어 있으면 안 되니까…… 그런데 결국 그 아픈 노력들이 이렇게 돌아온 거야. 이렇게 망가져서.
희주가 말했다.
―그래서 내가 온 거야. 니 몸이 말하니까. 고통 속에서 너무 생생하게 말하니까.

―내 고통이 너에게 느껴졌단 말야?

―나는 소중한 무언가를 두고 온 것 같았어. 늘 소중한 것을 잃어버린 것 같았지. 그래서 온 거야. 내가 떠나온 곳, 너에게……

내가 잠시 눈을 감았다 뜬 짧은 순간, 촉감도 없는 온전한 따뜻함이 분노와 우울로 뒤범벅된 내 얼굴을 천천히 쓸어주었다.

05

 엄마를 기억한다. 내 뺨을 어루만지며 미안하다 아가, 라고 말하던 엄마를 기억한다. 그 기억은 가끔 나를 살게 한다.

 나는 거의 밋밋해져 거기 흉터가 있었는지조차 모르게 된 턱을 어루만졌다. 운동회가 일주일쯤 지난 월요일이었다. 뒷자리에 앉은 남자아이가 내 의자를 두 손으로 붙잡고 흔들며 장난을 쳤다. 평소 남자아이들이 장난을 치면 무서워서 울먹거리기만 하던 나는 어디서 용기가 났는지 그 아이에게 하지 말라고 소리를 질렀다. 잠깐 조용하던 교실이 시끌시끌해졌다.
 "야, 저 바보 같은 게 소리도 지르네."
 누군가의 야유에 히죽거리며 얼굴을 찌푸리더니 남자아이

가 주먹을 움켜쥐고 내 머리를 탁 내리쳤다. 남자아이를 노려보며 무방비하게 앉아 있던 내 얼굴이 그대로 의자에 내리꽂혔다. 날아온 돌멩이에 맞은 듯 딱 하는 소리와 함께 진통을 느낄 새도 없이 턱에서 피가 줄줄 흘러내렸다. 곧 턱이 반으로 갈라지는 것 같은 고통이 안면을 엄습했다. 아이들이 비명을 질렀고, 나는 울음을 터뜨렸다.

선생님의 연락을 받고 달려온 엄마는 얼굴이 하얗게 질려 있었다고 했다. 근처 병원으로 갔다는 말을 듣고 황급히 교실 문을 나서던 엄마는 다시 교실로 들어와 그 남자아이의 뺨을 있는 힘껏 때렸다. 다음 날 얼굴에 붕대를 감고 교실에 들어간 내게 아이들이 들려준 이야기였다.

내가 얼굴의 붕대를 풀 때까지 엄마는 마치는 시간에 맞춰 교문 앞에 서 있었다. 엄마가 화장품 외판을 쉬는 일은 좀처럼 없었기 때문에 나는 기분이 좋았다. 운동회 때의 미안함이 엄마를 이렇게 변화시킨 것이라면 그 외로움과 슬픔을 한 번 더 겪어도 괜찮다고 생각할 정도였다. 엄마 손목의 흉터와 내 턱의 흉터는 비슷하게 나아가고 있었다.

그 주 일요일, 엄마는 나를 데리고 시외버스를 탔다. 엄마는 손목 흉터가 있는 손으로 내 손을 꼭 잡아 쥐었다. 엄마의 입에서 중얼거리는 소리가 났지만 무슨 말인지 정확하게 알아들을 수는 없었다. 버스 안에서도 엄마는 내 손을 놓지 않았다. 나는 처음 가는 곳이었고, 그곳이 어디인지도 몰랐다.

가을인데도 날씨는 덥고 손바닥은 땀이 나서 미끌거렸다. 어디선가 내린 우리는 한참을 걸어서 강가에 도착했다. 마을의 허름한 가게에서 엄마가 사준 아이스크림을 핥으며 나는 강둑을 따라 걸었다. 물고기는 보이지 않고 강물은 조용했는데 어디선가 바람이 띄엄띄엄 서 있는 강가의 나무를 흔들 때마다 새들이 날아올랐다. 턱 때문에 입을 크게 벌릴 수가 없어서 조금씩 핥아 먹다 보니 아이스크림이 옷으로 뚝뚝 흘렀다. 엄마는 처음 앉았던 자리에서 꼼짝도 하지 않고 있었다. 엄마가 앉은 교각 아래 바윗돌 근처에 갔다가 나는 엄마가 울고 있다는 것을 알았다. 나는 조용히 돌아서서 작아진 아이스크림을 입속으로 밀어넣은 다음 옷으로 지저분해진 입을 닦고 강물에 손을 씻었다. 집으로 돌아오는 길에 엄마는 큰길가의 분식집에서 만두를 사주었다. 엄마는 만두를 먹기 좋게 반으로 가르더니 숟가락에 올려 내 입에 넣어주었다.

"이 집도 참 오랜만이다. 임신했을 때, 이게 그렇게 먹고 싶더니……"

엄마가 붕대가 둘러진 손으로 내 얼굴을 쓰다듬었다.

"미안하다 아가, 내 새끼…… 내가 무슨 짓을 한 건지…… 이제 안 그럴게. 진짜 엄마가 약속해."

엄마의 눈이 그렁그렁해졌다. 나는 턱이 아프지 않게 조심조심 씹던 만두를 꿀꺽 삼키고 천천히 숨을 골랐다. 엄마, 라고 부르고 싶었으나 한마디라도 내뱉으면 울음이 터질 것 같아 나는 아무 말도 하지 않았다. 잠시 후 엄마가 다시 반으로 자른 만두를 숟가락에 올리고 내게 내밀었다.

○
6

 면역력 향상 주사를 처음부터 맞은 것은 아니었다. 의사는 실비보험이 없으면 환자가 감당할 수 없을 만큼 수가가 높기 때문에 일반 보험이 적용되도록 내 상태를 유지해야 한다고 했다. 그러니까 치료가 필요할 정도로 면역력이 떨어져야 하는 상태여야 한다는 것이다.
 "호중구는 백혈구의 한 종류인데 체내 방어에 가장 중요한 역할을 담당하고 있지요. 피검사를 하고 호중구 수치가 최하가 되었다는 확인이 되면 호중구 촉진제인 뉴트로진을 맞을 수 있습니다. 그 이후부터는 계속 보험 적용이 되고요."
 1차 항암 후 2주차에 피검사를 해서 면역력이 최하 상태라는 것을 증명해야 한다고 했다. 의사가 시키는 날짜에 피검사를 했더니 호중구 수치가 거의 최하로 나왔다. 다행히 보험 적용이 된 면역력 향상 주사를 맞고 집으로 왔다. 몸이 조금 아팠지만 참을 만했다. 다음 날 다시 피검사를 하러 가야 했다. 간호사는 어제 면역력 향상 주사를 맞았지만 면역력은 별로 올라가지 않았다고 말했다.

"한 번만 맞아서는 면역력이 잘 올라가지 않아요, 내일 다시 와서 한 번 더 맞으세요."

몸의 통증이 버글거리며 일어난 것은 두번째 주사를 맞고 난 뒤였다. 마치 통증이 작은 벌레가 되어 온몸을 기어다니는 것 같았다. 운전을 하는 내내 허리가 아팠다. 집에 도착하니 걸을 수 없을 정도의 통증이 척추와 허리와 엉치뼈를 덮었다. 자리에 누울 수도, 일어날 수도, 앉을 수도 없는 상황이었다. 온몸이 욱신거리고 열이 올랐다. 38.5도였다. 강제로 면역력을 끌어올리므로 몸에서 이상 반응이 있을 수도 있으니 아프면 응급실로 오라고 했지만, 지금은 전염병 시대였다. 응급실에 간다고 해도 열이 있으니 코로나검사를 먼저 받으라고 할 것이다. 코로나검사를 받는다고 해도 결과가 나올 때까지가 문제였다. 응급실에 전화를 걸어보니 내가 예상한 대로 같은 대답을 했다.

"코로나 의심 증상이 있는 환자는 실내에서 대기할 수 없어요. 암 환자라고 해도 예외는 아니고요."

나는 병원에 가지 않기로 결정했다. 시간이 지나도 통증은 가라앉지 않았다. 온몸이 떨리며 몸살이 났고 살이 아팠다. 물 한 모금 삼킬 수 없을 정도로 목 안이 붓고, 열이 올랐다. 몸이 온갖 통증으로 짓눌려지듯 아픈데 옆에 아무도 없다는 사실이 나를 더 깊은 고통 속으로 몰아넣었다. 아픔보다 외로움…… 희주의 말이 머릿속에 맴돌았다. 명숙 언니, 유미야, 민재야, 나는 내가 부를 수 있는 사람들의 이름을 불렀다. 심지어 형석까지 떠올랐지만 끝까지 '엄마'라는 비명은 나오지 않았다. 항암을 하기 위해 면역력을 높여야 하고 면역력을 높이기 위해 주사를 맞아야 하고 그 주사로 인해 이렇게 몸이 아프다면 내가 이 고통을 참는 게 맞는지 판단이 잘 서지 않았다. 마주할 밤이 너무 길 것 같았다. 고스란히 뜬눈으로 그 긴 밤을 혼자 보낼 자신이 없었다. 나는 이불을 두 개나 꺼내어 뒤집어쓰고 이불 속에서 유미에게 전화를 했다.

"너무 힘들어."

"면역력 주사 때문이야?"

"그런 거 같아."

"기다려, 내가 갈게."

오후 네시부터 시작된 열이 밤 열시가 지나자 조금씩 떨어지기 시작했다. 유미가 오면서 샀는지 죽을 쟁반에 받쳐 들고 방으로 들어왔다.

"뭐 좀 먹어야 될 것 같은데."

"열이 조금씩 떨어지는 것 같아."

누운 상태로 죽을 두 숟가락 정도 받아먹고 나는 손을 저었다. 열은 내리는 것 같았지만 목은 여전히 부었고, 입안도 몸살을 하는 듯 뭔가를 받아들이지 못했다. 싫다고 하자 아이참, 신경질을 내며 유미가 방을 나갔다. 이럴 걸 왜 불렀냐고 투덜거리는 소리도 들렸다. 속이 상해서 하는 말이겠지만 딸의 마음을 헤아려줄 여유가 없었다. 잘못 데친 시래기처럼 온몸이 짓물러진 기분이었다.

눈을 떴을 때는 유미가 외출복을 입고 작은 상을 든 채 방문 앞에 서 있었다. 새벽까지 뒤척인 기억이 나는데 잠든 사이 해가 떴는지 창문이 훤했다.

"좀 어때? 죽 좀 먹어."

언제 그랬냐는 듯이 열이 내려가고 어느 순간 잠이 든 모양이었다. 죽을 든 쟁반을 들고 툴툴대며 방을 나간 유미의 모습에서 내 기억은 끊어져 있었다. 기억이 끊어진 순간이라니, 그 순간순간들이 모이면 죽음이 되는 것은 아닐까. 죽음이라는 것도 별것 아니구나.

"괜찮아진 거 같아."

몸을 일으키는데 몸을 찌를 듯 관통하던 허리통증이 느껴지지 않았다.

"억지로 면역력을 끌어올리느라 몸이 힘을 다 썼나 봐."

벽에 등을 기대고 앉자 유미가 죽과 밑반찬이 올려진 밥상을 이불 위에 놓았다.

"식탁에서 먹을게. 어제보다 컨디션이 좋아."

밥상을 다시 든 유미가 나갈 생각도 하지 않고 놀란 눈으로 침대를 보았다. 나도 유미의 눈을 따라갔다. 누가 물을 쏟은 것처럼 침대에 깔아놓은 요와 이불이 흥건하게 젖어 있었다. 몸은 약의 반응에 충실했다.

"나, 옛날이야기 하나 해줄까?"

땀에 젖은 요와 이불을 걷어서 세탁기에 넣고 이불장에서 새 이불을 꺼내어 깔면서 유미가 말했다. 나는 대답을 하지 않았지만 유미도 딱히 대답을 바란 것은 아닌지 이야기를 계속했다.

"할머니 예전에 머리카락이 한꺼번에 많이 빠진 적이 있었거든."

"언제?"

"엄마는 모를 거야. 그때 할머니가 나 키워준다고 우리 집에 같이 있었잖아. 나 초등학교 1학년 때였는데, 소변 누려고 화장실 들어갔는데, 할머니가 욕실 거울 앞에 머리카락을 한 줌이나 손에 쥐고 우두커니 서 있었어. 내가 깜짝 놀라서 물었지. 그게 뭐냐고. 할머니가 그러시더라고. 우리 희주 머리카락이라고. 처음 태어났을 때 얼마나 머리카락이 길던지 얼굴을 다 덮어서 태어났다고, 사람들이 태중 머리는 밀어주는 게 좋다고 해서 면도날로 밀어서 갖고 있는 거라고, 면도날로 밀 때 얼마나 손이 떨렸는지 아냐고 하시면서."

갑자기 손이 부들부들 떨렸다. 내가 면도날을 손에 쥐고 막 태어난 신생아의 머리를 밀고 있는 것 같았다.

"그래서?"

"내가 봐도 그건 할머니 머리카락 같았거든. 할머니 머리카락이 한 번씩 뭉텅 빠졌던 걸 기억하고 있었고. 그래서 할머니, 그거 할머니 거 아니야? 라고 했지. 엄마 걸로 착각하지 말라고."

"엄마?"

"엄마 말야. 엄마가 희주잖아."

나는 머리를 흔들었다.

"그건 내가 아냐."

"할머니 딸, 희주가 엄마지. 그럼 누구야?"

"내가 아니야."

나는 다시 한번 더 부정했다.

"뭐가 있지?"

"뭐가?"

"할머니와 엄마 사이에. 뭔가 이상한 게 있다고 항상 생각했었어."

나는 내가 겪고 있는 이 이상한 현상에 대해 누군가에게 이야기할 필요가 있었다. 희주라는 목소리의 존재에 대해 아무도 믿지 않을 것이 틀림없지만 이 지구상에 누군가 한 사람은 나를 이해해줄 것이라고 믿었다. 그 한 사람이 유미일 수도 있었다. 아니, 어쩌면 그 한 사람은 유미여야만 한다는 생각이 들었다. 엄마와의 불편하고 차가운 시간들을 낱낱이 보아온 사람이 이 아이였으니까 말이다.

"나도 이야기 하나 해줄까?"

"에이, 또 대답은 안 하고 이상한 곳으로 빠진다."

"니 질문에 대한 답이 될 수도 있는 얘기야."

"좋아. 한번 들어보고."

어디서부터 이야기를 시작해야 할까. 미국 수미 이모가 왔던 그 시간부터? 아니면, 함께 있어도 엄마는 늘 내 옆에 없는 사람인 것처럼 느껴졌던 그 순간부터…… 생각에 잠겨 있던 나는 유미의 눈을 가만히 들여다보며 말을 시작했다.

"항암 받던 첫날 병원에 누가 찾아왔어. 나도 몰랐어. 시작은 목소리로 시작되었어. 내 이름을 불렀어. 처음엔 꿈인 줄 알았지. 하지만 꿈이 아니었어."

"환청 같은 거 아냐? 몸이 너무 허약해서 들렸던 게 아니고?"

"글쎄, 그랬을 수도 있지만 분명히 아니었어. 난 현실에서 그 목소리를 만났고, 얘기를 나눴어."

"다른 사람한테는 안 들리고? 엄마한테만 들렸다고? 아, 알았어. 계속해봐."

유미는 내 말을 믿지 않으려는 눈치였다. 그런 일은 있을 수 없으니까.

"니가 믿지 않아도 할 수 없지만 난 단번에 그 사람이 누군지 알았어."

"누군데?"

유미가 호기심 어린 눈으로 나를 바라보며 말했다.

"그 앤 희주였어. 내 언니."

희주가 찾아왔던 시간들에 대한 이야기를 마쳤을 때, 벽에 비스듬하게 기대 있던 유미는 등을 바로 세우고 앉아 있었다. 그리고 말했다.

"엄마, 나도 알아. 그분."

07

 항암이 반복되자 입원 절차가 제법 익숙해졌다. 대형 병원 여기저기 헤매지 않고 내가 원하는 곳을 바로 찾아서 갈 수 있었다. 마치 병원의 주민이 되어가는 기분이었다. 병원 주민이라니 기분이 썩 유쾌하지는 않았다.
 "항암제는 하나인데 왜 이렇게 주사약이 많아요?"
 벌써 다섯 개째 링거를 달고 있는 중이었다. 공포의 빨간약이라는 이름이 붙은 독소루비신을 맞기 전이나 후에도 링거는 계속 보충되고 있었다. 독소루비신은 세포에 직접적인 타격을 줘서 암세포를 죽이는 기전을 보인다고 했다. 하지만 암세포만 죽이는 것이 아니라 정상세포에도 영향을 주기 때문에 탈모, 구토, 구내염 등의 증상이 나타난다는 것이다.

"전해질 보충제랑 비타민이랑 항암 부작용을 좀 줄이려고 맞는 겁니다."

"오늘은 빨간 오줌을 눴어요."

"그건 당연한 거고요. 소변 참지 마시고, 물 많이 드시고요."

간호사가 냉랭한 얼굴로 대답했다. 첫 아이를 출산할 때 아프다고 고함을 지르는 나에게 누군 애 안 낳아봤나, 엄살 그만 떨고 좀 더 기다리세요, 라고 말했던 간호사가 생각났다. 그 말이 서운했지만 그 말 때문에 부끄럽기도 해서 나는 비명 지르는 것을 꾹 참았다. 아이가 나오는 순간에도 간호사의 그 말이 자꾸 생각나 목구멍을 가르고 나오는 비명을 삼켰다.

항암도 누구나 다 하는 아이 낳는 일과 비슷하다고 생각하는 것일까. 하긴 이 병실엔 온통 항암주사를 맞으러 온 사람뿐이니 어쩌면 빨간 오줌 따위는 그녀에겐 엄살로 들릴지도 몰랐다. 빨간색이 들어갔으니 빨간색이 나오는 게 당연한 듯하지만, 그 색깔을 보는 순간 무섭고도 징그러운 생각이 들었다. 콜라를 먹는다고 해서 검은 오줌이 나오는 것은 아니지 않은가. 내 몸에 그렇게 이상한 짓들을 태연하게 벌이고 자기는 아무 짓도 안 했다는 듯 빨간색 액체를 그대로 몸 밖으로 내보내다니 이 얼마나 음흉하고 능청스러운 놈인가. 내 몸에 아무 영양분도 주지 않고 제 모양 그대로 나가버리는 참외씨를 생각한다면 말이다.

힐끗 내 얼굴을 일별한 간호사가 입가에 보일 듯 말 듯한 미소를 지었다. 그것만 봐도 고마운 마음이 들었다. 아기 낳을 때 어쩌고저쩌고했던 좀 전의 머릿속 생각들은 뒤로 밀려 나고 없었다. 하루에도 몇 번씩 마음은 이 좁은 공간에서 바쁘게 변덕을 부렸다.

"경험하셨겠지만 이게 누적되니 갈수록 더 힘들어질 거예요. 마음 강하게 먹어야 합니다. 입맛도 없고 구토도 나오고요. 백혈구 수치도 바닥으로 떨어져서 면역력도 약해질 거고. 그리고 혹시 열이 나면 바로 병원으로 오셔야 합니다."

의사나 간호사나 늘 열이 나는 건 아닌지 신경 쓰라는 말을 했다. 항암 치료 중에 열이 나면 내 몸의 면역기능이 최소화 되어 있다는 뜻이기 때문이라는 것이다. 백혈구 감소증을 동반한 열이 발생했다면 가능한 빨리 항생제를 투여해야 한다고 했다.

입원하자마자 항구토 패치를 붙이고 항구토 주사도 맞았지만 속은 계속 메슥거렸다. 병원 밥에서 소독 냄새가 나기 시작한 것은 그때부터였다. 한 숟가락 떠서 입에 넣는 것 자체가 고역이었다.

"그래도 식사는 하셔야죠. 비타민제니 영양제니 링거가 들어가긴 하지만 밥을 먹어야 해요. 안 그러면 못 버팁니다."

간호사는 밥을 못 먹겠다는 내 말을 투정으로 받아들였다. 질책하는 듯한 그녀의 어투에 내 마음은 다시 야단맞는 아이처럼 의기소침해졌다.

"식사 때가 제일 고역이에요."

"다 마찬가지예요."

나하고는 눈도 마주치지 않고 간호사가 병실을 나가자 나는 반항하듯이 밥을 입속에 욱여넣었다. 그때 전화가 울렸다.

"엄마 괜찮아? 먹을 거 좀 사 가려고 하는데. 엄마 먹고 싶은 거 뭐 생각나는 거 없어?"

유미의 전화였다. 좀 전에 밥 먹으면서 카톡이 왔길래 무심결에 병원 밥에서 소독약 냄새가 난다고 했는데, 괜한 소리를 한 것 같아 후회가 되었다.

"아냐, 오지 마. 이제 병원 아무나 못 와. 너 오면 코로나 검사도 해야 하고. 밥은 괜찮아. 먹을 만해."

코로나가 심해지자 병원들도 점점 방문객에 대한 제재 방침을 강화하고 있었다. 곧 지정 보호자 외엔 아예 출입을 시키지 않을 거라는 소문도 있었다. 그런 말을 들을 때마다 유미는 앞으로 정말 그럴지도 모르니 지금이라도 자주 가겠다며 어린아이처럼 떼를 썼다. 어제도 전화가 와서 굳이 오겠다고 고집을 부리길래 한참 동안 실랑이를 한 것이다.

"지금 막 시동 걸고 출발하려다 전화한 거야."

"주삿바늘이 케모포트를 통해 들어가니까 두 손이 자유로워 식반을 옮기는 데도 어려울 것이 없고, 사실 하루 종일 누워 링거를 맞는 일 말고는 하는 일도 없어."

"그래도 엄마 심심하잖아."

"심심한 게 문제가 아니야. 니가 오면 더 번거로워. 먹는 것도 그렇고. 사람들이 너 샅샅이 파헤칠 텐데 괜찮겠어?"

웃으면서 말했지만 유미는 모르는 사람이 자신에게 관심 가지는 것을 극도로 싫어했다. 그것은 나도 마찬가지였지만 몇 번의 입원을 통해 어느 정도는 익숙해지고 있던 참이었다.

"여기 환자들 장난 아냐. 밤엔 또 어떻고. 코 골고, 티브이 크게 켜놓고, 다른 사람 안중에도 없이 밤새 이야기하고, 무시로 말 걸고……"

"아, 그러면 좀 곤란한데…… 그럼 내일 아침에 갈게."

곤란한 정도가 아니지, 중얼거리며 나는 고개를 절레절레 흔들었다. 어제 유미와 통화를 마치고 잠자리에 든 지 얼마 안 되어서 그런 일이 벌어진 것이다. 내가 말한 그대로, 마치 예언 같은 소동이 말이다.

사실 병실에서는 책을 읽기도, 음악을 듣기도 쉬운 일이 아니었다. 누군가 끊임없이 주의를 환기시켰고, 의도치 않게 발병부터 수술 현황, 심지어 가족관계까지도 허물없이 털어놓아야 된다는 압박감에 시달릴 때도 있었다. 그렇다고 보험 적용이 안 되는 1인실로 옮길 수도 없었다. 2인실은 더 나빴다. 정말 시끄럽거나 잠버릇이 나쁜 단 한 사람을 만나는 것보다는 그나마 다인실이 나았다. 다인실에서는 함께 흉볼 동지가 있으므로 혼자서 피해를 고스란히 다 뒤집어쓴다는 억울한 생각은 피할 수 있기 때문이다. 2인실이거나 다인실이거나 아무튼 '동지'들은 절대 만만하지 않았다. 나이가 몇이냐, 애는 몇 명이냐, 어쩌다 병이 생겼냐 등등 같은 병실의 환자로 등록되는 순간 호구조사를 피할 수 없었다. 나이와 궁금증이 비례하는 것은 짐작했던 일이지만 노인들의 궁금증은 끝이 없었고, 이런 것까지? 라고 자문하게 되는 수준의 질문들이어서 매번 나를 당황하게 했다. 남편은 뭐 하는 사람이냐에서 끝나지 않았다. 남편 형제는 몇이냐, 시아버지는 살아 계시냐, 언제 죽었냐 등등, 호적등본을 떼다 보여야 하나 싶을 정도의 질문들인 경우도 종종 있었다. 낮에 만나게 되는 그런 사람들에게 조금씩 적응되어간다고 생각할 무렵 나는 새로운 복병을 만났다. 바로 밤에 더 활발하게 활동하는 사람들이었다. 코를 고는 정도의 불청객은 이미 각오를 한 터였다. 하지만 새벽까지 쉬지 않고 떠들어대는 사람들은 정말 참기 힘들었다. 바로 어젯밤, 나는 그런 동지들을 만난 것이다.

 맞은편 침상에 누운 할머니는 낮에는 아무 문제가 없어 보였다. 밤 열시쯤 창가에 누운 아주머니가 병실의 전체 불을 끄자 병실은 갑자기 고요해졌다. 잠이 오지 않았지만 나는 억지로 눈을 감았다. 어쨌든 체력을 비축하려면 잠과 음식뿐이라고 생각했고, 그중 하나를 나는 지금 해야 했다. 3분 정도 지났을까. 고요 속으로 이불 들추는 소리가 계속해서 이어졌다. 그러더니 아이구 참, 하고 누군가가 한숨을 푹 쉬었다. 맞은편 할머니의 목소리였다.

"잠이 안 오네."

어둠이 소리까지 흡수하는지 병실에서 툭 튀어나온 목소리는 의외로 컸다.

"잠이 안 오능교?"

낮에 음식을 먹지 못해 한참 구역질을 해대던 아주머니였다. 오른쪽 아주머니가 맞장구를 치자 할머니가 큰 소리로 다시 말을 했다.

"병원에만 오면 잠이 안 와."

"저도 그렇다 아잉교."

이번엔 할머니 왼쪽 침대 여자가 맞장구를 쳤다. 그나마 양쪽 두 사람은 나머지 사람을 의식해서인지 소곤대는 편이었는데 가운데 할머니는 갈수록 목소리가 커졌다. 이불을 끌어 올렸다 내렸다 이리저리 뒤척여보았지만 나 역시 잠이 올 리가 없었다. 세 사람은 신세 한탄에 이어 몸 아픈 이야기를 시작했다. 이쪽이 시작하면 저쪽이 받아주고 저쪽이 받아주면 다시 다른 사람이 받으면서 이어달리기를 하고 있었다. 참다 못해 핸드폰을 꺼냈는데, 열한시였다. 열시에 병실의 불을 끈다고 누웠으니 한 시간이나 지나간 것이다. 아, 씨 낮게 중얼거리며 몸을 돌려 눕는 순간 이번엔 비닐 뽀시락거리는 소리가 났다.

"잠이 안 오면 와 배가 고프노?"

"아이라예, 배가 고파서 잠이 안 오는 거라예."

할머니가 비닐봉지에서 꺼낸 것은 뻥튀기였다.

"그기 뭐교?"

"뻥튀기 아이가."

세 사람은 그것을 나누어 먹기 시작했다. 낮에 구역질하던 사람이 맞나 싶게 그 누구도 속이 안 좋다는 말을 하지 않았다. 뻥튀기는 금방 없어졌다.

"다 묵었네. 이기 맛있다."

"그렇네요. 빠삭하고 달지도 않고. 건강에도 좋을 거 같아예."

할머니는 다시 새 봉지를 꺼내서 봉지를 뜯느라 뽀스락거리더니 뻥튀기를 그들에게 나누어주었다. 뻥튀기는 낮에 할머니의 딸이 사 온 것이다. 할머니에게는 아직 두 봉지의 뻥튀기가 더 남아 있다.

"아이 씨, 저 미친 개할망구가."

아까 불을 끈 내 옆자리의 아주머니 입에서 한숨처럼 욕이 튀어나왔다. 낮 동안 검은 뿔테 안경을 끼고 이어폰을 한 채 유튜브를 보고 있던 사십대 후반의 여자였다. 밥 먹을 때에도 핸드폰에서 눈을 떼지 않던 여자가 소리 내어 말하는 것은 처음이라 나는 고개를 돌려 여자가 누운 침대를 흘깃 보았다. 저들의 뻥튀기 먹는 소리보다 작았으므로 들릴 염려는 없어 보였지만 욕하는 소리를 들으니 조금 겁이 났다. 이러다 싸움이라도 나면 이 밤의 수면은 완전히 포기해야 하는 것이다.

"뽀시락뽀시락 난리났네."

뿔테 안경이 이번엔 좀 더 큰 소리로 말을 했다. 하지만 맞은편 세 사람은 그들만의 대화에 빠져 뿔테 안경의 빈정거림은 전혀 듣지 못하고 있었다. 급기야 가운데 할머니의 음성은 점점 높아지더니 조금 지나자 아예 고함을 질러댔다. 할머니 목소리가 커지니 처음엔 소곤거리던 양옆 두 사람의 목소리도 함께 높아졌다. 그들의 말이 잘 들리지 않는지 할머니가 자꾸 되물었기 때문이다. 이 전쟁통 같은 밤의 시끌시끌한 대화를 나는 도저히 이해할 수 없었다.

"참외 하나 깎아드릴까?"

"요새 참외가 맛이 들었더라."

냉장고 문을 열고 참외를 꺼내더니 곧 사각사각 이번엔 참외 깎는 소리가 났다. 그들은 사이좋게 참외를 나누어 먹었다. 시각은 열두시를 넘어가고 있었다.

"저 할망구들이."

뿔테 안경이 벌떡 일어나 앉더니 머리맡의 안경을 썼다. 제발 뭔가를 해주기를 바라는 마음으로 나는 그녀를 보았다. 조금 전, 싸움이라도 나면 어쩌지 하는 염려는 이미 사라져버린 뒤였다.

"저기요, 다른 사람은 자야 되니까 좀 조용히 해주세요."

뿔테 안경이 정중하지만 감정이 실린 목소리로 말을 했다.

"예예, 작게 말하끼예. 할머니가 잘 때는 보청기를 안 끼셔 가지고 목소리가 자꾸 커지시네요. 요거만 묵고 잘 거니까 조금만 이해해주이소."

참외를 깎던 아주머니가 말했다. 하지만 내친김이라고 생각했는지 그들은 대화를 멈추지 않았다. 보청기를 끼지 않은 이상 작게 말할 수 있는 상황이 아니었으므로 그들의 목소리는 다시 점점 커졌다. 한참 떠들던 할머니가 은근히 신경이 쓰였는지 갑자기 불쑥 이쪽을 보고 말을 했다.

"우리가 뭐 안 자고 싶어서 안 자는 게 아이고요, 하도 잠이 안 오니까 어쩔 수 없이 이라는 거 아잉교."

그녀는 자기 잘못은 아니라는 투로 말을 했다.

"그란다고 이래 같은 방 사람들을 다 못 자게 하면 안 되지요."

뿔테 안경이 앙칼지게 쏘아붙이자 아주머니는 곧 입을 다물었다. 그리고 참외를 조용히 접시에 두고 그대로 자리에 누웠다. 하지만 할머니는 달랐다. 양옆 침대의 사람들마저 자기가 하는 말을 들어주지 않자 할머니는 혼잣말을 하기 시작했다.

"잠이 안 오는데, 우야란 말이고."

할머니는 십여 분이 넘도록 잠이 안 온다는 말을 반복하고 또 반복했다. 그러다가 뻥튀기를 꺼내 먹고 다시 서랍에 넣고, 뒤척이다가 잠이 안 온다고 말을 하고 다시 뻥튀기를 먹었다. 그러는 와중에 혼잣말 소리는 점점 커졌다. 병실 안은 할머니의 중얼거림으로 끓어넘칠 것 같았다. 뿔테 안경도 포기했는지 욕지거리를 뱉으며 이불을 뒤집어썼고, 나머지 두 아주머니는 꼼짝도 하지 않고 누워 있었다. 이제는 내가 참을 수가 없었다. 나는 벌떡 일어나 앉았다.

"할머니! 잠이 안 오면 간호사실 가서 수면제 처방 받으세요! 제발 옆에 사람들 잠 좀 자게요."

신경질 섞인 내 말에 바스락, 뻥튀기를 씹으며 할머니가 대답했다.

"뭐라카노. 안 들린다."

결국 새벽 한시, 나는 간호사실로 가서 할머니의 만행을 고발했다.

"아이고, 참말로 못 살겠다. 그 할머니 저녁때 이미 수면제 처방받아서 더 이상 처방 불가구요. 당뇨 수치가 높아서 치료를 못하고 기다리고 있는데, 과자를 자꾸 드시면 어짠답니까. 과자나 과일은 드시지 마라고 했는데."

"그게 문제가 아니구요."

나는 그 할머니의 당뇨 수치를 걱정하고 싶지 않았다. 끊임없이 뽀시락대는 뻥튀기 봉지 소리와 점점 높아가는 자기 목소리를 자신은 듣지 못하고 있다는 것, 그러므로 자신이 이 병실을 시끄럽게 만들고 있다는 사실을 전혀 인지하지 못하고 있는 그 팩트에 대해서 따지고 싶었다.

"제가 들어가서 단단히 이야기를 하겠지만 어제도 그러셨거든요. 어쩔 수가 없어요. 환자분은 내일 밤도 하루 더 계셔야 하니 나중에 방을 옮기시든지."

나는 고개를 흔들었다.

"그건 내일 일이고요, 이러다 내가 오늘 밤을 못 넘길 것 같아서 온 거예요. 몸은 자꾸 저리고 두통도 오는데, 코앞에서 저렇게 시끄럽게 하니…… 병실에 저만 있는 것도 아니고, 이대로 방치하면 저 병실 싸움 나요. 벌써 욕설 나오고 그런다구요."

간호사가 걱정스럽게 고개를 끄덕이더니 나에게 물었다.

"환자분, 수면제 처방해달라고 할까요?"

모두 살기 위해 이곳에 왔을 텐데, 누군가는 죽을 것 같아서 떠들고 누군가는 시끄러워서 죽을 것 같다. 결국 내가 수면제를 처방받았다. 하지만 금방 잠이 들 수 있는 것은 아니었다. 간호사가 와서 뻥튀기 봉지를 모두 압수해 나가자 할머니가 비명을 지르며 난동을 피운 것이었다.

"니가 뭔데 내 뻥튀기를 가져가노, 이리 갖고 온나, 이년아."

마치 먹이를 빼앗긴 정글의 맹수처럼 할머니가 침상에서 솟아올랐다. 그러더니 급기야 팔목의 환자인식 팔찌를 뜯고 주삿바늘을 뽑았다. 누군가가 방 안의 불을 켜고 간호사를 불렀다. 할머니의 침대 시트는 주삿바늘이 뽑힌 팔뚝에서 떨어진 피로 벌겋게 물들어 있었다. 간호사는 링거를 모두 수거해 가고 뻥튀기를 돌려주었다. 할머니는 뻥튀기를 원수라도 되는 양 난폭하게 씹어댔다. 이곳은 치열한 삶의 현장이었다. 나는 천천히 심호흡을 하고 잠이 오기를 기다렸다. 좀 전에 털어 넣은 수면제가 빨리 약효를 발휘하기를 기다리는 일 말고는 할 수 있는 게 없었다.

아침에 일어나니 할머니는 코를 골면서 자고 있었다. 의사가 회진을 왔는데도 깰 생각을 하지 않았다. 수련의들이 죽 둘러서 있는 가운데 이불이 들춰지고 의사가 할머니의 배에 주사를 놓았다. 그래도 할머니는 깨지 않았다. 아침에 듣는 코 고는 소리는 그래도 들을 만하다고 나는 생각했다.

그러다 문득 어젯밤 희주가 다녀간 흔적을 찾아냈다. 어떻게 된 일인지 뻥튀기 부스러기가 내 이불 위에 떨어져 있었다. 그건 꿈이 아니었을까. 꿈속에서 나는 희주와 뻥튀기를 나눠 먹었다.

잠깐 희주 생각에 잠겨 있던 나는 혹시나 시간이 조금 지나면 먹을 수 있을까 싶어서 보조침대에 치워둔 아침 식반을 들었다. 순간 구토가 밀려와 코와 입을 틀어막고 숨을 멈췄다. 이 상태로는 밥을 먹을 수가 없었다. 한 숟가락이라도 밥을 뜨면 먹지도 않은 뻥튀기까지 게워낼 것 같아서 그대로 식반을 반납했다.

지쳐서 누워 있는데 텔레비전 소리가 귀에 들어왔다. 암이라는 말 때문이었다. 드라마에서 말했다. '너는 이 사회의 암적인 존재야.' 극악무도한 범죄를 저지르고도 뻔뻔한 인간, 그런 인간을 암적인 존재라고 하지 않나. 그런 끔찍한 존재가 몸속에 있다는 것이다. 그 존재를 죽이기 위해서 내 몸에 존재하는 다른 것들을 사정없이 난도질해야 한다. 이 얼마나 아이러니한 일인가. 그럼 차라리 죽음을 받아들이는 것은 어떤가. 하지만 그것이 살아 있는 인간이 할 수 있는 일일까. 어떻게 죽음을 받아들일 수가 있을까. 준비할 수는 있을 것이다. 우리는 홍수에 대비해서 제방을 쌓고 산사태에 대비해 나무를 심기도 하니까. 하지만 오지도 않은 홍수나 산사태를 미리 받아들이지는 않는다.

그런 생각에 빠지자 마음이 무거운 돌벼루를 올려놓은 것처럼 답답했다. 아이들은 각자 자기들만의 세계가 있다. 아이들이 내 세계를 떠난 것은 오래전이다. 그리고 남편은 이미 떠났다. 그를 인생이라는 긴 항로의 동료라고 생각한 적도 있었다. 늙어서 서로 의지하고 기대며 손잡고 살아갈 수 있을 거라고 믿어 의심치 않았던 때도 있었다. 착각이었다. 이 세상 어떤 무엇도 우리 곁에 오래 머물 수는 없다. 그렇다면 세상을 떠난 뒤 남겨진 누군가를 걱정할 필요도 없는 것이다. 하지만 빚을 남기고 간다면 그것은 다른 문제였다. 목숨을 빚지고 있다면 말이다.

문득 새벽에 들었던 목소리가 떠올랐다. 비몽사몽간이었다고 생각했다. 잠인지 아닌지 모르는, 하지만 분명 잠을 자고 있는 것은 아닌 상태였다. 그런 채로 내가 먹는지 할머니가 먹는지 뻥튀기 소리는 계속 나고⋯⋯ 내 의식은 또렷하다고 생각했으니 어쩌면 꿈이 아니었을 수도 있었다. 귓전에, 아주 가까이에서 내 이름을 부르는 소리가 들렸다. 그러자 나는 기다렸다는 듯이 어린아이처럼 투정을 부리기 시작했다.

―엄마는 나를 위해 한 번도 슬퍼한 적이 없어. 그나마 암에 걸렸다고 말을 하면 슬퍼할 수도 있을까. 하지만, 엄마는 정신의 문을 꼭 닫아걸어버렸어. 치매에 걸리기 전이나 후나 나에게는 똑같아. 엄마한테는 더 이상 내가 비집고 들어갈 틈이 없어.

희주가 내 민머리를 쓰다듬었다. 마치 다 큰 어른 언니처럼. 그리고 뻥튀기를 와삭 베어 물었다. 부스러기가 내 이불 위로 두두둑 떨어졌다.

―이 세상에 억지로 비집고 들어갈 틈 같은 건 없어. 틈은 언제나 벌어질 준비가 되어 있는 거야. 틈이란 게 원래 그런 거야. 이리 와.

희주가 그 넓은 틈으로 나를 안았다.

틈이라니. 오래전 아버지가 한 말이었다.
"틈이 없다. 틈이."
"무슨 틈이요?"
"숨을 틈이."

소주 한 병을 비우고 식탁에 멍하니 앉아 있던 아버지가 나에게 말했다. 그리고 며칠 뒤 아버지는 마치 숨을 틈이 없어서 죽음을 선택하기라도 한 사람처럼 이 세상에서 완전히 사라져버렸다. 내가 고등학교 2학년이 막 되었을 때였다. 술에 취해 휘청거리며 밤길을 걷던 아버지는 마주 오는 트럭에 치여 돌아가시고 말았다. 기절할 듯이 울고 있는 엄마를 보며 나는 슬픔보다 더한 배신감에 치를 떨었다. 생각지도 못했던 종이에 베여 손가락에서 피가 뚝뚝 떨어지는 기분이었다. 이렇게 연약한 종이가 내 몸에 피를 내게 할 수 있다니, 이렇게 만만한 존재가 나를 이렇게 절망시킬 수 있다니.

밤의 한가운데에서 나는 엄마를 미워하면서 동시에 갑자기 떠나버린 아버지를 원망했다. 아버지는 늘 엄마 눈치를 봤다. 아버지는 엄마의 목숨을 내놓은 줄다리기에 팀원처럼 동참하고 있었다. 나는 엄마가 매번 자살에 실패하는 이유가 있을 거라고 생각했다. 자신의 감정을 이기지 못하고 실행에 옮기지만 엄마는 정말 죽고 싶은 사람이 아니었다. 하지만 아버지는 그걸 몰랐다. 아버지는 술에 기대어 힘든 것을 잊고 싶어 했다. 집에 있는 대부분의 시간 동안 입을 다물고 꾹 참았지만, 술에 취하면 월남전쟁에서 있었던 이야기를 하면서 울었다.

"총알과 포탄이 머리 위로 스쳐 지나갔어. 그 소리가 지금도 들려. 팔다리가 날아간 끔찍한 전우들의 시체가 밤마다 나타나."

 전쟁에서 돌아온 후 아버지는 좀 잘 살아보려고 했지만 그게 잘 안 되더라고 했다. 술도 마찬가지라고 했다. 술을 안 먹으면 괴로워서 못 살겠고, 술을 먹으면 살아 있는 것이 괴롭다고 말했다.

 "제정신으로 살기가 힘들었다. 지금도 그래, 잠을 자는 게 두렵다."

 아버지는 다시는 그 죽음들을 보고 싶지 않다고 했다. 어쩌면 그래서일까. 아버지는 엄마가 어떤 모종의 제스처를 취하기만 해도 쩔쩔매면서 깊은 죄책감에 빠졌다. 친척들은 아버지가 베트남에서 막 돌아왔을 때보다 얼굴이 더 새까매졌다고 말하곤 했다. 저러다가 큰일 난다고, 술을 끊어야 한다고 말이다. 나는 아버지가 엄마를 내게 남겨놓고 죽기 위해 긴 계획을 짜는 건 아닌지 의심했다. 어쩌면 간암으로 죽는 프로젝트를 세우고 있는 와중에 교통사고로 죽었을 수도 있었다.

 "너네 엄마 어딨냐, 응? 너네 엄마."

 아버지는 화장실과 창고 문을 열고 다니며 마치 전쟁터에서 전우를 찾는 것처럼 허둥지둥 엄마를 찾아 헤맸다. 그런 날이면 나는 아버지와 눈도 마주치지 않았다. 아버지는 한 달에 한두 번은 꼭 그런 모습을 내게 들켰다. 그럴 때 나는 갈 곳 없는 고아 같은 기분을 느꼈다. 도저히 집에 있을 수 없어서 동네를 돌아다니다 등산로 입구 체육공원까지 올라가곤

했다. 그곳 벤치에 앉아 있으면 밤새 돌아다니다 지친 길고양이나 운동기구에 올라 열심히 허리운동을 하는 할아버지의 강아지들이 슬그머니 다가와 내 다리에 몸을 부볐다. 가끔은 그들이 내 유일한 가족이라는 생각이 들기도 했다.

입원실을 바꿨다. 다행히 목소리 큰 노인은 없는 방이었다.
내가 아무 생각 없이 멍한 상태에 빠져 있으면 희주는 나타났다. 우리는 한참 동안 수다를 떨었다. 희주의 이야기를 들으면서 나는 유미의 말을 떠올렸다. 유미에게 희주 이야기를 한 날, 유미가 내게 한 질문이었다. 내가 이 말도 안 되는 유령의 목소리에 대해 말을 하자 유미는 이렇게 물었다.
"그런데 엄마, 그 희주 아기는 어쩌다가 죽은 거야? 왜 혼자 그렇게 방에 방치됐던 거지?"
왜 죽었는지 나는 한 번도 궁금해하지 않았다. 그동안 내게 그녀는 미워할 대상이지 궁금해할 대상이 아니었다.
"글쎄, 아팠겠지?"
"목숨을 놓을 때까지 혼자 아팠다는 게 말이 안 되잖아. 그 어린 갓난아기가?"

4장

01

 오후에 주선영에게 전화가 왔다. 항암을 잘 받고 있냐는 안부 인사를 건네고, 꽃이 예쁘다느니 공기가 좋다느니 엉뚱한 말만 늘어놓았다. 전화를 계속 받기가 피곤했다. 이럴 땐 상대방의 목소리가 소음처럼 왕왕 울렸다. 하지만 그녀는 전화를 끊을 기미가 보이지 않았다. 쓸데없는 이야기를 너무 길게 한다 싶어 무슨 일 있어? 라고 물어야겠다고 생각할 즈음 주선영이 황반변성이라는 병으로 시력을 잃어가는 중이라는 말을 했다.
 "제때 발견을 못 했고, 치료를 한다 해도 실명할 확률이 높다고 하더라."
 그 말을 똑똑 끊어서 말을 하고 그녀는 덧붙였다. 아직 눈

상태가 괜찮을 때 미루지 않고 할 일을 찾아서 하는 중이라고 말이다.

"너를 찾아간 것도 그 일 중에 하나야. 지금의 나를 있게 한 모든 사람들을 빠지지 않고 만나려고. 기억할 수 있게……"

"나를 찾아온 것도?"

"그래, 사람들을 만나야겠다 생각하니까 니가 생각났어. 혼자서 의심하면서 너를 미워했던 그 순간에 대해 미안하다고 말도 하고 싶었고…… 내가 말했지? 글 쓰는 니가 멋져 보여서 좋아했던 적도 있었다고. 한 번은 꼭 보고 싶었어."

그녀의 말이 더 이상 귀에 들어오지 않았다. 시력을 잃어가는 중이라니 상상도 할 수 없는 일이었다. 지금은 괜찮냐고, 지금 시력은 어느 정도냐고 묻고 싶었지만 내 입에서는 엉뚱하게 다른 말이 튀어나왔다.

"산티아고 순례길은?"

"너 진짜 돗자리 깔아라. 지금 걷고 있는 중이야. 파리 생장을 출발한 지 7일째야. 여긴 로스아르고스라는 곳이야."

"7일째라고?"

"응, 이제 거의 적응됐어. 순례자 여권이라는 게 있거든. 거기에 세요라는 스탬프를 찍어서 산티아고 순례길을 걸어왔다는 걸 증명해."

황변변성도, 순례길을 걷고 있다는 말도 너무나 놀라워서 나는 멍하니 그녀의 말을 되풀이했다.

"세요, 인증 도장 같은 건가?"

"그런 셈이지. 근데 오늘 여기 성당에 세요를 찍으러 들어갔는데 성당의 실내 장식이 정말 특이했어. 십자가에서 내려진 예수님의 성체 형상이 유리관에 누워 계시고 피 묻은 면류관이 장식되어 있는데, 전체적으로 어두운 성당의 내부가 마치 예수님의 무덤 속에 들어와 있는 느낌이었어. 엄숙하고 성스러워서 기도할 마음이 저절로 생긴다고 할까? 아까 너를 위해 초를 밝혔어."

"치료는 어쩌고? 지금 상태가 어떤 거야? 그렇게 오랫동안 여행을 할 수 있는 상태인 거야? 자외선도 안 좋을 텐데."

"선글라스도 끼고, 약도 먹고. 지금은 괜찮아. 걷다 보니 오히려 예전보다 상태가 더 좋아진 거 같아. 의사 말로는 앞으로 일 년 정도라고 했지만…… 사실 애들이 울고불고 난리 쳤어. 자외선 안 좋다고…… 그런데 내가 그동안 이 길을 얼마나 기다려왔는데…… 한 달 빨리 실명이 된다 해도 후회하지 않을 거야."

병의 치료에 대해서는 더 할 말이 없다는 듯 그녀는 다시 성당에 대한 이야기를 이어갔다.

"크리스찬은 아니지만 예수님의 성체 형상이 내 눈 속으로 들어오는 느낌이 너무 새로워서 감동이 막 밀려오더라. 새로움이라고 말한 건…… 내가 다시는 볼 수 없는 광경이기도 했지만, 그건 내가 지금까지 보지 못한 광경이기도 했거든. 뭐라고 이야기해야 할까. 음…… 마치, 마치 삶의 고통과 죽음, 절망 같은 것들이 인간을 덮칠 때, 그때를 위해서 저렇게 미리 준비하고 계신 거 같았거든. 경건함과 경이로움이 온몸에 가득 찼지. 아, 이게 선물이구나. 다시 보지 못하는 내게 주는 기도 같은 선물이구나. 정말 오길 잘했다."

도대체 인간이 얼마나 긍정적이면 이런 생각을 하는 걸까 하는 생각에 빠져 있는데 그녀가 큰 물집이 잡힌 발가락 사진을 보내왔다.

"징그럽지? 물집을 바늘로 터뜨리는 공사를 해야 되는데, 첨이라 좀 긴장되네."

"소독약 같은 건 있는 거야?"

"기본적인 건 배낭에 다 있지."

다시 침묵.

"몸은 괜찮아?"

"천천히 가고 있는 중이야. 다 걷지 않아도 괜찮아. 천천히 갈 거야. 그래야 이 길의 모든 걸 가슴속에 담을 수 있으니까. 남은 내 인생길에서 하나씩 꺼내 봐야 하니까. 자세하게 볼 거야."

나는 대답도 없이 고개를 끄덕였다. 암이라는 의사의 말에 속절없이 무너졌던 내가 떠올랐다.

"외국이라 적응하기 힘들 텐데, 숙소도 그렇고."

"난 아무것도 아냐. 난 힘든 축에도 안 속하는 거야. 여기

장애인도 오고, 휠체어 타고 오는 사람도 있어."

"그건 비교가 안 되는 문제잖아. 넌 곧 시력을 잃게 된다며?"

어— 하고 말을 끌던 선영이 "음, 생각해보면 볼 수 있다는 건……" 하고 말을 흐리더니 곧 다른 이야기를 시작했다.

"「산티아고의 흰 지팡이」라는 다큐 영화가 있어. 차별받고 소외당하는 삶을 살아온 50세 시각장애인 재한과 불확실한 미래에 대한 불안을 안고 있는 17세 소녀 다희의 산티아고 순례길 도전기를 그린 영화야. 어린 여자와 시각장애인인 여자가 800킬로미터의 길을 함께 걷는 거야. 말이 안 되지? 그런데 말이 된다!"

"진짜? 그런 영화가 있다고?"

"나도 여기로 오기 전에 첨 봤어. 처음 보고…… 두 번이나 봤다."

"……그래, 나도 한번 찾아볼게."

시각장애인이 그 길을 걷는다니, 문득 인간의 도전은 끝이 없고, 질병에 대한 나의 도전은 나약하기 짝이 없게 느껴졌다.

"내 걱정은 안 해도 돼. 나도 조금씩 적응하고 있어. 숙소도 그렇고, 밥도 그렇고. 불편하지, 불가능한 건 아냐."

지난번에 주선영이 산티아고 간다는 말을 듣고 이리저리 검색해본 적이 있었다. 그때 가장 인상 깊었던 것은 알베르게라는 숙소였다. 남자든 여자든 함께 자고 화장실과 샤워장도 공동으로 사용한다고 했다. 침대는 벌레가 있는 경우도 많아서 자는 도중 물리기도 하고, 이층 침대에서 자지 않으려고 방에 들어서자마자 경쟁하듯 일층 침대에 소지품을 던져둔다는 글을 읽은 적도 있었다.

"인간의 적응력이란 참 대단하다. 난 장이 예민해서 물은 생수를 계속 사 먹었거든. 어제 식당에서 밥을 먹고 나오니 식료품점이 문을 닫았더라고. 시에스타였나 봐. 걸으면서 알게 된 언니가 생수를 사다 달라고 부탁했는데, 그 언니 심부름도 못하고 내 것도 못 사게 된 거야."

"시에스타? 낮잠 자는 거 말야?"

"응, 그런 거 칼같이 지키거든, 여기 사람들. 알베르게에서 자판기 장사하면 엄청 잘될 텐데 이 사람들은 돈에는 관심이 없나 봐."

"자판기 하나 없단 말야?"

"그렇다니까. 내 생수통 들고 식당으로 도로 들어가서 물을 사고 싶다고 했더니 수돗물을 담아주는 거야. 식당에서도 물맛이 약간 이상해서 늘 생수를 가지고 다니며 마셨는데 물 잘못 먹고 설사라도 하게 되면 제일 고역이잖아. 그런데 희한하지? 수돗물도 잘만 넘어간다, 탈도 없고. 집에서 까탈스럽게 굴던 것도 다 웃기는 이야기야, 여기선."

"발가락이 그래가지고 계속 걸을 수는 있는 거야?"

"이 정도 물집은 스스로 터뜨리고 약 바르고 해. 걱정 안

해도 돼. 물집이 생겨도 삶은 계속되는 거니까. 가끔 그래. 아프다는 건 불편해. 삶을 뒤죽박죽 만들어버리잖아. 그래도 거기서부터 또다시 시작하면 된다는 걸 걸으면서 조금씩 깨닫고 있는 중이야."

나는 그녀의 말을 낮게 읊조렸다. 거기서부터 다시 시작하면 된다…… 선영이 블로그 주소를 하나 보내주었다. 그녀가 매일 쓰고 있는 산티아고 순례길 일기라고 했다. 나중에 시력을 잃으면 읽지 못하겠지만 지금은 써야만 한다고, 쓰기를 통해서 뇌에 새기는 중이라고 했다. 곧 몸조리 잘하라는 말과 함께 전화가 끊겼다. 나는 오랫동안 꺼진 전화기를 들고 서 있었다. 이제야 그녀의 갑작스러웠던 방문이 이해가 되었지만, 그녀처럼 의연하지 못하고 징징거리기만 한 것은 아니었는지 새삼 그날의 대화를 되새기게 되었다.

그날 이후 나는 매일 업데이트되는 선영의 블로그를 찾아서 읽었다. 그녀가 걷는 길은 묵묵했다. 사흘 뒤 그녀는 이런 글을 올렸다.

집을 떠난 지 열흘이 되었다. 하루하루 걷는 나의 시간에 몰두하느라 다른 생각을 할 수 없었다. 배낭도 일주일째 메고 다니니 이제는 내 몸이 된 듯하다. 강아지와 동행하는 순례자들을 보거나 고양이를 보면 집에 있는 봄이와 메이가 생각난다. 보고 싶다. 지난밤 이 방의 사람들은 조용했다. 프랑스 남자가 셋이나 있었는데 내가 잘 때까지 밖에서 안 들어왔고 코도 안 골고 새벽에도 너무나 조용히 나갔다. 멋진 사람들 덕분에 편안하게 잤다.

공립 알베르게에는 도네이션 박스가 있다. 출발할 때 가져온 것들 중에서 필요 없는 것들을 놓고 가는 박스인데 출발지점에서 멀어질수록 물건들이 쌓인다고 한다. 급기야 어제 가방을 꾸리던, 사흘 전 만난 A언니는 옷도 하나 버리고 병원에서 제조해 온 소화제까지 버리겠다고 한다. 날씨가 더워지면 패딩을 버릴 예정인데 아직까지 아침이나 저녁때 움직이지 않으면 추워서 가지고 다닌다. 나는 내 몸에서 버릴 것이 없는지 유심히 살펴보았다. 이 길의 끝에서 집착과 욕심을 버릴 수 있다면 좋을 것이다.

로그로뇨로 가는 길은 거의가 포도밭이고 그늘이 없다. 그러나 향기가 좋은 야생장미, 은단꽃, 분홍마늘 등 예쁜 꽃들이 무료함을 달래준다. 포도들도 쏟아지는 태양을 알알이 흡수하며 익으면 풍부한 맛의 와인으로 빚어질 것 같다. 그때 다시 와서 와인을 마실 수 있다면 좋겠다.

늘 푸른 계열 옷을 입어서 내가 블루맨이라고 이름 붙여준 아저씨 배낭에는 코팅한 메시지 두 개가 조가비와 함께 달려 있다. 앞쪽에는 가족사진, 뒤쪽에는 메시지가 적혀 있다. 오늘은 나와 발걸음이 같아 무슨 메시지인지 물어보았더니 "길을 걷는 동안 가족들의 사랑을 잊지 말라"고 와이프가 달아줬다고 자랑스럽게 이야기한다. 그렇지, 나 또한 가족들의 사랑이 없었으면 이 길에 오르기 쉽지 않았을 것이다. 딸아이의 간곡한 권유로 첫날부터 무릎 보호대를 착용해서인지 아직 무릎은 안 아프다. 그 대신 너무 조였는지 알러지가 생겨서 오전에는 하고 오후에 땀 날 때는 풀고 다닌다. 올레길 걸을 때 배낭끈 때문에 어깨가 아팠다고 했더니 어깨 보호대까지 알뜰하게 챙겨준 딸아이가 새삼 고마웠다.

목적지에 도착하니 공립 알베르게 앞에 많은 사람들이 줄을 만들어 기다리고 있다. 어제 만났던 한국 청년들도 무리 지어 이야기를 나누다가 반갑게 손을 흔들어준다. 아들뻘 되는 청년들이 순례길을 걷는 게 기특하다. 맥주를 사주려고 했는데 숙소가 떨어져 있어서 내일 길에서 만나면 사주겠다고 분당 청년과 카톡 친구를 맺었다. 어떻게 해서 이 길을 걷게 되었느냐고 물으니 분당 청년이 거기에 대한 답은 하지 않고 망자의 날이라는 멕시코의 기념일에 대한 이야기를 했다. 망자의 날은 일 년에 한 번 죽은 영혼들이 이 세상을 찾는 날이라고 했다. 그날을 기념해서 멕시코 시티에서는 축제 퍼레이드가 열린다는 것이다. 자신들을 떠난 가족들이 망자의 날에 다시 찾아온다는 것. 그러면서 분당 청년이 덧붙였다.

"그 이틀 동안 저승과 이승의 경계가 가장 약해져서 망자들이 돌아와서 술을 마시고 춤추고 잔치를 벌이고 가족들과 다시 즐겁게 지내고요. 거기 사람들은 그날을 먼저 떠나간 사랑하는 이들을 다시 만나는 날이라고 생각한대요. 그래서 춤과 노래가 절로 나오는, 즐겁고 반가운 축제의 날이라고요."

나는 왜 그런 이야기를 하느냐고 묻지 못했다. 그 말을 하는 그의 가슴에 활짝 웃는 예쁜 여자 사진이 대롱거리며 달려 있었기 때문이다. 분당 청년이 덧붙였다.

"이 길을 다 걷고 나면, 저도 그걸 알게 되기를 바라는 마음이었어요. 처음엔요."

언젠가 멕시코의 망자의 날 축제에 가고 싶다고 덧붙인 분당 청년을 향해 나는 등을 다독여주었다. 그가 품고 있는 죽음이 축제가 되기를, 더 이상 고통스럽지 않기를……

이십대에 마주한 그의 죽음, 그 죽음이 나를 걷게 했고, 나는 지금 길 위에 서 있다. 죽음을 마주한다는 것은 결국 삶을 마주하는 것이라는 걸 그때는 몰랐고, 지금은 안다. 그때는 몰랐던 것이다. 그때는…… 그것이 결국 삶의 길이라는 것을 말이다.

시력은 아직 괜찮다. 얼마나 감사한 일인지. 가능한 사진은 찍지 않는다. 풍경은 내 몸에 차곡차곡 쌓인다. 오늘도 바람과 하늘과 새소리, 물소리, 그리고 사람들의 소리를 담았다. 사는 동안 그 모든 소리를 내 몸속에 담아놓는다면 얼마나 고귀한 삶이 될까. 분당 청년의 말처럼 망자의 날이 있다면 그때, 이 모든 것을 가지고 있는 나는 얼마나 풍족할까. 나는 오늘도 걷는다. 아직은 잘 걸을 수 있다.

블로그를 닫다가 나는 어떤 기시감에 마우스를 쥔 손을 멈췄다. 손이 가늘게 떨렸다. '나는 죽음 같은 거 두렵지 않아요. 사랑하는 사람을 다시 만날 수 있잖아요.' 그가 한 말이었다. 주선영의 남편 김경민.

나는 얼굴을 손바닥으로 급하게 쓸어내렸다. 그 말을 지금까지 기억하는 것은 그날 정희와 싸웠기 때문이었다. 정희는 기독교 신자였다. 모태신앙인데다 오빠가 목사인 독실한 종교인 집안이었다. 집으로 돌아가는 길에 정희는 그의 말에 발끈하여 자살은 죄악이라며 목소리를 높였다. 그가 없는 자리인데도 정희는 그를 향한 독설을 멈추지 않았다.

"생명은 하나님이 주신 거야. 생명을 주시기도 하고 거두어 가시기도 하는 분은 단 한 분뿐이야. 그 누구도 하나님의 권위를 넘어서 자신의 생명을 끊는 행위를 해서는 안 돼."

"경민 씨가 자살에 대해서 뭐라고 했다고 그러는 거야? 니가 너무 오버하는 거 아냐?"

"그 뉘앙스가 있었잖아. 스스로 목숨 끊는 거 아무렇지도 않은 거라고. 내 귀에는 딱 그렇게 들렸어. 지옥 가는 줄도 모르고. 그런 영화나 보고."

"야, 지옥이라니. 그냥 영화야, 영화 가지고 왜 그래? 정희야, 제발 좀 흥분하지 마. 죽으면 사랑하는 사람을 만날 수 있다는 말, 우리 할머니도 그런 말 했어. 죽으면 할아버지 만난다고."

대화는 좀 더 이어졌고, 우리는 집에 갈 때까지 점점 기분이 나빠졌다. 정희의 말에 날이 서 있어서 나는 기분이 나빴고, 자신의 종교를 내가 무시하는 것 같아서 정희는 기분이 나빴다. 결국 우리는 경민 씨의 발언과 아무 상관없는 이유들로 기분이 상해서 사흘 정도는 데면데면하게 지냈다.

그날 경민 씨는 왜 그런 말을 했나. 이제 와서 생각하니 그날의 기억이 생각보다 선명하게 떠올랐다. 주선영이 부엌에서 안주를 만드느라 분주할 동안 우리는 영화에 대한 이야기를 하고 있었다. 우리는 그런 영화가 개봉한 줄도 몰랐는데 경민 씨는 벌써 어디서 봤다고 했다. 경민 씨가 이야기한 영화는 왕가위 감독의 「해피 투게더」였다. 감독의 팬이라며 경민 씨가 먼저 그 영화 이야기를 꺼냈다. 경민 씨가 사랑과 고통에 대한 두 남자의 이야기를 하는 동안 정희의 얼굴은 점점 일그러졌다. 우리는 경민 씨와 이야기하며 목소리를 높이거나 싫은 소리를 면전에 대고 한 적이 없었다. 정희는 그 자리를 도저히 참을 수 없었는지 벌떡 일어나 화장실로 가버렸다. 납작하고 둥근 상을 가운데 두고 경민 씨와 나만 남은 방에 침묵이 진득하게 고였다. 그 침묵을 깨고 경민 씨가 말했던 것이다.

"그 영화는 한 사람을 놓는다는 것이 얼마나 힘든지 이야기하는 것 같았어요."

경민 씨의 그 말이 떠오르자 가슴이 덜컥 내려앉았다. 그리고 그날 어떻게 되었나. 정희는 몸이 안 좋다며 집으로 가겠다고 우겼고, 밤 아홉시가 넘은 시각에 돼지고기 두루치기가 든 프라이팬을 들고 주선영은 눈을 흘기며 우리를 배웅했다. 이걸 우리 둘이 먹으라고?

시간이 한참 지난 후에 나도 그 영화를 보았지만 영화를 보면서도 나는 경민 씨를 떠올리지 못했다. 그 정도로 나에게는 그날이 정희와의 싸움으로 더 깊이 기억에 남아 있었다. 그렇게 껄끄러운 상태에서 정희와 나는 둘 다 다른 도시로 발령이 났다. 그 후로 정희와 가끔 만났지만 서로의 약점이 무엇인지 아는 우리는 그날의 기억은 아예 없었던 사람들처럼 행동했다.

다시 얼굴을 쓸어내리는데 손바닥에 축축한 물기가 묻어났다. 선영아…… 나는 낮게 읊조렸다. 이런 단편적인 기억들로 그의 죽음을 단정 지을 수는 없을 것이다. 그 어떤 이유든 혼자 싸웠을 그의 외로움이 27년을 훌쩍 뛰어넘어 나에게 아프게 와닿았다. 그의 죽음으로 가혹해진 주선영의 삶이, 한 번도 드러내본 적 없는 그의 시끄럽고도 조용했던 삶이 오래도록 먹물처럼 남았다.

 몇 번이나 댓글을 썼다가 지웠지만 주선영의 블로그에 결국 댓글을 쓰지 못했다. 노트북을 끄고 지쳐 누워 있다가 깜빡 잠이 들었다. 나는 꿈속에서 주선영을 만났다. 순례길의 바람을 묻힌 선영의 손이 내 아픈 몸을 가만가만 쓰다듬었다. 그 손길에 내 몸에 쌓여 있던 먼지와 부스러기들이 끝도 없이 풀풀 날아갔다. 나도 그녀를 향해 손을 뻗었으나 그녀는 웃기만 할 뿐 나에게 가까이 오지 않았다. 이상한 꿈이었다.

02

―언니는 언제나 즐겁게 지냈어요. 마지막이 가까워질수록 언니는 친구들에게 최고로 훌륭한 선물을 했어요. 나도 어쩌면 친구들을 초대해야 하는 게 아닐까요. 그런 일에 무감각해져야 하지 않을까요. 죽음 같은 필연적인 일이 현재의 삶을 즐기는 데 걸림돌이 되게 할 수는 없잖아요. 아무도 찾아오지 않는다면 여기가 얼마나 외롭겠어요.

피츠제럴드의 소설 「리츠칼튼 호텔만 한 다이아몬드」를 읽다가 눈을 감고 잠시 휴식을 취했다. 시간이 지날수록 책을 읽는 일도 힘들어졌다. 눈의 피로도가 상당했다. 항암약의 위력이 눈에도 영향을 주는 것인지 두세 페이지를 넘기지 못하고 눈을 감아야 했다. 눈이 아플 때마다 주선영이 생각났다.

나도 그런 선택을 할 수 있을까. 나는 고작 하루 더 살기 위해 이렇게 안간힘을 쓰는 것은 아닐까.

이 책에서 다뤄지는 죽음은 가볍다. 넘어져서 무릎이 까이는 것만큼 가볍고 그보다 더 깊이가 없었다. 리츠칼튼 호텔만 한 다이아몬드를 가진 사람이 자신이 가진 부의 비밀을 지키고자 숨어 살다 보니 외로워지고, 외로우니 친구들을 부르고 친구가 집으로 돌아갈 시간이 되면 다이아몬드의 비밀을 지키기 위해 친구를 죽인다. 어차피 죽음은 필연적인 일이니 현재의 삶을 즐기는 데 걸림돌이 되게 할 수는 없다고 말이다. 나는 소설 속 인물들의 죽음을 대하는 방식이 놀라웠다. 죄책감이라는 거추장스러운 감정을 덜어냈을 때 살인도 평범한 일이 될 수 있었다. 그들은 결코 살인이라고 부르지도 않을 것이다. 장미를 사서 꽃병에 꽂고 시들면 버리면 된다. 그 누구도 장미에게 죄책감을 갖지 않는다. 일주일도 못 가서 장미가 죽는 것은 필연적인 일이니 슬퍼하지도 않는다. 하지만 우리는 도덕적인 인간이다. 도덕이나 양심을 버리고 살 수 없도록 교육받아왔다. 스스로 목숨을 끊는 자를 방임하는 일 또한 범죄가 되는 것이라고 배운 것이다. 하지만 그런 것들을 배우지 못한 사람들이라면 어떨까. 그런 사람들에게는 죽음도 시든 장미만큼 가벼운 것일 뿐.

아침밥을 먹고 책을 읽다가 잠깐 졸았다. 불면 때문인지 밥을 먹으면서도 멍한 상태로 속이 계속 울렁거렸다. 나는 밥을 먹는다는 행위보다 다른 생각으로 들어가고 싶었다. 내가 처한 상황을 잊어버릴 수 있는 다른 곳으로 빠져들고 싶었다. 그러려면 영화를 보거나 책을 읽어야 했다. 영화는 생각을 할 수가 없었고, 책은 생각이 너무 많아졌다.

눈을 뜨니 한 시간쯤 지나 있었다. 몸이 쇳덩이를 달아놓은 것처럼 무거웠다. 도저히 몸을 일으킬 수가 없어서 잠깐 그대로 있었다. 텔레비전을 보다가 눈을 감았다. 모든 것이 잠깐이었다. 늦게 점심을 먹었는데도 겨우 두시였다. 시간이 내 앞에 벽처럼 막아서서 층을 이루고 겹겹이 쌓여 있었다. 슬기로운 환자 생활 따위는 없었다. 아플 때는 아무것도 할 수 없기 때문이다. 그나마 할 수 있는 일은 나를 보는 것이었다.

나는 자주 귀를 기울였다. 조용히 몸이 말하는 소리를 들었다. 나는 그 소리를 통해서 한 가지를 깨달았다. 내가 내 몸의 기능을 통제할 수 없다는 사실이었다. 소변을 통제하기 어려울 때도 있었다. 나는 이 사실을 누구에게도 말하지 않았다. 아니, 말할 수가 없었다. 항암 치료 때문에 생기는 일시적인 현상이라고 알고 있지만, 그래도 팬티에 묻은 소변 자국을 봤을 때에는 죽고 싶을 만큼 참담한 기분이었다. 죽고 싶을 만큼? 고작 오줌 때문에? 그런 생각을 하다 보면 목을 놓아 울고 싶을 정도로 우울해졌다. 사업이 망해서 자살하는 누군가에게 사랑은 사치지만, 사랑에 빠진 누군가에게 이별은 죽음의 이유가 되기도 하는 것이다.

누워 있으면 몸이 더 처질 것 같아 몸을 일으켰다. 청소포를 끼운 밀대로 거실을 대충 닦고 있는데 현관 진열장에 책 봉투가 눈에 띄었다. 뭔가 싶어서 들어보니 수술 후 퇴원할 때 형석이 준 책이었다. 몇 주 동안 이곳에 놓여 있었는데 이제사 눈에 띈 거였다.

"엄마가 심심할 거라고 유미가 걱정하더라. 몸이 아픈데 자꾸 안 좋은 생각만 할까 봐 걱정된다고."

"나 책 별로 안 좋아하는데."

"당신 책 좋아하잖아."

"소설이나 읽었지. 그런 책은 어려워 보이는데?"

나는 그가 들고 있는 책의 장정을 힐끗 보며 말했다. 어쨌든 운전해주는 것 이상의 친절은 받고 싶지 않았다.

"당신, 이런 책 좋아했어. 환경에도 관심 많았고."

형석을 만난 건 같은 직장 동료 대신해서 나간 선 자리에서였다. 사귀는 사람이 있는데, 엄마가 억지로 마련한 자리라며 어렵게 부탁을 했다. 나는 선선히 나가겠다고 했다. 정호와 헤어진 지 얼마 되지 않았기도 했고, 엄마와 계속 같은 집에서 살다가는 뉴스에나 나올 법한 일을 저지를지도 모른다는 불안감에 시달릴 때였다. 두번째 만났을 때 우리는 가까운 도시의 생태박물관을 방문했다. 어떤 의도나 관심이 있어서는 아니었고, 막 개장한 그 박물관의 이름을 어디에선가 들었기 때문이었다. 나의 제안에 형석은 내가 생태 환경에 관심이 많다고 생각했고, 나는 그의 생각을 수정하기가 귀찮아 그냥 내버려두었다. 그 이후로 내가 그런 쪽에 딱히 관심을 보인 적이 없었던 것 같은데도 형석은 그 기억을 지금까지 간직하고 있었던 모양이다.

"책을 읽으면 눈의 피로도가 너무 높아서……"

"그럼 그냥 둬. 나중 읽든지."

책 읽기가 힘들어도 하루에 몇 페이지는 읽으려고 노력했다. 하지만 그런 말은 하고 싶지 않았다. 나는 암과 관련 없는 책들을 주로 보고 있었다. 병의 치료에 적극성을 띠고 그에 관련된 책들을 읽어야 하는데, 나는 내 병을 깊이 들여다보는 것이 두려웠다. 몸에 관련된 어떤 책도 읽고 싶지 않았다. 형석의 책도 그날 집으로 들어오면서 그냥 현관 입구에 생각 없이 던져두었던 것이다.

나는 밀대걸레를 옆으로 치우고 형석이 준 책을 집어 들었다. 이십대 때의 나를 그대로 기억하고 있는 사람이란 걸 이혼하고 나서야 알게 되었다는 사실이 아이러니했다. 이 남자는 도대체 전처를 위해 어떤 책을 샀을까. 나는 거실 바닥에 그대로 주저앉아 책을 펼쳤다. 몇 페이지를 읽다가 나는 식탁 의자로 자리를 옮겼다. 그리고 연필을 찾아 밑줄을 쳤다.

나는 몸을 가지고 있는가 아니면 내가 몸인가? 몸은 생존의 적으로 최소한 결국에 가서는 우리 모두는 이에 직면한다.*

이제 머리카락은 거의 남지 않았다. 눈썹도 조금씩 옅어져 가는 중이었다. 눈썹이 없는 사람은 모나리자 외에는 본 적도 없었다. 그 본 적 없는 얼굴이 내가 보는 거울 속에서 나타났다. 몸에 붙어 있던 털이 자취를 감췄다. 겨드랑이털은 물론이고 음모와 속눈썹, 다리털까지 언제 없어졌는지 어디론가 사라지고 없었다. 머리카락 같은 것들은 화장실 욕조 가득 수풀처럼 쌓여 제 존재를 알리기라도 하지만, 어떤 털은 섬유 속에 묻어 소리도 없이 빠져나갔다. 시간이 지나면서 처음 머리를 밀었을 때 보이지 않던 머리카락이 조금씩 올라오기도 했다. 끊임없이 탈모가 진행되는 와중에도 자라는 머리카락이 있다니 놀라운 일이었다. 빠진 자리를 다시 채운 머리카락들은 항암약을 만나기 전에 모근 상태로 있던 것이 틀림없었다. 그러므로 항암약을 만난 지금, 그것들은 자라지도 못한 채로 곧 빠질 것이다.

그날 집으로 오는 차 안에서 형석은 머리카락 이야기를 했다. 아마 헤어지고 난 뒤 처음으로 농담을 주고받은 것일 게다. 형석이 힐끗 백미러를 보다가 문득 쉰을 넘어가면서 빠지기 시작한 자신의 머리를 쓸어넘기며 말했다.

"유미 엄마 머리카락 다 빠지면 나도 따라서 밀까?"

"당신이 왜?"

* 아서 프랭크, 『몸의 증언』.

"빠진 부분 가리고 다니는 거 이제 지쳤어. 머리 빠지는 사람의 애환 같은 거 그동안 당신은 몰랐잖아. 내가 그 마음 잘 아니까 그렇게라도 하면 위로가 될까 싶어서지."

나는 피식 웃었다. 형석은 대머리에 대한 공포증 같은 게 있었다. 그런데 저런 소리를 하는 게 우스웠던 것이다.

"농담이 지나치네. 전처한테."

농담이 맞다고, 내가 엄숙해 보여서 해본 말이라고 형석이 웃으며 말했다.

"머리카락이 빠지기 시작하니까 한 올 한 올이 너무나 소중해."

"아까 나 따라서 머리 민다고 하지 않았어?"

"말이 그렇지, 뜻이 그렇냐? 얼마나 소중한 머리카락인데."

이미 가운데 머리는 탈모가 상당히 진행되어 훤하게 다 보이는데 형석은 옆머리로 최선을 다해 가운데를 가렸다.

"우리 애들을 생각해서 한 사람이라도 머리카락 지켜야지."

"무슨 의미 없는 소리야."

우리는 어쩌면 결혼이라는 제도를 잘못 선택한 사람들일지도 모른다. 선뜻 시들면 장미를 버리는 일처럼 그렇게 간단한 일이라고 생각했는지도 모르는 것이다. 그게 그렇게 무거운 일이라는 것을 알았다면, 조금씩 조금씩 틀어진 그물코를 기워가며 멀쩡한 척 인생을 계속 이어갔을까. 형석의 농담과 친절에 나는 새삼 내가 선택한 이혼이 잘못된 것일지도 모른다는 가책에 휩싸였다. 결코 가시지 않을 것 같던 원망과 미움이 벌써 무뎌진 것일까.

고백하자면 그날 나는 아직은 풍성한 그의 뒷머리를 쓰다듬고 싶다는 생각을 하기도 했다. 그런 생각을 하고 나도 모르게 흠칫 몸을 떨었다. 몸을 따라서 마음이 허약해진 것일지도 모른다. 혼자서 이 무거운 절차들을 다 지고 가느니 미움만 남은 그일지라도 기대고 싶다는 생각이 들었는지도 모르는 것이다. 나는 몸을 가지고 있는가, 아니면 내가 몸인가? 저자가 이렇게 묻는다면 지금 내 대답은 분명해졌다. 내가 몸이다. 이리도 쉽게 마음이 무너져 내리는 인간인 것을 보면 알 수 있는 일이다.

○
3

　이제 희주와 이야기하는 것은 그렇게 큰일은 아니었다. 몇 시간이고 진지한 대화를 할 것 같았지만 꼭 그렇지도 않았다. 유치하고 의미 없는 대화를 이어가기도 했다. 그리고 그 내용의 대부분은 엄마에 대한 것이었다. 대화를 채우는 것은 언어가 아니라 감정일지도 몰랐다. 나는 종종 희주를 질투했고, 그러다 미워하기도 했다. 이야기를 하다 보면 희주의 짧은 인생이 더 가치 있게 느껴져서였다. 나는 민재와 유미도 있고, 그리고 훨씬 많은 기쁨의 순간들이 있었다. 하지만 희주와 이야기할 때 나는 그것들을 떠올리지 않았다. 오로지 엄마와 나의 관계에만 몰두했다. 열 살 이후 몇 년을 제외하고 내 앞에서 늘 우울했던 엄마, 필요한 말 외에는 하지 않던 엄마, 거울을 보고 울고 있던 엄마, 나를 칭찬하지 않던 엄마. 하지만 희주의 엄마는 그렇게 우울한 여자가 아니었다. 희주의 엄마는 작은 일에도 행복해하고 잘 웃는 사랑스러운 여자였다.

―엄마 젖을 먹고 있을 때가 나는 가장 좋았어. 한번은 엄마가 다른 아이에게 젖을 물린 적이 있었는데, 내 몸에서 뾰족한 살의 같은 것이 솟아났던 것 같아. 내 울음소리에서 뭔가를 느꼈는지 엄마가 나를 가만히 보더니 씨익 웃으면서 그 애를 품에서 뚝 떼어놓았어. 그런 웃음이 나를 지금까지 있게 했어.

―나도 엄마 젖을 먹은 적이 있었을까?

―그럼 당연하지.

―나는 기억이 안 나.

―너는 기억할 수 없어. 너는 너무 오래 살았잖아. 사람의 기억장치는 그렇게 긴 시간을 저장할 수 없어.

―아, 내가 너무 오래 산 거구나.

―나는 하루하루가 아니라 분당 초당으로 기억할 수도 있어.

―어린 시절을 기억한다고 마음대로 말하는 거 아냐?

―나는 내 마음대로 이야기하지 못해. 있었던 일만 이야기하기에도 너무 조금이잖아.

―하지만 엄마가 나를 안고 있는 그림은 상상이 안 돼.

―니가 잊었다고 해서 그 일이 없었던 건 아냐.

―내가 기억하는 일들도 그래. 엄마는 나를 위해 우산 따위를 가져온 적이 없었어. 초등학교 입학식 후 학교 가는 날, 맑은 날인데도 엄마가 가방에 우산을 넣어주었어. 그날 이후 한 번도 그 우산을 뺀 적이 없어. 대학입시 때도 그래. 아침에도 나 혼자 갔고, 시험을 다 마치고 교문을 나서도 엄마는 없었어. 나는 늘 보호자 하나 없이 세상에 떨어진 기분이었어.
―하지만 너도 알잖아. 엄마도 너를 사랑한다는 걸. 다만 어긋났을 뿐이잖아. 어떤 사람들에게 인생은 잔인해. 그건 어느 부분에서 생각지도 못하게 어긋났기 때문이야.

나는 젊은 날의 엄마를 떠올렸다. 어렴풋한 형체로만 떠오를 뿐 세세한 눈, 코, 입은 생각나지 않았다. 그것이 엄마와 나의 관계였는지 모른다. 나는 엄마라는 보통명사의 엄마를 가지고 있을 뿐이다. 나는 내 사춘기적 반항이 어긋남을 가지고 왔다고 생각하지 않는다. 어긋남은 시작부터였다. 그래서 나는 전 생애의 모든 순간을, 1분 1초까지 사랑받아온 희주에게 질투심을 느꼈다. 이야기를 하다 보면 어떤 날은 기분이 엉망이 되기도 했다.
몇 번의 경험으로 내가 침묵하면 희주가 불쑥 사라진다는 것을 알았다. 그렇게 불쑥 사라지고 나면 익숙지 않은 생소한 기분에 사로잡혔다. 처음엔 그 이상한 기분이 무엇인지 몰랐는데, 시간이 지날수록 희주가 나를 다른 세계로 데려갔다가 온다는 것을 알게 되었다. 희주와 이야기를 하고 있을 때 나는 내가 처한 상황을 잊었다. 내가 지금 항암을 받고 있다는 사실조차 잊을 때가 많았다. 몸이 아프다고 희주에게 어리광을 부리면서도 나는 육체의 고통을 느끼지 못했다. 희주와 함께 있을 때 아프다는 것은 과거가 되었다. 육체의 고통을 잊자 그에 항상 따라왔던 정신적인 고통마저 사라지는 기분이었다.

나는 이 불가사의한 일이 지금 내게 일어났다는 사실이 의심스러웠다. 이모에게 전화를 걸어봐야겠다는 생각을 한 것은 바로 그런 의심 때문이었다. 큰이모는 엄마와 비슷한 시기에 치매로 인해 요양병원에 들어가셨다. 물어볼 사람은 수미 이모뿐이었다.

미국에 사는 수미 이모의 전화번호가 바뀌었다는 것을 나는 모르고 있었다. 안부 문자를 보내고 답장이 없자 전화를 걸었는데, 잘못된 번호라는 안내가 떴다. 다행히 이종사촌인 희운의 전화번호는 그대로였다. 희운이 내 안부를 묻고 엄마를 왜 찾아? 라는 질문과 함께 대답도 듣지 않고 바뀐 이모 전화번호를 불러주었다.

"희주? 진짜 오랜만이다. 잘 있었어? 웬일로 니가 전화를 다 했어? 엄마한테 무슨 일 있는 거야?"

이모는 깜짝 놀라며 엄마 안부부터 물었다.

"아뇨, 엄마는 여전하세요. 요즘엔 저를 못 알아보는 때가 더 많고 그러시죠. 이모는 건강하시죠?"

"나야, 뭐 아직은 걸어 다니지만, 언니가 둘 다 저러고 있으니 나도 겁난다 얘. 나이라는 게 젤로 무서워."

인사를 나누면서도 이모의 말투는 내가 왜 전화를 걸었는지 진의를 파악하려고 애쓰고 있는 것처럼 들렸다.

"너는 별일 없지? 희운이가 너 항암 받는다고 고생한다고 하더라. 언니가 저리 누워 있으니 이런 소식도 이제야 듣는다. 수술은 잘된 거지? 괜찮은 거지?"

막상 이모 목소리를 듣자 괜히 전화했다는 후회감이 밀려왔다. 뭐라고 할 것인가. 오십 년 전의 아이가 항암을 받고 있는 내 앞에 갑자기 나타났다고 할 것인가. 그런 말을 누가 믿을 것인가.

"자꾸 기억을 잃어가시니까 엄마한테 정확한 정보를 얻을 수 없기도 하고, 궁금한 점도 있고요."

나는 내가 이름을 빌린, 희주에 대해 이야기했다. 중학교 때 이모가 우리 집에 왔을 때 엄마와 이모가 하는 이야기를 들었다고 말했다.

"아이고 참, 그게 왜 이제 와서 궁금하다니?"

"치매가 오고 난 뒤부터 엄마가 자주 그 애를 찾아요."

뭔가 말을 하려다 말고 이모가 긴 한숨을 내쉬었다.

"니가 마음고생 많았겠구나. 하지만 니 잘못이 아니니 니가 더 이상 마음 안 썼으면 좋겠다. 언니가 평생 잘못 산 거지. 나중에 내가 물었어. 왜 나한테 비밀로 했냐고. 그랬더니 언니가 그러더라. 희주가 죽었다는 것을 기억하지 못하는 사람이 단 한 사람이라도 필요했다고 말이다. 그땐 참, 이 언니를 어떡하면 좋나 싶더라. 그때 이미 병들어 있었던 거야."

직업군인이던 아버지는 엄마가 임신한 줄도 모르고 월남으로 떠났다. 손가락 두 개를 잃은 채 아버지가 귀국했을 때 희주는 이제 막 돌이 지난 두 살이었다. 희주는 아버지에게 가지 않았다. 근처에 아버지가 오면 악을 쓰고 울었다. 엄마가 잠시 외출이라도 할라치면 경기가 들 정도로 울어서 동네 아주머니에게 희주를 맡기고 나가야 했다. 석 달이 넘도록 그런 상황이 반복되자 처음에 당황하거나 가끔 서운함을 내비치던 아버지는 점점 화가 났다. 파병됐다가 전역을 한 김씨와 술을 마시기 시작한 것도 그즈음이었다. 김씨는 아버지와 같은 부대에 있지는 않았지만 비슷한 시기에 귀국하게 되었다. 귀국선 안에서 김씨는 한국으로 돌아가고 싶지 않다고 했다. 베트남 꽁까이와 살림을 차리고 살까 하다가 날씨도, 말도 도저히 자신이 없어서 귀국하긴 하는데, 한국에 간다고 해도 뭘 해 먹고살지 막막하다고 말했다. 고아인데다 갈 곳도 없다는 김씨의 말을 듣던 아버지는 선뜻 집에 빈방도 있으니 우리 집으로 같이 가자고 했다. 아버지는 다른 사람들 말에 귀를 잘 기울이고, 다른 사람의 감정에 쉽게 공감하는 사람이었다. 우리 동네에 가면 일할 끼 쌔비맀다, 니 밥 안굶을 끼다, 라고 호기롭게 말했던 것이다. 김씨는 손이 야무져서 고장 난 농기계도 잘 고치고, 자질구레한 동네 일도 수월하게 해내고, 바쁠 때는 농사일도 잘 도왔다. 일을 할 때는 멀쩡했고 성실했지만, 저녁 어스름이 내려오면 마치 정해진 행사처럼 술을 마셨다. 술만 마시면 베트남 꽁까이 이름을 부르며 울었고, 한바탕 울면 난폭해졌고, 그때마다 동네 사람들과 싸움이 일어났다.

　김씨가 싸움을 벌이든 말든 술에 취한 아버지는 옆에서 죽은 듯이 널브러져 있었다. 김씨와 동네 사람들의 싸움이 거의 끝날 무렵 아버지는 자다가 일어난 듯 옷을 툭툭 털고 집으로 돌아왔다. 아버지는 땅바닥에 누워 김씨의 난폭한 술주정을 보면서 무슨 생각을 한 것일까. 집으로 돌아오면 아버지는 다른 사람으로 변했다.

"밖에서는 순두부처럼 무른 사람이 집에만 오면 폭군으로 변해서 니 엄마한테 그렇게 트집을 잡더란다. 희주를 보는데, 그 눈빛이 꼭 죽일 것 같더래. 아버지가 술만 먹고 오면 니 엄마가 희주를 안고 이 집 저 집으로 도망다녔다더라. 그러면 혼자서 물건도 집어 던지고 이불이랑 베개도 마당으로 차버리고. 나중에 니 아버지 잠든 뒤에 와보면 집안 꼴이 폭격 맞은 것 같았대. 월남에서 돌아와서 제정신으로 사는 사람 없다는 말은 들었지만서도 매일 그러면 옆엣 사람이 어떻게 살겠니? 동네 어른들은 그게 전부 김씨가 하는 걸 보고 배운 거라고 몇 번이나 니 아버지를 찾아가서 말을 했대. 김씨랑 같이 다니지 말라고."

하지만 김씨는 갈 곳이 없었고, 아버지는 김씨를 나가라고 할 만한 배포가 없었다. 김씨의 꽁까이에 대한 그리움과 비례해서 아버지의 의심은 나날이 커졌다. 희주를 보며 저게 내 핏줄이 아니니까 저렇게 죽을힘을 다해서 나를 거부하는 것이라고 생각했다. 의심이 갔고 얄궂은 마음이 들기 시작했다. 처음엔 아기의 잠자는 모습이라도 지켜보며 입을 맞추고 하던 아버지는 점점 희주를 미워했다.

"그날은 새벽부터 어디서 술을 먹고 집에 와서는 이불이랑 베개를 집어 던지고 난리를 피우면서 싸움을 걸더란다."

"내가 아는 아버지는 순하디순한 사람이었어요. 엄마한테 싫은 소리 하는 걸 한 번도 본 적도 없고."

"그래, 니가 태어나고 난 뒤부터는 그랬지. 본성이 그런 사람인데, 부화뇌동도 잘하는 사람이라. 김씨가 옆에서 부추기니 또 그런가 보다 하고 집에 와서는 난리를 치고. 그라다가⋯⋯ 니가 태어나고 난 뒤에⋯⋯ 아니, 희주가 죽고 난 뒤에는⋯⋯ 사람이 순한 게 아니라 아예 바보가 되어버려서⋯⋯"

"그 아이가 죽고요⋯⋯"

"그래, 그 일이 난 것도 김씨하고 같이 밤새도록 술 마시고 새벽같이 집에 들어온 날이었대. 니 엄마가 어디 도망갈 틈도 없이 방문을 열고 들어오자마자 저게 누구 씬지 대라고 고함을 지르더래. 그 말을 세 번이나 하더란다. 억장이 무너지지. 그런 말 들으면…… 그 말을 듣는데 니 엄마가 이대로 꽉 죽어버려야겠다 그런 마음이 들더래. 그래서 그대로 집을 나가버렸단다. 당신 애니까 죽이든지 살리든지 당신이 알아서 하라고. 나는 이 집을 나가서 물에 빠지든지 차에 꽉 받히든지 해야겠다고. 집을 나가서 아무 버스나 타고 아무 곳에나 내려서 하루 종일 걸었단다. 그러다가 해가 넘어가고 나서야 애가 감기 기운이 있었다는 게 기억이 나더란. 어떻게 에미가 그럴 수 있겠냐고, 전날 밤부터 기침을 해댔는데, 내 억울하고 분한 생각에 어찌 에미가 그걸 까먹을 수 있겠냐고. 집을 나올 때는 아기도 죽이고 자기도 죽을 생각이었대. 그랬는데 해가 지고 어두워지니까 어젯밤 애가 기침도 하고 열도 났던 게 그제사 생각이 났던 거지. 그길로 택시를 타고 집으로 돌아갔는데……"

희주는 방에 없었다고 했다. 집을 싹 불태워버리겠다고 함께 술을 마시던 김씨의 라이터를 뺏어 들고 온 아버지가 죽어 있는 희주를 먼저 발견했다고 했다.

"그 어린것을 강에다 뿌리고 니 엄마가 죽겠다고 목을 맸는데, 니가 살겠다고…… 아직 때도 안 되었는데 태동을 했다더라. 세상에 겨우 사 개월도 안 된 태아가 태동이 웬 말이니?"

희주가 죽고 난 뒤 아버지와 엄마는 그 동네를 떠났다. 아버지가 아는 친척의 인쇄소에 다니는 동안 엄마는 배가 부른 채로 화장품 외판원을 했다. 얼굴이 예뻐서 화장품이 잘 팔린다고 화장품 대리점 사장은 엄마가 몸을 풀고 난 뒤에도 일자리를 주겠다고 약속을 했다. 엄마가 화장품 가방을 들고 온 동네를 쏘다녀도 아버지는 엄마에게 한마디도 하지 않았다. 아버지는 점점 까매졌고 야위어갔다.

이모는 우울증에 걸린 엄마가 가족이 아닌 다른 사람들 앞에서는 멀쩡했다며 참 알다가도 모를 일이었다고 했다. 엄마가 얼마나 화장품을 잘 팔았는지 한참을 더 이야기하던 이모는 몸조리 잘하라는 말을 끝으로 전화를 끊었다.

전화를 끊고 나는 이모의 말을 중얼거렸다.

'태동을 했다더라. 살겠다고.'

04

 약을 먹기 위해 밥을 차렸다. 식탁에 앉을 때까지만 해도 괜찮았는데, 숟가락을 들던 나는 바로 화장실로 달려갔다. 목에서는 아무것도 나오지 않고 맑은 침만 줄줄 흘렸다. 메스꺼움이 갈수록 더 심해졌다. 구토방지용 패치를 팔에 붙이고 있었지만 별 소용이 없는 듯했다. 그나마 걷는 것이 도움이 될까 싶어서 식탁 위를 그대로 둔 채 밖으로 나갔다. 아니, 걷는 것은 메스꺼움 따위를 극복하기 위해서 하는 행동이 아니었다. 할 수 있는 일이 그것뿐인 것 같아서 걸었다. 걷는 것이 마치 항암의 고통을 이겨낼 수 있는 유일한 방법이라도 되는 것처럼 걸었고, 걷기 위해서 토할지라도 먹었다. 하지만 걷기처럼 쉬운 일도 조금씩 한계를 드러냈다.

점점 발가락에 무리가 왔다. 손톱 발톱이 거무스름하게 변한 것은 3차 항암을 한 지 일주일 정도 지난 시점부터였다. 손과 얼굴 등 피부가 시커멓게 변하더니 손톱과 발톱의 색깔도 어두워지고, 발가락 피부가 발톱 아랫부분에서부터 몇 겹씩 벗겨졌다. 몇 층의 피부가 겹쳐 일어나 발가락은 마치 겹꽃이 핀 것 같았다.

피부가 벗겨지는 일에서 시작한 발의 이상은 점점 그 범위를 넓혀갔다. 발가락과 발가락이 부딪힐 때마다 칼로 쓸린 것처럼 아팠다. 그대로는 운동화를 신을 수 없는 상태가 온 것이다. 발가락마다 습윤밴드를 붙이고 발가락을 하나하나 붕대로 감았다. 약을 먹고 항암을 받는 것은 나 자신의 의지가 아니었다. 내 의지로 하는 것은 걷는 일이었다. 선영은 하루에 25킬로미터 정도 걷는다고 했다. 나는 500미터라도 걸어야 했다. 그렇게 걸을 수 있어야 한다고 생각했다.

아침 아홉시쯤이었다. 걷고 있는데 갑자기 시커먼 덩어리 하나가 하늘에서 퍽! 하고 떨어졌다. 나도 모르게 아악! 하고 비명을 질렀다. 옆에서 개를 데리고 산책을 하던 사람들이 놀라서 내 쪽을 쳐다보았다.

"아이고, 이게 뭐래요?"

지나가던 아주머니와 아저씨들이 우르르 몰려오더니 바닥에 떨어진 검은 물체를 가운데 두고 빙 둘러섰다. 떨어진 것은 아주 작은 새였다. 누워 있는 새의 검은 모습만으로는 어떤 종류의 새인지 알 수 없었다. 누가 불렀는지 아파트 유니폼 조끼를 입은 아주머니가 쓰레받기와 비를 들고 달려오고 있었다.

"아이고, 이놈의 새들 땜에 참말로 못 살겠대이. 잘 보고 날아댕기지. 와 뻑하면 유리에 부딪쳐가지고 떨어져쌌는지."

나는 다리에 힘이 풀려 비틀거리며 그 자리에 쪼그리고 앉았다. 순간 죽은 새의 사체를 보았는지 저쪽에서 개 한 마리가 맹렬하게 달려들기 시작했다. 줄을 놓친 견주가 뒤늦게 개를 잡으러 이쪽을 향해 뛰는 것이 보였다. 아주머니가 새를 쓰레받기에 담아 막 몸을 돌리자 사냥감을 잃어버린 개가 나에게 달려들었다. 급하게 개를 피하다가 헐렁하게 신고 있던 운동화가 벗겨져 저만큼 나가떨어지고, 그와 동시에 발가락에 감아놓은 붕대가 풀어졌다. 흥분한 개가 내 발에 나풀거리는 붕대끈을 물어뜯었다. 나도 모르게 비명이 터져 나왔다. 견주가 달려와 막아서며 야단을 치자 개는 겨우 진정되는 듯하면서도 헐떡거리며 으르렁거렸다.

"괜찮으세요?"

견주가 내 몸을 일으켰다. 괜찮다고 해야 하나, 놀랬다고 해야 하나, 머릿속에서 이런 생각이 잠깐 오가는 사이 나는 이성을 막아서는 분노의 감정이 먼저 치고 올라오는 것을 느꼈다. 나 스스로를 제어할 수도 없다는 것을 깨달은 순간이었다.

"나, 암 환자예요. 면역력이 없어서 물리면 죽을 수도 있다구요. 개한테 물려서 죽은 사람, 텔레비전 뉴스 못 봤어요?"

견주인 중년 여성은 고개를 숙이며 미안하다고 사과했다. 하지만 그녀의 말은 한마디도 귀에 들어오지 않았다. 나는 처음으로 화를 낼 대상을 찾기라도 한 것처럼 그녀를 몰아붙였다. 무슨 말인지도 모르고 분노를 쏟아내고 있을 때 나는 문득 여자의 표정이 서서히 변하고 있다는 것을 깨달았다.

"우리 개가 뭘 어쨌다고 이 난리야 진짜. 아픈 게 무슨 유세야?"

나는 뭔가 더 따지려던 말을 잊고 긴장해서 숨을 헐떡였다.

"물릴 뻔했다고요. 못 보셨어요? 달려오는 거."

"봤다. 이년아, 우리 개가 너한테 아무 짓도 안 한 거. 진짜 보자 보자 하니까 어처구니가 없네. 아이 씨발 재수 없어."

미친년 어쩌고저쩌고하며 여자의 입에서 쌍욕이 터져 나왔다. 일그러진 얼굴의 여자는 욕을 하면 할수록 분노가 더 쌓이는지 좀 전의 나처럼 멈출 줄을 몰랐다.

"우리 개가 너 같은 쓰레기보다 백배 천배 낫다. 우리 개가 니한테 아무 짓도 안 했는데, 왜 지랄을 떨어."

할 말을 다 한 듯 여자가 몸을 휙 돌렸다. 멀뚱하게 서서 고개를 갸웃거리며 인간들의 말잔치를 보고있던 개도 몸을 돌려서 제 주인을 따라갔다.

'넌 정상이 아냐.'

내 정신 상태가 정상이 아닌 게 아닐까, 이렇게까지 화를 내고, 오버하고 이럴 일일까. 내부의 누군가가 내게 질문을 했다. 죽는 게 그렇게 쉬운 일 같겠냐고, 다들 그렇게 사는데 유별나게 구는 거 아니냐고, 개한테 물려서 죽겠느냐고.

무엇 때문일까. 몸속에서 사그라들고 있다고 느꼈던 분노가 다시 솟아난 건. 나는 예고도 없었던 작은 새의 죽음을 생각했다. 그 새는 자신의 죽음을 단 1초라도 짐작했을까. 유리에 비친 하늘이 가짜라는 걸 안 순간은 언제였을까. 문득 자신의 죽음을 예측할 수 있었던, 방에 홀로 누워 있던 아이의 두려움이 서늘하게 다가왔다. 그 작은 새의 마음이 손가락 끝에 닿은 맥박처럼 가늘게 전해져왔다. 살기 위해 아직 때도 안 되었는데 있는 힘을 다해 태동을 했다는 그 콩알만 한 생명체가 떠오르자 숨이 막혔다.

다 풀려버린 붕대를 손에 쥐고 지쳐서 집으로 들어왔을 때 막 전화벨이 울렸다. 주선영이었다. 지금까지 너무나 씩씩하던 그녀의 목소리가 떨린다고 느낀 것은 엉망인 내 기분 때문일까, 라는 생각을 하는데 순례길의 목적지인 콤포스텔라 대성당까지 가는 걸 중간에 포기한다는 말을 했다.

"순례길 33길 중 16길. 여기서 그만해야겠다. 이런 일 각오했는데, 막상 닥치니까 정말 힘드네. 엊그제 아침에 일어나서 너무 놀라서…… 그때부터 이 마을에서 꼼짝을 못하고 있어. 시야가 급격하게 좁아지고 중심에 검은 점이 생겼어. 며칠 전부터 갑자기 진행이 빨라진 게…… 아무래도 자외선 때문인가 봐. 한 발짝도 움직일 수가 없어서 결국 차까지 렌트해서 딸이 왔어. 이제 이곳을 떠난다."

괜찮아? 라고 묻자 당분간 전화 못할 거야, 라고 말하며 그녀가 덧붙였다.

"와야지, 다시. 「산티아고의 흰 지팡이」의 재한처럼 다시 올 거야."

건강하게 잘 지내라는 평범한 말조차 하지 못하고 전화를 끊는데, 좀 전에 여자에게서 들은 욕설이 와르르 무너지듯 쏟아졌다. 나는 얼굴을 두 손으로 감쌌다.

'너는 재한처럼 다시 간다고? 나는 아직도 엉망진창인데……'

나는 관자놀이를 꾹 누르며 눈을 감았다. 그 영화를 봐야 했다. 마음이 불편할 것 같아서 봐야지 하면서도 미루고 있던 참이었다. 개가 물어뜯었던 붕대를 손에 그대로 움켜쥔 채 나는 정신없이 OTT에서 「산티아고의 흰 지팡이」를 찾았다.

계속 말할 수밖에 없고, 무슨 이야기인가 듣기를 바라는 눈 먼 어른과 말하기 싫고 조용히 걷는 게 좋은 여자아이의 갈등이 바람과 길 위에 그대로 드러나는 영화였다. 서로 다른 두 사람이 함께 걷는다는 것은 결국은 그들의 삶이 충돌하는 일이었다. 돌부리에 걸려 넘어지기도 하면서, 누군가가 부축하지 않으면 걸을 수 없는 재한이 내가 이 길을 왜 왔나 하고 후

회할 때, 산티아고 길 위에서 만난 한국인 신부님이 말을 했다. 큰 돌이든 모난 돌이든 길 위의 돌들은 죄가 없다. 이 돌들은 원래 이 자리에 있던 것들이다. 돌 하나가 걸림돌이라고 하더라도 다 필요한 것이고, 결국 그것을 받아들여야 하는 것은 사람이다. 넘어지든 피하든 그것은 사람의 일이라는 것…… 나는 잠깐 영화를 멈추었다. 그리고 그때까지 손에 쥐고 있던 붕대를 풀어 다시 발가락에 감았다.

길의 끝자락에서 100킬로미터가 남았다는 이정표를 보고 다희가 말했다.

"숫자가 너무 간단하네요."

05

 요양병원에 갔다가 나오는 길이었다. 나는 비니를 벗어 손에 쥐었다. 엘리베이터 거울 속에 짧게 자랐던 까칠한 머리카락 몇 개가 그대로 빠져 이마에 붙어 있는 것이 보였다. 엘리베이터 문이 천천히 닫혔다.

 엄마는 내가 멀쩡해 보였는지 잘 다니던 직장도 그만두고 빈둥거리며 다닌다고 야단을 쳤다. 아프다고 말을 했는데도 같은 질문이 계속 반복되고 있었다. 대답을 하다가 나는 입을 꾹 다물었다. 지난달에 왔을 때 암이라고 말했는데, 그사이 까먹은 것일까.

 "아파서 그만뒀다고요."

 "어디가 아픈데? 나처럼 허리가 아푸나? 무릎이 쑥쑥 에리

나?"

"그런 거 아니고."

"그런 게 아니면 왜 잘 다니던 직장을 그만두노. 공무원이 그기 얼마나 좋은 직업인데, 그걸 그만두노? 니가 지금 정신이 있나? 퇴직할라면 아직 몇 년이나 남았는데."

"엄마, 나 삼십 년 가까이 일했어. 이제 좀 쉬라고 말해주면 안 돼?"

"아직 청춘이 구만리구마는 뭘 쉰다고 해쌨노."

"나 아프다고!"

"어디가 쑥쑥 에리고 그런 것도 아니람서?"

나는 엄마를 물끄러미 보았다. 약간의 분노가 스민 엄마는 도저히 이해할 수 없다는 얼굴을 하고 있었다. 이런 엄마의 표정을 보면 운동회 날 손목을 그은 엄마가 떠올랐다. 그날 선생님이 준 양갱의 맛을 잊을 수가 없어서 나는 며칠 뒤 엄마한테 양갱을 사달라고 졸랐다. 하지만 엄마는 단것은 몸에 좋지 않다며 사주지 않았다. 그 소동 이후 엄마는 내게 친절했지만 나에게 그 친절은 늘 위태위태하게 느껴졌다. 한 번이라도 양갱을 사주었다면 나는 어쩌면 엄마를 완벽하게 이해했을지도 몰랐다.

"니는 저번에도 그러더니 왜 모자를 쓰고 다니노?"

엄마가 대뜸 나를 보며 물었다.

"엄마, 나 머리카락이 다 빠졌어!"

"그래? 그럼 너는 어쩌구 다니는데?"

왜 빠졌냐고 물어야 하는데 엄마는 어쩌고 다니냐고 물었다.

"그래서 모자를 쓰고 다니지."

"아이고, 얼마 전에 테레비에서 암에 걸린 사람이 그런 모자를 쓰고 있더만, 그런 건갑네."

그게 무엇인지 모르지만 암이라는 병은 머리카락이 빠지는 병이라고 생각하는 모양이었다. 저 여인이, 기억을 잃어서 다행인 건가. 아이를 잃고, 남편을 교통사고로 보내고, 우울증과 신경과 약을 평생 입에 달고 살아온 고통스러웠던 날을 다 잊고 사는 저 여인은 지금 행복한 것인가.

"그럼 모자 한번 벗어봐라."

"왜요?"

"그냥 머리가 어찌 되어 있는지 한번 보게."

"그냥 다 빠졌어. 보지 마."

"한번 벗어봐라. 나는 머리 빠진 여자는 본 적이 없다."

내가 손에 쥐여준 요거트 숟가락을 들고 엄마가 호기심 가득한 얼굴로 나를 보았다. 그 표정은 딸의 건강을 걱정하는 엄마의 얼굴이 아니었다. 엄마는 궁금해하고 있었다. 머리카락이 다 빠진 여자는 어떻게 생겼는지 말이다. 나도 모르게 짜증 섞인 목소리가 확 올라갔다.

"뭘 벗어보래. 뭐가 보고 싶은 건데?"

"별것도 아닌 일에 야가 왜 성질을 부리노."

"엄마, 아무리 그래도 그렇지, 딸이 암이라는데, 그렇게 태평한 소리만 늘어놓고, 정말 엄마가 이래도 돼?"

내가 소리 지르자 엄마도 소리를 질렀다. 왜 갑자기 신경질을 내느냐고, 참 이상한 애도 다 보겠다며 화를 냈다.

"니 무슨 병 걸렸다며? 그리 신경질 부리면 니 병 안 낫는다."

"내 병이 안 나으면 어떻게 되는데?"

내가 소리쳤다. 병이 안 나으면 죽기밖에 더 해? 라는 말을 삼킨 뒤였다. 갑자기 울음이 복받쳐 올라오는 걸 꾹 참고 고함을 질렀다.

"그게 엄마가 할 소리야!"

엄마의 눈빛이 바뀐 것은 바로 그 순간이었다. 눈썹 사이 주름이 깊어지면서 머리를 절레절레 흔들었다.

"누군교? 누군데 내보고 엄마라 카노."

"엄마 딸 희주, 희주라고. 내가 암 걸렸다고!"

"하이고, 넘사시럽다. 우리 희주가 아지매같이 생깄다고 누가 그라던교? 그 옥구슬 같은 내 귀한 새끼를 어데다 갖다 부치노. 우리 희주 곧 올긴데. 함 보고 말을 하소. 아지매랑 닮았능가 안 닮았능가. 별 같잖은 소리 하고 있다. 우리 희주가 얼매나 이쁘다고."

그 말을 하는 사이 엄마 입에서 턱으로 요거트가 주르륵 흘러내렸지만 나는 보조 의자에서 천천히 일어났다. 그리고 바로 요양병원을 나왔다. 병원 엘리베이터 문이 닫히자 눈물이 쏟아졌다. 눈물이 온몸에서 쏟아지는 기분이었다. 가방을 아무리 뒤져도 금방까지 있던 손수건이 보이지 않았다. 나는 비니를 벗어 눈물을 훔치고 거울 속에서 엄마가 그렇게 궁금해하던 머리를 보았다. 손으로 만져본 뒷덜미는 무척 매끄러웠다. 귀 옆, 뒤통수, 관자놀이는 아예 머리카락이 언제 있었나 싶게 맨질맨질했다.

"엄마, 봐 이렇게 생겼어. 엄마 딸이."

집에 와서도 내내 마음이 언짢았다. 나는 소파에 미동도 없이 웅크려 있다가 한 시간쯤 지나서야 자리에서 일어났다. 저녁거리를 챙기려고 막 냉장고 문을 여는데 엄마에게서 전화가 왔다.

"폰에서 자꾸 이상한 소리가 들린다. 이거를 우짜노."

"무슨 소린데?"

"몰라. 자꾸 이상한 소리가 나서 이불 속에 파묻어놨다."

"간호사한테 물어보지."

"이게 무슨 신호면 우짤끼고? 저것들 아무것도 모른다."

다시 차를 몰고 병원으로 갔다. 밤새도록 그 소리에 신경 쓸까 걱정이 되어서였다. 엄마가 내미는 폰을 받는데, 다시 웅웅 하는 소리가 들렸다. 태풍이 온다는 재난 문자 사이렌이었다. 재난 문자 사이렌은 치매 노인에겐 재난 그 자체였다.

엄마는 예전의 엄마가 아니었다. 이 엄마를 내 엄마라고 할 수 있을까. 하지만 나를 기억하지 못하는 엄마가 나에겐 더 따뜻할지도 몰라, 라고 나는 중얼거렸다. 초등학교에 입학했을 때 내가 본 엄마는 우는 엄마였다. 학교에 가려고 일어나면 거실 소파 옆 구석에 앉아 울고 있는 엄마를 보았다. 엄마는 좋아졌다가 나빠졌다가를 반복했고, 나빠졌을 때는 항상 눈물이 함께 있었다. 엄마가 우는 아침엔 식탁 위에 아무것도 차려져 있지 않았다. 나는 엄마를 자극하지 않으려고 조심조심 식탁 아래 종이박스에 쌓여 있는 초코파이를 하나 꺼내 물고 학교로 갔다. 그 일이 나에게 익숙해지기 시작하면 엄마는 서서히 조금씩 일상으로 돌아왔다.

집으로 다시 돌아왔을 때에는 저녁 여섯시가 훌쩍 넘어 있었다. 쓰러질 듯이 지친 머릿속으로 희주의 목소리가 들락거렸다. 엄마가 엉덩이를 만지고 분을 바르고 기저귀를 채우고 그러는 동안 나는 엄마의 얼굴을 만졌어, 라고 말하는 목소리였다. 유미와 민재가 아기였을 때 수없이 한 행동이었지만 내가 그렇게 아기가 되어 누워 있었을 것이라는 상상은 해본 적도 없었다. 엄마는 결국 조롱하듯 그 치열했던 시간들을 저리도 무책임하게 뇌의 감옥 속에 모두 가두어버렸다.

초인종 소리에 바닥으로 꺼질 것 같은 몸을 일으켰다. 밖으로 나가니 사람은 없고, 문고리에 검은 비닐봉지가 걸려 있었다. 봉지 안에는 금방 구운 생선이 호일에 싸여 네 마리나 들어 있었다. 엘리베이터는 위로 올라가고 있는 중이었으므로 우리 집 벨을 누른 사람이 이렇게 빨리 사라질 수는 없는 일이었다. 나는 비상구 계단으로 통하는 문을 열었다. 그곳에 은지가 서 있었다. 은지와는 십여 년 전에 함께 근무했다. 그때 구 문화 행사를 둘이서 맡아서 했는데, 은지는 센스가 있어서 번잡스럽고 어려운 일들을 나보다 앞서서 척척 해결해내곤 했다. 첫번째 환경 관련 행사가 끝나고 난 뒤 내가 그런 말을 하며 고맙다고 했더니 은지도 똑같은 인사를 내게 해왔다.

"언니가 뭐든지 알아서 먼저 길을 터주니까 그게 저는 너무 편했는데요. 시키는 대로 하는 거, 그것처럼 쉬운 일이 어딨어요? 저는 창의성도 없고, 앞서서 일은 못해요. 다 언니 덕분이에요."

첫 행사를 마친 뒤 우리는 급속도로 친해졌다. 다른 곳으로 발령이 난 뒤에도 일주일에 한두 번 정도는 퇴근 후 식사를 같이하기도 하고, 집안일이나 개인적인 일로 힘들 때는 밤새 카톡을 나누기도 했다.

"어마, 언니 어떻게 알고 여기 비상계단 문을 열어요?"

"그러는 자긴 여기 왜 서 있는 거야?"

"언니가 생선 들고 집에 들어가고 나면 엘베 타려고 했죠."

"그러지 말고 들어와."

"담에요, 언니 잘 이겨내세요."

말을 하는 동안 은지의 눈이 그렁그렁해졌다. 그러고는 황급히 손사래를 치며 내려오는 엘리베이터에 도망치듯 들어갔다. 고마워, 소리 없이 내가 말하자 은지가 두 손으로 하트를 만들었다. 하트가 엘리베이터 속으로 사라졌다. 은지의 엄마는 오십 세에 유방암으로 돌아가셨다고 했다. 은지는 자신이 나에게 해준 그 말을 후회하고 있는지도 몰랐다. 나 역시 그녀의 엄마처럼 죽을 것이라는 생각은 들지 않았다. 이 고통의 시간이 지나면 분명히 살아날 거라는 믿음이 있었다. 어느 누가 믿음이 없는 치료를 받을까. 하지만 은지를 보자 그녀가 들려준 엄마의 죽음이 생생하게 되살아났다. '온몸으로 전이가 되었고, 그리고 죽었다.' 그렇게 한 문장으로 정리될 수 있는 죽음이었다. 죽음은 그렇게 간단하고 명료했다.

그렇게 애를 써서 죽으려고 했지만 엄마는 죽지 못했고, 그렇게 살려고 애를 썼지만 은지의 엄마는 죽었다. 그러므로 생을 위해 뭔가를 특별하게 할 필요는 없는 모양이었다.

6

"엄마, 꿈꿨어? 이상한 소리 했어."
유미가 말했다.
"무슨 소리?"
"엄마가 엄마 이름을 부르던데?"
"내가 내 이름을?"
"아, 엄마, 미안. 엄마 이름이 아니었구나."
유미는 스스로 말해놓고도 무안했는지 손으로 입을 가렸다. 지난번에 유미는 내 말을 고스란히 믿어주었다. 있을 수 없는 일이었지만 유미는 의심하지 않았다.
"은정이 언니가 그랬어. 떠도는 영혼의 목소리를 들을 수 있는 사람이 있고, 언니도 그중 한 사람이었다고. 처음엔 그 말을 믿지 않았는데, 어느 순간 나도 모르게 믿고 있더라고. 그런 종류의 사람들이 내 주변에 있을 수 있다는 걸."

그래서 엄마 말도 믿는다는 거니? 라고 물으려다 말고 나는 창밖을 보았다. 거기 희주의 영혼이 말끄러미 앉아 나를 보고 있을 것 같아서였다. 그때 유미는 뭐라고 이야기했던가. 그 말이 다시 떠오르자 나는 나도 모르게 몸을 부르르 떨었다.

"엄마, 모르지? 나도 희주였어."

나도 희주였다니…… 유미의 그 말이 무방비 상태의 내 등을 확 미는 것 같았다. 유미와 둘이 있을 때 엄마는 얼마나 많이 그 이름을 불렀을까.

당황한 내 표정을 보고 유미는 화제를 바꾸려는 듯 엄마 추워? 하고 말했다. 그러고는 조금 전에 진저리를 친 내 팔을 슥슥 문질러주었다. 오지 말라고 하는데도 유미는 어제저녁에 굳이 들어와서 입원 절차를 마쳤다.

"밤에 옆 침대 아줌마가 에어컨을 너무 세게 틀어서."

"아, 엄마 추웠구나. 말하지."

4차 항암. 무서운 것은 반복된다는 것이다. 항암제의 공격을 받아 몸의 기능이 상실되면서 일어나는 모든 문제들—구내염, 설사, 소화장애, 구역질, 두통, 빈혈, 무력감, 불면증, 발열, 피부 벗겨짐과 건조나 발진—을 겪을 거라는 사실을 인지하면서 병원에 다시 들어가는 것이다. 오히려 항암제를 맞고 있을 때는 마음이 차분해졌다. 3주에 한 번씩 항암을 하러 집을 나서는 공포에 비하면 항암은 차라리 수월한 편이었다.
 이번에는 2인실밖에 없었다. 잠시 짐을 풀고 누워 있다가 다시 다른 2인실로 옮겼다. 같은 방의 할머니가 너무 말이 많았기 때문이었다. 할머니는 쉬지 않고 말을 했다. 할 수 없이 한두 마디 대꾸를 했지만, 내가 아무 대답을 하지 않아도 혼자서 계속 말을 했다. 하지만 옮겨 간 2인실도 만만치 않았다. 그곳에는 끊임없이 열이 나는 중년 여자가 있었고, 그녀는 절대로 에어컨을 못 끄게 했다.
 "추워서 자다가 깨다가 한 거야?"
 "그러는 너는 왜 깼어?"
 "응, 할머니 전화가 와서."
 엄마의 전 생애를 걸쳐서 그나마 정신적인 평정 상태를 유지하고 있을 때가 있었는데 바로 유미를 키울 때였다. 초등학교 4학년이 되면서 유미는 더 이상 할머니를 필요로 하지 않게 되었다. 그리고 얼마 지나지 않았을 때 엄마는 내가 기억하는 세번째 자살 시도를 했다. 유미와 외할머니 사이의 그 끈적한 관계가 나는 싫었다. 엄마가 유미를 보는 눈길이 예사롭지 않다는 것을 눈치채고 있으면서도 나는 못 본 척하고 있었다. 유미를 맡길 곳도 없었을뿐더러 두 사람 모두가 목숨이라도 건 것처럼 서로를 간절히 원하고 있었기 때문이었다. 두 사람을 갈라놓는 것은 엄마를 죽이는 일처럼 느껴졌다. 억지로 떼놓는다면 다시 생을 놓고 말겠다는 절박함이 느껴졌고,

마치 정해진 수순처럼 그때가 오자 엄마는 그렇게 했다. 유미가 클 동안 엄마는 행복했고, 나는 불편했다. 꼭 아이를 뺏긴 기분이었다.

"전화 속에서 할머니가 엄마 이름을 부르면서 울었어."

그건 내가 아니야, 라는 말이 목구멍을 간질였지만 나는 아무 말도 하지 못했다.

"그래서 깼는데, 이번엔 엄마가 막 엄마 이름을 부르면서 잠꼬대를 하고 있는 거야. 희주야, 희주야, 이렇게."

"너 빨리 가. 그리고 이제 항암 할 때 오지 마. 아무도 안 와. 어제 할머니 빼고는 보호자 없어."

"알았어. 안 그래도 오늘은 작업실 나가봐야 돼. 드디어 주제를 정했어."

"지금까지 준비하던 것 있었잖아. 바꾼 거야?"

"아, 나중에 이야기해줄게. 병실 나는 대로 6인실로 바꿔달라고 간호사실에 신청해놓을게."

유미가 툭 던지듯 말을 하고는 병실 문을 열고 나갈 때까지도 나는 엄마가 부르는 '희주야'와 내가 부르는 '희주야'에 대해 생각했다. 이름은 그렇게 나에게 들러붙어 몸속에 질병처럼 쌓일 것만 같았다.

엄마는 유미를 외손녀로 보지 않았다. 엄마에게 유미는 엄마의 첫 아이, 희주였다. 그 대단한 착각은 엄마의 내면 깊숙

이 숨겨져 있던 욕망들을 끌어냈고, 내 속에 있는 온갖 미움과 시기와 질투를 수면 위로 끌어올렸다. 유미를 바라보는 엄마의 깊으면서도 진득한 눈빛은 가끔 나를 소스라치게 했다. 엄마의 눈은 너무 물큰해서 흐물흐물해진 썩은 과일 같았다. 마치 완전히 액체처럼 녹아서 아이에게 흘러들 것 같았다.

하지만 처음부터 내가 그렇게 생각했던 것은 아니었다. 물론 뭔가 딱히 말할 수 없는 이상한 것들이 그동안 엄마와 유미 사이를 감싸고 있었지만 나는 깊이 생각하지 않았다. 아니, 그냥 묻어두고 싶었다. 파헤치는 순간 판도라의 상자라도 열게 될까 봐 나는 두려워하고 있었던 것이다. 그러다가 유미가 막 두 돌이 되었을 때였다. 어느 날 몸이 아파 조퇴하고 일찍 들어왔는데, 내가 들어오는 줄도 모르고 엄마는 소파에 앉아 유미를 안고 중얼중얼 무슨 말인가를 하고 있었다. 나는 움직임을 멈추고 귀를 기울였다.

"희주야, 내 딸, 희주야."

엄마가 유미를 그렇게 불렀다. 엄마 주변으로 포근하면서 따뜻한 기운이 번져나갔다. 그 눈빛에서 시작된 파장이 거실 전체를 감싸고 있었다. 그 따스한 빛에 나는 현기증이 났다. 오전 내내 나를 괴롭히던 두통과 몸살 기운이 온몸으로 퍼졌다. 몸의 관절 마디마디가 저리고 아프고 열이 올랐다. 나는 그대로 현관문을 열고 밖으로 나가버렸다. 그 문소리를 엄마가 들었는지 어쨌는지 나는 모른다.

수런거리는 말소리에 잠을 깼다. 새벽 네시였다. 어떻게 이 시간에 이야기를 할 수가 있지? 라고 생각하며 눈을 떴는데, 앞 침대의 두 사람이 마주 보고 누워 있는 모습이 보였다. 큰 소리는 아니지만 이야기는 계속 이어졌고 소리 죽여 깔깔 웃기도 했다. 실내는 어제보다 훨씬 견딜 만했다. 여자가 에어컨을 끈 걸까, 라고 생각하던 나는 그제야 저녁 무렵에 6인실로 옮긴 것을 깨달았다.

"저는 항암 중에 폐렴에 걸린 거예요."

여자의 말속에 울먹임이 묻어났다.

"나는 몸살이 났었어. 항암 하다가 몸살 나면 그냥 죽는 거야."

다른 목소리의 아주머니가 이야기했다.

"독감이랑 대상포진이랑 예방접종할 것도 엄청 많더라고요."

한마디씩 주고받으며 끊임없이 이야기할 것 같던 여자들이 침대에서 내려오는 소리가 들렸다.

"아이고, 또 화장실 가야겠다."

"밤마다 화장실은 얼마나 자주 가는지…… 그때마다 깨서 이렇게 잠도 못 들고."

두 사람은 아마도 소변 때문에 비슷한 시간에 깨서 잠 못 이루다가 군것질과 수다로 손쉽게 일치단결한 모양이었다.

"양치하고 자자."

새벽 네시 반에 양치를 하겠다고? 정말 대단한 여자들이군. 그런 생각을 하다가 설핏 잠이 든 것 같았는데, 요란스러운 트로트 소리에 다시 잠이 깨고 말았다. 누군가의 알람 소리였다.

2박 3일의 항암을 끝내고 집으로 돌아왔다. 집에 오니 그 어느 때보다 속이 메스꺼웠다. 무서운 것은 축적된다는 것이다. 여전히 똑같은 하루였다. 하루 종일 영화만 보고 있으면 된다. 아무것도 하지 않을 자유가 주어진 것이다. 환자이므로, 아주 중한 환자이므로 아무것도 하지 않아도 죄책감을 가질 필요가 없었다. 자기 자신조차도 용서했다. 하지만 아무것도 하지 않을 자유는 불편했다. 지겹고, 지루하고, 권태롭고, 무거웠고, 아팠다. 잠깐 나가서 걷는 것조차 하기 힘들었다. 힘이 빠지면서 꼼짝도 할 수가 없어서 청소 도우미를 불렀다. 아주머니가 말했다.

"사장님 집에는 머리카락이 없어요. 딴 집에 가면요, 방이랑 화장실이랑 머리카락이 엉망이라요. 진짜 이 집은 참 신기해요."

나는 피식 웃었다.

"제가 머리카락이 없잖아요."

아, 라고 짧게 탄식한 아주머니의 얼굴이 약간 붉어졌다.

먹고 싶은 생각은 하나도 없었지만 벌써 점심때였다. 억지로 밥을 입안으로 밀어 넣고 밖으로 나갔다. 놀이터의 가장자리를 삼십 분쯤 걷다가 그늘에 앉았다. 바람이 살짝 불었고, 그 바람에 구름이 조금 움직인 것 같아 나는 눈을 껌벅였다. 어제 병원에서 읽은 책 속의 한 대목이 생각났다.

'엄마는 암으로 죽었다.' 그 문장을 읽으면서 나는 생각했다. '엄마는 교통사고로 죽었다'보다 이 문장이 훨씬 설득력이 있구나. 내가 그 말을 했을 때 희주는 뭐라고 했나. 너 진짜 유치하다, 라고 했던가. 그러다가 이렇게 말했다.

—우린 자매니까 내가 자랐다면 너처럼 됐겠지? 하지만 난 너의 모습이 된 나를 상상할 수 없어. 그 모습은 상상할 수 없지만 지금 내 생각은 그대로 남아 있을 거야. 어른의 몸이 되어도 말야.

—왜 그런 말을 하는 거야?

—그러니까 그 말은 내가 어른의 몸이 되었다 해도 내가 머물렀던 그 방은 여전히 나에게 남아 있을 거고, 어른이 된 내 마음도 너에게 고스란히 보여줄 수 있을 거라는 거야. 그러니까 너는, 더위도 느끼고 추위도 느끼는 너는 나무처럼 꼿꼿하고 단단하게 서 있으면 돼.

0
7

 예고대로 간밤의 태풍은 어마어마했다. 나무들은 바람에 제 살을 떨어뜨리며 몸살을 했고, 교통표지판이나 신호등이 속절없이 무너졌다. 뉴스는 온통 그런 소식들을 전하느라 분주했다. 텔레비전 화면이 갑자기 깜깜해지며 꺼져버린 것은 자정 즈음이었다. 정전은 아침까지 계속되었다. 잠이 오지 않는 밤이면 귓바퀴를 울리던 냉장고의 잉 소리도 더 이상 들리지 않고, 에어컨도 작동되지 않았다.
 저녁 무렵에 책을 읽으려 했으나 밖이 어두워서 그런지 금방 눈이 침침해졌다. 텔레비전도 나오지 않고 핸드폰 배터리도 아껴야 했으니 딱히 할 일이 없어진 셈이었다. 나는 소파에 멍하니 앉아 있다가 손가락을 펴서 눈앞으로 들어올렸다.

이상했다. 머리카락은 자람을 멈추었는데, 어째서 손톱 발톱은 계속 자랄까. 손톱 발톱과 머리카락이 단백질로 이루어져 있다고 학교 다닐 때 배우지 않았나. 같은 성분이라면 손톱 발톱도 자라지 않아야 하는데…… 하지만 어떤 것은 자란다. 팔다리의 솜털 하나까지 다 떨어져 나가고 눈썹이나 속눈썹까지 남김없이 다 사라졌는데도 어디선가 무언가가 자라고 있다니 어떻게 이럴 수가 있을까. 같은 몸에서 일어나는 반응이라는 게 믿어지지 않았다. 이것을 의학적으로 누군가에게 설명을 듣는다고 해도 나는 이해하려고 들지 않을 것이다. 그런데 이것도 자라는 것이라고 할 수 있을까. 길어진 손톱과 발톱은 마치 버려지는 찌꺼기처럼 변색됐고, 위태롭게 흔들리는 엄지발톱은 들뜨면서 염증이 생겼다.

나는 그나마 밝은 거실 창문 앞에 앉아 신문지를 펴고 발톱을 깎으려다 어두워서 발이라도 벨까 봐 다시 신문지를 접었다. 문득 지난번 항암 때 앞에 있었던 여자가 한 말이 생각났다.

"이 년 전 건강검진 때 재검이 나왔거든. 그런데 그거 무시했지 뭐. 사는 게 바쁘다는 핑계로 그런 거지. 건강검진 같은 게 남편의 바람이나 가게의 매상보다 중요할 리가 있겠어? 그러고 이 년이 지났지 뭐야. 그동안 암을 키운 거지. 그때 검진했더라면 0기였을지도 몰라. 그럼 항암은 안 해도 됐을 텐데."

여자는 나보다 나이가 어린데도 반말을 했다. 침대에 걸려 있는 이름표에 나이도 같이 적혀 있으므로 내가 몇 살인지 알 것인데도 별로 개의치 않는 것 같았다. 남편이 바람난 이야기를 아무렇지도 않게 하는 여자의 말에 맞추어 내가 네, 네 하고 대답을 하자 갑자기 여자가 자기 발을 이불 밖으로 불쑥 내놓았다.

"여기, 봐봐. 이 발가락 좀 봐."

여자가 제 엄지발톱을 들어 보였다. 여자의 엄지발톱 끄트머리가 살에 붙은 채 덜렁대고 있었다. 나는 질끈 눈을 감았다.

"발톱이 시커매지더니 기어이 빠질려나 보네. 빠질라믄 확 빠지든지. 이렇게 덜렁거리니까 불안해 죽겠어."

나는 여자의 말을 떠올리며 조심조심 어르듯이 발톱이 빠지지 않도록 엄지발가락 전체에 밴드를 돌려서 붙였다.

매일 일정하지 않은 시간에 일정하게 몸살이 났다. 몸살은 한 시간에서 두 시간쯤 지속되었다. 진통제의 지속성이 점점 짧아지는 것인지 몸의 컨디션 때문인지는 알 수 없었다. 견딜 수 있을 정도의 아픔과 견디기 힘들 정도의 아픔이 계속 반복되었다. 월요일에는 몸살을 앓느라 누워 있다가 화요일에는 조금 괜찮아져서 잠깐 걸으러 나가는 식이었다. 걷기 시작한 지 십 분도 채 지나지 않았는데 발의 느낌이 이상했다. 매쉬 소재의 운동화라 부드러운 것인데도 발가락을 조여오는 것 같은 기분이었다. 곧 빠르게 발가락과 발바닥 전체로 통증이 번져갔다. 운동화를 벗고 양말만 신은 채 놀이터 우레탄 부분을 골라서 걸었다.

집에 와서 양말을 벗어보니 시커먼 물집이 발가락 사이사이마다 잡혀 있었다. 언제 그렇게 생겼는지 짐작도 할 수 없을 만큼 큰 물집이었다. 물집이 이렇게 새까맣게 될 수도 있구나. 뒤꿈치에 생긴 물집은 벌겋게 물들어 있었다. 발바닥 전체가 고통스러웠던 이유가 바로 이 물집들 때문이었다. 발가락의 물집은 부풀어 오를대로 커져서 팽팽한 물풍선처럼 곧 터질 것만 같았다.

발바닥이 점점 몸뚱이를 지탱하기 힘들어하고 있었다. 발이 조금 더 크면 괜찮을까, 나는 생각했다. 아니면 몸을 줄여서 발바닥을 조금 편하게 만들어주면 어떨까. 발가락에 거즈를 대고 밴드를 붙였다. 그리고 발가락 양말에 조심스럽게 한 놈씩 끼워 넣었다. 이틀이 지나자 오른쪽 엄지발톱이 완전히 새까맣게 변하더니 기어이 빠져버렸다. 의사는 항암제인 도세탁셀을 맞는 횟수가 늘어나면 으레 생기는 현상이라고 했지만 가장 가까이서 보는 손톱 발톱이다 보니 여간 신경이 쓰이는 게 아니었다.

급기야 안면 인식 인터넷뱅킹으로는 송금이 되지 않았다. 퉁퉁 부은 얼굴을 알아보지 못한 화면 속의 이모티콘이 고개를 세차게 흔들었다. 안면 인식을 못하는 것뿐만이 아니었다. 며칠 후에는 지문 인식을 하지 못해서 스마트폰 여는 방식을 패턴으로 바꾸어야 했다. 손가락 피부가 두텁게 벗겨지기 시작하더니 사진을 찍어서 확대를 해도 지문이 나타나지 않았던 것이다. 오른손가락이 먼저 몽땅 벗겨지더니 왼쪽도 마치 경쟁을 하듯이 껍질이 벗겨졌다.

"도대체 무슨 일이 일어나고 있는 거야?"

나는 중얼거리며 손가락을 한참 동안 들여다보았다. 손톱이랑 발톱은 누르면 아팠다. 유리라면 금방 깨어질 것만 같은 아슬아슬함이 손끝과 발끝에 모여 있는 기분이었다. 엄지손톱도 엄지발톱처럼 시커멓게 변했다. 이제 조그마한 자극에도 피부는 견뎌내지를 못했다. 점막염 때문인지 팬티에도 피가 묻어났다. 몸 구석 어느 부위든 상관하지 않고 잠들어 있던 모든 통각이 발기했다.

이것은 동물은 할 수 없는 일, 인간만이 할 수 있는 일이다. 동물은 조용히 자신의 병을 받아들이고 고통 속에서 신음하다가 갈 것이다. 하지만 인간은 살기 위해 더 고통스러워지는 방법을 선택한다. 정말 건강하게 오래 살 수 있을지는 확신도 없으면서 단지 통계에 기댈 뿐이다.

붓기는 점점 심해져서 물에 불린 듯 퉁퉁 부은 얼굴이 거울 속에 나타나 나를 깜짝깜짝 놀라게 했다. 4차 항암 이후 몸무게가 일주일에 1킬로씩 불었다. 어느 날 갑자기 소변 누는 횟수가 줄어들더니 몸이 붓기 시작한 것이다. 독감예방접종을 하러 간 날 의사에게 말했더니 이뇨제를 처방해주었다. 이뇨제 때문인지 일주일 만에 다시 몸무게가 빠졌다.

푹신한 슬리퍼를 신고 집 안에서 걸을 때도 발바닥이 아팠다. 뒤꿈치가 곪듯이 아파서 한동안 뒤꿈치를 들고 다녔더니 이번엔 앞쪽이 아팠다. 습윤밴드를 뒤쪽과 앞쪽에 덕지덕지 바르고 발바닥 옆면으로 걸었다. 곧 통증이 발바닥 전체로 번지며 벌겋게 부풀어 올랐다. 몸은 전쟁 중이었고, 나는 폐허가 되었다. 그것도 아주 야만적인 흉기에 의해 난자된 채 처참하게 버려진 폐허였다.

계단을 오르는 것이 등산을 하는 느낌이었다. 근육이 당기고 아픈 느낌 때문에 밤에 잠을 자는 것도 힘들어졌다. 걷는 것을 중단했다. 몸은 붓고 커지는데, 마음은 한없이 초라해졌다. 그 누구도 이 아픔을 함께할 사람은 없었다.

―오로지 너 하나뿐, 너를 일으켜 세울 사람은 너 하나뿐.
희주가 말했다.

7차 항암을 마쳤다. 나는 집으로 오자마자 거실에 길게 드러누웠다. 그렇게 있으면 점점 깊숙한 물속으로 한없이 빠져들어가는 것 같은 기분이 들었다. 거실은 물로 가득 차 있고, 나는 아가미도 없이 물속을 유영했다. 수초의 흔들림 하나 없이 너무 조용한 이곳이 혹시 내가 한 번도 경험하지 못한, 죽은 이가 묻히는 곳이 아닐까, 라고 나는 종종 생각했다.

2020년, 코로나가 지구를 덮쳤다. 인간들은 무력했다. 고작 마스크를 쓴 채 사람들이 많은 곳은 피해 다니기만 할 뿐이었다. 이제는 누구라도 그 재앙의 해를 기억할 수 있다. 그리고 전해인 2019년의 홍수나 산불을 두고 엄청난 재앙의 전조였다고 우길 수도 있을 것이다. 하지만 그것은 모두 지나고 난 뒤의 이야기일 뿐이다.

가끔 생각한다. 나의 전조는 무엇이었나.

전조라는 낱말은 발을 보면서 떠올린 것이다. 발이 이 지경이 될 때 발에는 무슨 전조가 있었나 하고 말이다. 곪은 것처럼 벌겋게 달아올라 도저히 바닥을 디디기 힘들던 발뒤꿈치는 이제 껍질들이 흉하게 벗겨지고 있어 보기 끔찍할 정도였다. 양말을 신지 않으면 온 방 안에 피부 부스러기들을 흘리고 다닐 참이어서 양말을 갈아신을 때조차 조심해야 했다. 발바닥은 껍질이 벗겨지면서 화끈거렸다. 껍질이 벗겨지던 손가락 끝도 화끈거리며 아프더니 곧 나무껍질처럼 딱딱해졌다.

인간의 몸은 온갖 화학 성분으로 구성되어 있다는데, 새로운 화학요법은 내 몸을 완전히 다르게 변화시켰다. 이제 이 몸이 나라고 할 수 있을지 의문이 생겼다. 이런 몸의 변화는 과거에 단 한 번도 상상해보지 못했던 모습이었다. 죽음만이 삶을 중단시키는 것이 아니었다. 나는 책을 펼쳐 어젯밤에 읽다가 밑줄을 친 곳을 찾았다.

질환은 삶을 중단시키며, 이때 질병은 지속적인 중단과 함께 살아가는 것을 의미한다.

재앙은 그것만의 특별한 능력이 있다.*

  이 특별한 능력을 나는 이길 수가 없다. 하지만 이런 끔찍한 현실에도 불구하고 나는 내 몸이 극단적으로 파괴되어가는 것을 믿음직스럽게 바라볼 때도 있었다. 이 잔인무도한 고문 같은 화학치료가 내 몸을 낫게 할 것이라는 믿음이 더 클 때였다. 그것은 의사가 내 몸을 가지고 치료라는 이름의 실험을 하더라도 낫게 해줄 수만 있다면 기꺼이 마루타처럼 몸을 바치겠다는 충성심 같은 것이었다. 나라는 인간에게 완전히 정전 상태가 온 것이다.

---

* 아서 프랭크, 『몸의 증언』.

08

 가발을 맞췄다. 가발을 쓰면 암 환자라는 표시가 나지 않을 테니 좋을 것 같았다. 일단 가발이 완벽하기만 하다면 사람들이 나를 불필요하게 쳐다보지는 않을 것이다. 하지만 사실 사람들은 타인에게 웬만해선 관심이 없는 법이다. 가발을 쓰든 두건을 쓰든 사람들은 신경도 쓰지 않는다. 나 혼자 안간힘을 쓰고 있는 것일 뿐. 거울 속의 민머리에 나는 아직도 놀란다. 가발을 쓰면 생소한 얼굴이 조금은 친근하게 보일까 하는 기대로 나는 가발을 하기로 마음먹었다.
 결론부터 말하자면 나는 가발에도 실패했다. 가발을 쓴 나는 더 생소했다. 더벅머리처럼 수북한 머리카락에 자꾸만 신경이 쓰였다. 원래 가발은 핀으로 머리카락을 집어서 고정해야 한다고 했다. 그런데 머리카락이 없어 가발을 고정시킬 수 있는 장치가 없으니 조심해야 한다고 직원은 말했다. 그러니 차가 조금만 흔들려도 머리가 삐뚤어지지는 않았는지 신경이 쓰일 수밖에 없었다.

  부지런히 여기저기서 광고를 해대는 가발회사에 가발을 맞추러 갔다. 암 환자는 할인을 해준다고 해서 갔지만 무슨 보험 적용을 받는 것도 아니고, 정해진 가격으로 받으면서 할인한다고 생색내는 것 같아 속는 기분이 들었다. 이런 기분도 자격지심이라는 것을 알지만 나는 내가 속은 게 맞은 양 기분이 우울했다. 가발은 세 종류였다. 긴 머리, 짧은 머리, 단발머리. 셋 중에 고르면 두상에 맞게 커트해준다는 것이다. 내가 고른 단발머리 가발은 미용사의 손에서 자꾸 짧아졌다. 아무리 컷을 얼굴에 맞게 한다고 해도 내 머리가 아니니 잘라도 잘라도 어색했다. 전혀 자연스럽지 않은 내가, 가발을 쓴 표시가 확 나는 내가 거울 속에 있을 뿐이었다. 나는 이제 그만 잘라도 되겠어요, 라고 말하며 커트를 중단시켰다. 직원은 샴푸, 린스, 에센스, 엉킴 방지용 미스트, 탈취제, 가발지지대를 권했다. 그것들을 사지 않으면 비싼 가발을 모조리 망치고 말 것이라는 뉘앙스의 멘트도 함께였다. 그리고 직원은 가발은 한 달에 한 번 정기적으로 관리를 받아야 한다고 덧붙였다.

  "특별히 암 환자는 일 년 50만 원에 할인해드립니다."

  특별히, 특별히…… 여기도 암 환자라고 우습게 보는구나.

약한 마음을 이용해서 뭐든지 팔아먹으려 하는구나 하는 용심이 들었다. 어쩌면 저 직원의 말이 전부 사실이며 비싼 가발이니 그렇게 관리해주어야 할지도 모르는데도 말이다.
 '가발은 비싸고 망가지면 안 되고, 넌 꼭 필요한 순간이 있을 거야.'
 나는 거울 속 가발을 쓴 희주에게 말했다. 그리고 그들이 제시한 모든 상품을 사서 돌아왔다. 머리카락은 가발로 커버했다. 눈썹은 그렸다. 속눈썹과 코털은 내가 불편하지 다행히 남들에게는 보이지 않는 부분이었다. 남들에게 보이지 않는 부분에 더 많은 털이 존재했었다는 사실이 아이러니했다. 마치 뭔가를 끊임없이 숨기려고만 했던 내 인생 같았다.

 모임을 모두 끊었으니 가발을 쓰고 갈 곳은 한 곳뿐이었다. 요양병원에 도착하니 엄마는 화장을 예쁘게 하고 침대에 걸터앉아 텔레비전을 보고 있었다. 화장품 외판원을 할 때부터 엄마는 화장 기술이 좋았다. 세련되게 색조화장을 해서 그 덕분에 화장품도 많이 팔았다고 했다.
 가만히 살펴보니 화장만 한 게 아니었다. 환자복을 벗고 외출복을 입었고, 무릎 위에는 스카프를 넓게 펼쳐놓았다. 나를 향해 웃으며 '왔나?'라고 말하기까지 했다. 하지만 내가 가발 쓴 것을 알아차리지는 못했다. 지금 엄마에게 나는 언제적 딸일까, 라는 생각이 들어 씁쓸한 웃음이 나왔다.

"엄마, 뭐 하세요?"
"테레비 본다."
"화장을 하셨네."
"응."
"왜 어디 가시려고?"
"어어, 갈 데가 있다. 저기—"

엄마가 턱으로 텔레비전을 가리켰다. 텔레비전에서는 아이들 운동회가 한창이었다. 요즈음은 꼭 정해진 운동회 시즌이 있는 건 아닌 모양이라고 마이크를 잡은 진행자가 생글생글 웃으며 말하고 있었다. 운동회 자료화면을 두고 게스트들이 모여 앉아 어린 시절의 추억에 대해 이야기하고 있는 중이었다. 진행자의 멘트가 끝나자마자 화면에는 어린 남자아이가 흰색 테이프를 가슴에 두른 채 두 손을 번쩍 들고 결승선으로 들어오는 장면이 나왔다.

"저기? 어디 가시려고?"
"저기 운동회, 오늘 한다 아이가."

엄마 입에서 운동회라는 말이 나왔다. 뭔가 대답을 하려다가 말고 나는 입을 다물었다. 그다음 해에도, 또 그다음 해에도 엄마는 운동회에 왔다. 과자나 김밥을 싸 와서 우리는 같이 점심시간을 보냈다. 하지만 엄마나 나나 운동회의 그 왁자지껄한 분위기를 즐기지 못했다. 우리는 지나치게 조용했고, 아무리 노력해도 서로에게 할 말이 없다는 것을 알았다.

"우리 아가 달리기하는 거 꼭 봐야지. 우리 아가."

엄마가 중얼거리듯 말했다. 갑자기 뜨거운 뭔가가 울컥하고 목구멍을 거슬러 올라왔다. 나는 엄마의 앙상해서 뼈가 도드라진 어깨를 잡았다.

"엄마."

엄마가 어깨를 흠칫 떨었다. 엄마의 눈에 눈물이 그렁그렁 맺혔다.

"엄마……"

엄마에게 무슨 말이라도 해야 할 것 같은데 조용히 둘이서 김밥만 입에 집어넣던 3학년 이후의 운동회 날처럼 아무 말도 생각나지 않았다. 나는 엄마의 어깨를 꽉 잡았다 놓은 뒤 목청을 가다듬고 아무렇지도 않은 듯 물었다.

"그럼, 스카프는 왜 다리 위에 올려뒀는데?"

엄마가 배시시 웃었다. 그러더니 더 세심하게 스카프를 이리저리 매만졌다.

"테레비 저 남자가 내만 뚫어지게 본다 아이가. 저 옆에 할매도 안 보고 똑 내만 본다. 아까는 저 남자가 내 다리를 안 보나. 숭하게."

"그렇게 숭하면 텔레비전을 끄면 되지."

"야가 뭐라카노. 그럼 심심하지."

텔레비전을 보는 엄마의 분홍색 입술이 살짝 벌어져 있었다. 엄마는 다시 저 사람들에게로 돌아갔다. 끊임없이 재방송

되고 또 재방송되는 케이블 TV 속의 사람들. 엄마의 세상은 내가 사는 세상이 아니었다. 아주 잠깐 '아가'를 부르던 그 한 순간이면 충분하다고 나는 생각했다. 이제 엄마의 세상에는 내가 없다. 그러니 엄마가 있는 곳이야말로 내가 가발을 쓰고 갈 필요가 없는 장소일지도 몰랐다.

집에 와서 제일 먼저 가발을 벗었다. 아무래도 가발에 익숙해지기는 어려울 것 같았다. 나 역시 약한 내 마음을 이용해서 필요하지 않은 것을 구입했구나 하는 생각에 하루의 일들이 후회스러워졌다.

마지막 항암을 하는 날이었다. 가발을 썼다가 벗고 비니를 썼다. 거울을 보니 기분이 묘하고 뭔가 모르게 억울했다.

'이게 뭔가 도대체, 그 긴 시간을 어떻게 보낸 거야.'

그렇게 소리쳐 묻고 싶었다. 2박 3일의 항암을 마치고 집으로 왔다.

집에 오자마자 몸이 가렵기 시작했다. 오른쪽 손바닥 엄지 아랫부분부터 시작된 가려움증은 온몸으로 옮겨갔다. 접힌 부분은 다 가려웠다. 팔 안쪽, 사타구니, 뒷목. 도저히 집에는 있을 수가 없어서 밖으로 나갔다. 가려움증을 조금이라도 잊고 싶었다. 노인처럼 걸었다.

고통은 다시 시작되었고, 이전보다 더 심해졌다. 빨간 링거액이 이죽거리며 너 따위 인간? 하고 덤벼드는 것 같았다. 급기야 발은 신발이 필요하지 않은 지경에 이르렀다. 손끝은 종기가 난 것 같아서 뭘 집을 수도, 건드릴 수도 없었다. 손가락 끝에 약을 바르고 장갑을 꼈다. 병뚜껑을 여는 일도, 귤을 까는 일도, 책장을 넘기는 일도 할 수 없는 상태가 되고 말았다. 눈도 점점 더 침침해져서 책을 읽기 힘들었지만, 벌레가 된 것 같은 기분이 들어 하루에 한 페이지씩은 읽으려고 노력했다. 가끔 형석이 준 책 속의 글귀들이 나를 뒤흔들었다. 아무도 없는 텅 빈 집에서 내가 공감할 수 있는 한두 줄의 글이 그나마 내가 기댈 수 있는 유일한 지지대처럼 느껴졌다. 그것마저 없다면 몸의 고통과 함께 나를 뒤덮는 고독감이 훨씬 가혹할 것 같았다.

근육통과 무기력증이 함께 오면서 몸은 더 가라앉았다. 나는 오른쪽 팔을 왼손으로 천천히 문질렀다. 의사는 오늘 항암을 마치면서 오른쪽 팔을 가능한 사용하지 말라는 말을 했다. 나는 오른손잡이인데 이제 나는 무슨 일을 해도 제대로 할 수 없겠구나 하는 생각이 들었다.

"유방암 수술 중 림프절을 제거한 후유증으로 림프액 순환에 문제가 생길 수 있어요. 그러므로 앞으로 이희주 씨는 물건을 들 때도 그렇고, 어깨에 거는 가방은 물론 주사를 맞거나 채혈을 하거나 링거를 맞을 때에도 오른쪽 팔을 사용하시면 안 됩니다."

나는 어제 읽다가 포스트잇을 붙여둔 페이지를 펼쳤다. 그리고 연필로 밑줄을 그었다.

 자아를 소멸시키는 것은 더 이상 자기 자신을 욕망하지 않는 것이다. 자기 자신을 더 이상 사랑하지 않는 것은 자기가 자기 자신에 대해 가치 있다고 생각하기를 그만두는 것이다. 아픈 사람은 자신이 더 이상 건강한 치아와 새로운 신발을 누릴 만한 가치가 없을까 두려워한다.*

 그의 말이 옳았다. 나는 지금 내 온몸으로 그의 말이 옳다는 것을 증명하고 있다. 나를 위해서 나는 그 어떤 것도 욕망할 수 없다.
 항암이 끝난 한 달 뒤부터 방사선 치료가 시작된다고 했다. 방사선 치료는 간단하다고 했지만 치료가 간단하다는 것이지 부작용이 간단하다는 말은 아닐 것이다. 눈에 보이지도 않는 방사선이 나를 어떻게 바꿔놓을지 불안했다. 내 몸은 이제 진짜가 아니었다. 내 몸을 보는 일이 꼭 가발처럼 어색했다. 그래도 어쨌든 항암은 끝이 난 것이다.

---

* 아서 프랭크, 『몸의 증언』.

5장

01

유미가 말했다.
"엄마, 나 두 달 뒤에 전시야."
"저번에 생각이 바뀔 것 같다더니 마음 고쳐먹은 거야?"
"아니 생각이 바뀐 걸로 하는 거야."
"무슨 전시?"
"이번엔 그림이 아니야."
"그림이 아니라고? 장르가 뭐야? 무슨 전신데?"
"글쎄, 설치미술이라고 해야 되나, 행위예술이라고 해야 되나. 나도 잘 모르겠어."
"너도 잘 모르는 분야를 한단 말야? 전공이 있는데 왜?"
"예술 하는 사람이 꼭 전공 따라 해야 되나. 난 예술을 장르로 나누는 것도 반대야. 예술은 예술이지."

"그럼 지금은 무슨 작업을 하고 있는 건데?"

"그건 엄마가 와서 직접 봐."

"그동안 왜 말 안 했어?"

"엄마 신경 쓸까 봐 그랬지. 엄마 항암이랑 방사선 끝나고 좀 회복되는 시간에 맞춘 거야."

"나 치료 끝나고 회복되는 시간에 맞춘 거라고? 야, 그렇게 말하니 더 신경 쓰여. 궁금하기도 하고. 무슨 전신데? 내용이 뭐냐고?"

"그냥 와서 보면 안 돼?"

"브로슈어 없어?"

"아직 안 나왔어. 나오면 줄게."

"주제는 뭔데?"

"전시 주제는…… 작별이야."

"작별?"

그제야 나는 유미가 하려고 하는 것이 무엇인지 어렴풋하게 짐작이 갔다. 지난 몇 달 사이, 외할머니와 희주의 이야기를 나에게 캐묻고 다니던 딸아이의 이상한 점을 왜 눈치채지 못했나 하는 생각과 함께 순간 화가 났다.

"너 준비하던 그림은 다 어쩌고?"

"그건 다음에 해도 돼. 하지만 이건 지금 해야 해."

초등학교 때 학예회에 올릴 바이올린 독주를 준비하느라

한 달 동안 연습하던 애가 어느 날 연주를 하지 않겠다고 했다. 아무리 물어도 대답을 하지 않았다. 선생님도 그 이유를 모른다고 했다. 결국 프로그램을 수정하고 유미는 학예회 공연에서 빠지기로 했다. 학예회가 끝나고 난 뒤에 유미가 말했다. 그 곡은 너무 신나. 신나서 안 돼. '지금은' 안 된다고 했다. 왜? 라고 내가 물었을 때 유미는 대답했다.

"어떻게 해? 내가 어떻게 그럴 수가 있었겠어?"

자신이 절대로 연주할 수 없었던 이유는 교통사고로 병원에 입원해 있던 같은 반 아이가 죽었기 때문이라고 했다. 그때는 도저히 그 신나는 음악을 연주할 수가 없었다고 유미는 담담하게 말했다.

"전시회 이름이 뭔데?"

"희주야."

"뭐라고?"

"전시회 이름이 작은따옴표 붙이고 희주야, 느낌표하고 다시 따옴표 붙이고."

'희주야!' 짐작한 이름이 나오자 화가 났다. 그곳에서 볼 게 무엇이든지 간에 보고 싶지 않았다. 이 아이가 도대체 무슨 일을 꾸미고 있는 건가 싶어서 나도 모르게 목소리에 날이 섰다.

"난 별로 맘에 안 드네."

"맘에 안 들어도 할 수 없어. 이 일을 하지 않으면 난 다음 단계로 넘어갈 수 없어. 그건 엄마 이름만이 아니야. 그건 내 이름이기도 했어. 그동안 말 안 했지만 어제도 할머니가 나를 희주라고 불렀어. 그리고 누구보다 이 일이 필요한 건."

"됐어. 그만해."

이 일이 필요한 건 바로 엄마라고 말할 것 같아서 나는 돌아누워버렸다. 하지만 이왕 시작한 거 끝내기로 작정을 했는지 유미는 말을 계속했다.

"그 아이는 아무 의식도 없이 보내졌어. 그 아이는 죽을 수조차 없었던 거야. 엄마로 다시 태어나버렸으니까. 이제 내가 그 의식을 치를 거야. 엄마의 이름으로 계속 살아야 했던 그 아이를 보내주고. 그리고 엄마도 엄마로 살게 해주려고, 그 분노도 슬픔도 삭이고, 제발 엄마 자신으로 살라고. 그리고 나도 마찬가지고……"

"그런다고 뭐가 달라져?"

"달라질 거야. 그렇게 해야 돼. 나는."

더 이상 말을 붙일 수가 없는 단호한 목소리였다. 엄마와 같은 엄마가 되지 않으려고 애를 쓰며 엄마가 되었다. 이 아이의 이런 결단력은 어디서 오는 것일까. 타인뿐 아니라 자식이나 남편과의 관계마저 냉정하게 끊어내던 엄마의 기질이 나에게도 남아 있을까 봐 나는 사는 동안 늘 전전긍긍했다. 그래서 그런 말을 형석에게 들었을 때 이혼이라는 현실보다 더 끔찍해서 있는 힘을 다해 체머리를 흔들었다. 당신, 너무 단호해서 무섭다. 거기까지 듣고 나는 내가 엄마를 닮았다고 그가 말할까 봐 얼른 자리를 피했다. 내 몸에 붙어 있는 이파리를 다 떼어낸다고 해도 다시 새봄이면 돋아날 그 이파리들이 끔찍해서 이혼을 하고 난 뒤에도 한동안 나는 그 말을 생각하며 몸서리를 쳤다. 그리고 유미…… 어떻게 똑같이 키웠는데 민재와 이렇게 다를까 싶었다. 그런 유미에게서 내 모습을 볼 때 나는 불안했다. 단호하고 고집이 있는 이 아이가 나를 닮아서 그렇다고 사람들이 말할까 봐 겁이 났다.

유미가 주섬주섬 짐을 챙기더니 나, 간다, 라고 말하고는 몸을 기울여 나를 안았다. 그리고 웃으며 손을 흔들었다. 나와 유미가 다른 것이 있다면 바로 이런 점이었다.

02

 첫 방사선 치료를 위해서 병원을 찾았다. 방사선종양학과 의사는 방사선 치료가 중요하지만 힘들지는 않을 거라며 아무 걱정 말라는 듯 가벼운 어투로 말을 했다.
 "방사선 치료는 암 치료 효과를 극대화하기 위한 치료입니다. 방사선이 조사된 부위를 중심으로 하는 국소적 치료입니다. 19회 매일 치료받으실 거고요. 실제로 방사선 치료가 시행되는 시간은 십 분도 안 걸리니까 너무 걱정 안 하셔도 됩니다."
 가운으로 갈아입고 방사선 치료를 위한 시티 촬영을 했다. 방사선 치료는 시작 전에 조준하고 계획을 세우는 과정이 있었다. 수술한 쪽의 팔을 올리고 사진을 찍고 방사선 치료가 될 부위에 그림을 그렸다. 오른쪽 가슴 이곳저곳에 열십자 모양의 표시가 그려졌다. 나로서는 용도를 알 수 없는 직선과 곡선들이었다.

'예쁘지 않은 꽃이 다시 피었구나.'

나는 불길한 기호들로 가득한 가슴을 내려다보며 중얼거렸다. 치료는 목요일부터라고 했다. 매일 병원에 가야 했다. 방사선이라니, 인간에게 해로운 그 빛을 쬐어서 치료가 된다니. 참 인간이 별별 해괴한 짓들을 다 하는구나, 살려고…… 옷을 갈아입는데 헛웃음이 나왔다.

방사선 치료를 받은 다음 날부터 간호사가 스트라파 연고를 구입하라고 메모지에 적어주었다. 보험이 적용되지 않는 연고라고 했다. 화상처럼 물집이 생기는 피부염이 발생할 수 있으니 방사선 치료가 끝나고 난 뒤 그 부위에 발라주라는 것이다. 연고를 매일 발라주었으나 방사선이 조사된 부위는 벌겋게 변하기 시작했다.

방사선 치료는 옷을 벗고 그저 누워 있기만 하면 되었다. 치료를 시작하자 방사선 치료를 위한 선이 추가적으로 몸 위에 그어졌다. 가슴에 온통 검붉은 줄이 이리저리 그어졌는데 줄을 그은 사람은 그것을 설계했다고 말했다. 이 붉은 선들이 마치 지금 나 자신을 말해주고 있는 것 같아서 섬뜩한 기분이 들었다. 쉬운 치료라 오히려 불안했다. 이 일이 뭔가 또 다른 큰 산을 마주하게 할 것 같아 두려웠다.

방사선 치료를 받고 엄마에게 갔다. 엄마가 말했다.

"니도 좀 웃어라. 저런 거 보고."

엄마가 가리키는 텔레비전 속에 남자 트로트 가수가 나와서 열심히 최선을 다해서 웃으며 노래하고 있었다. 나는 웃지 않았다.

치료가 시작된 지 일주일쯤 지나자 몸이 피곤해서 일어나지 못할 지경이 되었다. 몸이 축축 처져서 마치 물에 젖은 솜이불을 덮고 있는 기분이었다.

아침에 일어나니 발톱이 부러져 있었다. 발톱을 이불 속에서 발견했다. 엄지발가락이 빠진 이후로 다른 발가락들이 흔들리지 않도록 밴드를 붙이며 그렇게 조심했는데, 이번엔 오른쪽 두번째 발톱이었다. 아프지도 않았다. 다음 날부터 나는 매일 이불 속에서 발톱을 줍는 꿈을 꾸었다. 일주일 넘게 그 꿈을 꾼 것 같았다. 부러진 발톱이 이불 여기저기 떨어져 있었다. 꿈은 불길하고 기분 나빴다.

방사선 치료가 모두 끝나고 난 다음 주, 심장 가까이 심어두었던 포트 제거 시술을 했다. 뭔가 끝났다는 느낌이 들었는데, 이상하게 자꾸 눈물이 났다. 수술대 위에 누워 있는데 눈물이 소리도 없이 흘렀다.

"아팠어요? 울던데."

시술이 끝나고 수술대 침대를 내려오는데 간호사가 말했다. 어떻게 알았지? 시술하는 내내 머리 위로 두터운 천이 씌워져 있었는데 내가 운 것을 어떻게 알았을까. 나는 속으로 생각했지만 말하지는 않았다. 엑스레이 사진을 찍고 병원을 나왔다. 문득 이제부터 다르게 살아야겠다는 생각이 들었지만 나는 곧 실소를 머금었다. 어떻게 다르게 살겠는가. 나를 빼고 모든 것이 그대로인데.

방사선 치료의 위력은 치료가 끝난 뒤에 나타났다. 온몸의 피가 모두 빠져나간 듯 힘이 없었다. 이렇게 힘이 없어지다니, 이게 무슨 일인가 싶을 정도였다. 전화가 오고 있었지만 받을 수도 없었다. 끊어졌다고 생각한 전화가 다시 울렸다. 화면을 보니 요양병원이었다. 나는 통화를 누르고 스피커폰으로 바꾼 후 베개 옆으로 던졌다.

"엉덩이에 욕창이 생겼는데, 연고 바르는 동안은 좀 누워 계시면 될 텐데요."

"그런데요?"

"할머니께서요, 낮 동안에는 약을 안 바르려고 하세요."

"왜요?"

"낮 동안에 꼭 침대에 앉아 계시니까요. 연고가 옷에 묻는다고 안 바르시려고 하거든요."

그러고 보니 저번에도 엄마가 침대에 앉아 있었다는 생각이 들었다. 그냥 그러려니 한 것이지 그게 이상하다는 생각은 하지 않았다. 나이가 들면서 엄마는 집에서도 낮에는 낮잠을 자지 않았고, 침대에 눕지도 않았다.

"약 바르는 동안만이라도 엎드려 계시면 될 텐데. 제가 말씀드릴게요."

아니, 그게, 라고 하며 간호사가 잠깐 말하기를 망설였다. 무슨 일이 있느냐고 캐물으려고 하는데 다시 말을 이었다.

"어머니께서 텔레비전에 나오는 사람이 진짜라고 생각하세요. 진짜로 자신만 쳐다본다고요. 그래서……"

"그건 몇 달 전부터 그러신걸요. 그런데……"

"티브이 사람들이 흉본다고. 어떻게 누워서 보느냐고……"

전화를 끊고 나는 똑바로 천장을 보고 누웠다. 이렇게 못 눕는단 말이지, 이렇게. 살아 있는 동안 그렇게 자식을 두고 죽을 생각만 하더니, 이젠 저 가짜 시선들을 진짜로 느낀단 말이지……

그때 경비실 인터폰이 울렸다. 나는 엉금엉금 기어서 벽을 잡고 일어섰다.

"네."

"등기우편이 와서요. 그런데 집에 아무도 안 계시다고 해서. 경비실에 와서 사인하고 받아가시겠습니까?"

"아니요, 제가 지금 몸이 아파서 갈 수가 없어요. 죄송하지만 지금 집에 있다고 전해주시겠어요?"

천천히 벽을 잡고 이동해서 문 앞에서 집배원을 기다렸다. 곧 집배원이 '희주야!'라는 제목의 전시회 브로슈어를 배달해주었다.

03

날씨도 따뜻했다. 바람도 불지 않았다. 두 시간쯤 명숙 언니와 을숙도 둘레길을 걸었는데, 다음 날 병에 걸리고 말았다. 면역력이 부족해서일까. 몸살과 열이 났다. 타이레놀과 기침약을 먹었지만 나아지지 않았다. 그런 상태로 일주일을 견뎠다. 괜찮을 거라고, 별일 아니라고, 단순 감기로 생각하고 싶은 마음이 너무 강했다. 다시는 병원에 환자로 누워 있고 싶지 않아서 병원에 가지 않고 약국 약들로 버텼다. 그러다가 그만 설날 연휴가 되고 말았다. 이제 병원에 가볼 수도 없는 상태가 되고 만 것이다. 기침에 따른 고통은 가속도가 붙어 기침 끝에 토하고 쓰러지는 일도 생겼다.

연휴가 끝나자마자 병원으로 가서 코로나검사를 시작으로

여러 가지 검사를 받고 폐렴 진단을 받았다. 병실이 없어서 응급실로 배정받았다. 응급실 침대는 매우 좁았다. 몸을 돌려 눕기도 힘들 지경이었다. 응급실은 밤새 어수선했다. 폭행 당한 간호사와 경찰이 다녀가고 119대원들이 들어왔다가 나가기를 반복했다. 옆 침대는 채워지면 어딘가로 이동되고, 곧 새로운 사람들로 채워졌다. 누군가는 울고 누군가는 비명을 질렀다. 그 아비규환 속에서 나는 잠들지 못하고 계속 눈을 감았다가 떴다.

다음 날 상태가 더 나빠져 중환자 응급실로 옮겨졌다. 응급실에도 중환자실이 있다니, 그건 몰랐던 일이었다. 유미는 곧 다가온 전시회 준비가 바쁠 것 같아 연락할 수 없었다. 허겁지겁 명숙 언니가 뛰어왔다. 언니가 뭔가를 잔뜩 사가지고 와서 이것저것 내 앞에 내밀었다. 눈을 뜬 어느 순간에는 언니의 얼굴을 보고도 알아보지 못할 때도 있었다. 계속 기침이 나왔다. 창자가 목구멍으로 끌어올려지는 느낌이었다.

"이거 조금만 먹어보자. 도라지 차야."

언니가 조금씩 내 입으로 따뜻한 도라지 차를 흘려 넣었다.

중환자 응급실은 복잡하고 시끄러운 지옥 같았다. 여기저기 피 주머니와 허연 주머니를 단 환자들이 삑삑거리는 기계를 달고 누워 있었다. 간호사와 보호자들이 바쁘게 다니고 침대에 누워 있는 환자들은 가래 끓는 소리를 내며 신음했다. 명숙 언니가 입원실로 올라갈 수 있는지 계속 체크를 했다.

세시에 올려준다고 했지만 여섯시가 넘어서야 병실에 올라갈 수 있었다. 나는 지칠 대로 지치고 굶주린 상태였다. 하지만 물만 먹어도 기침을 하면 구토가 올라왔다. 언니가 사 온 김밥이랑 죽은 먹을 수가 없었다. 입원실로 올라가면서 억지로 언니를 집으로 보냈다.

치료가 시작되었지만 차도는 없었다. 여전히 기침도 나고 힘든데 의사는 지켜보자는 말만 반복했다. 엑스레이를 찍으러 가면서 그만 복도에 토하고 말았다. 휠체어를 밀던 실습생에게 화장실로 가야 한다고 말했지만, 실습 2일차인 그녀는 화장실이 어디 있는지 찾지 못했다. 마스크를 쓰고 있어서 토사물들이 마스크를 뚫고 밖으로 튀어나왔다. 일부는 마스크 안에 고여 있어서 다시 구토가 치밀었다. 이렇게 비참하게 살아야 할까 싶은 생각이 들었다. 아픈 건 이런 거구나, 최소한의 예의도 지킬 수가 없구나.

다음 날 명숙 언니가 죽을 끓여서 가지고 왔다.

"죽이 아니고 미음이야. 아주 연하게 쒔어."

나는 머리를 흔들었으나 기어이 언니가 미음을 한 모금 입에 넣어주었다.

"이틀씩이나 나 땜에 고생이다. 언니 작품 쓸 시간도 뺏는 거 같고."

"무슨 소리야? 작품이야 뭐, 책상 앞에 앉는다고 줄줄 나오는 것도 아니고……"

"미안해서 그러지."

"쓸데없는 소리 하지 말고. 참, 의사 선생님, 회진 다녀갔어?"

"응, 아침에."

"뭐래? 혹시 위장병이 생긴 건 아닌가 물어보지. 왜 음식물을 먹지도 못하고 토하고 있는지."

"조금 더 지켜보잔다. 지켜보긴 뭘 지켜보자는 건지."

언니가 내 손을 잡은 손에 힘을 주었다.

"조금만 기다려보자. 의사 선생님도 이게 왜 낫지를 않는지 속상하겠지."

"내일까지 차도가 없으면 다른 방법을 한번 써보자고 하더라. 혹시 위암 같은 거에 걸렸나?"

"앤 무슨 소리야?"

"왜 자꾸 구역질이 올라오는지……"

이제 병원에서 남은 생을 보내야 하는 거면 그만하고 싶어, 라고 말하고 싶었으나 나는 입을 다물었다. 항생제, 항생제의 연속이었다.

결국 기관지내시경을 찍기로 했다. 기관지에 관을 삽입하여 찍는다는 것이다. 침이라도 잘못 들어가면 눈물이 빠지도록 기침을 해대는 그곳에 관을 삽입하다니. 의사가 망설이다 찍는 걸 보면 쉬운 과정은 아닐 거라 짐작은 되었지만, 병원에서의 현실은 언제나 상상을 뛰어넘었다. 수면 상태에서 찍었으나 마취가 깨자 나는 학질이라도 걸린 사람처럼 온몸을 떨었다. 이불을 몇 개씩이나 뒤집어썼는데도 추위와 떨림은 멈춰지지 않았다. 몸의 모든 뼈가 사그락사그락 소리를 내며 부딪히는 느낌이었다. 눈을 뜨면 맞은편 벽에 시계가 보였다 사라졌다. 그렇게 두 시간, 세 시간이 지났다.

누군가가 내 얼굴을 쓰다듬고 있었다. 따뜻한 숨결이 느껴졌다. 어떻게 영혼의 숨결이 따뜻할 수 있을까. 몸의 울림이 느껴질 정도의 떨림 속에서 나는 가만가만한 희주의 손길을 느꼈다. 차츰 몸이 진정되기 시작했다.

치료 방향이 변경되었다. 병명은 방사선 폐렴이었다.

"방사선 치료를 받은 지 한 달 후 정도부터 방사선 폐렴이 생길 수 있습니다. 방사선이 조사되는 핵심 부위는 암을 제거한 쪽의 가슴과 겨드랑이 쪽의 림프절이지만 방사선이 영향을 미치는 영역은 훨씬 넓거든요. 그래서 가슴 안쪽에 있는 폐조직도 방사선의 영향을 받게 되는 겁니다. 환자분 같은 경우는 엑스레이상 전형적인 세균성 폐렴으로 나타났어요. 당연히 환자분께서 방사선을 받았기 때문에 방사선 폐렴은 첫 번째로 의심해봤습니다만 발생한 부위가 방사선 폐렴이라는 것을 생각할 수 없었어요."

화가 났다. 나를 그렇게 고생시키고 결국 기관지내시경까지 찍어서야 겨우 밝혀낸 사람이 할 말인가 싶었지만, 그 의사도 그동안 차도가 없는 나를 보며 얼마나 노심초사했는지 잘 알고 있었다. 결국 모든 것은 고리가 있다. 이유가 있는 것이다. 방사선 폐렴으로 입원한 지 2주 만에 퇴원했다. 일상이 그리워 미칠 지경이었다. 코로나 일상이라도 좋았다. 병원 밖 일상이 너무 그리웠지만, 한편으로는 아직 끝나지 않는 게임 속의 주인공이 되어버린 것은 아닌가 하는 두려운 생각도 들었다.

  항암과 방사선 치료, 거기다 방사선 폐렴 치료까지 모두 끝이 났다. 유방외과에서 항호르몬제를 처방해주면서 오 년 이상 지속적으로 매일 일정한 시간에 먹어야 한다고 했다. 그 약을 복용하면 발생하는 많은 부작용들이 있었다. 약으로 인한 부작용은 생각하고 싶지 않았다. 일단 치료만 끝나도 좋을 것 같았다. 몸에서 발생하는 긴 고통에서 벗어날 수 있다면 나는 무엇이든지 견딜 수 있을 거라고 자신했다.
  하지만 막상 치료가 끝나자 새로운 의문이 쏟아져 들어오기 시작했다. 치료 중일 때는 무조건 잘 먹어야 항암을 견딜 수 있다고 하여 몸이 받아주기만 한다면 가리지 않고 먹었는데, 막상 치료가 끝나니 무엇을 먹고 무엇을 먹지 말아야 하는지 감이 잡히질 않았다. 유튜브를 이것저것 보고 있으면 내가 먹을 것은 세상에 하나도 없었다. 나는 통증이 없는 사람들의 말에 귀를 기울이지만, 그들이 나와 완전히 다른 사람이라는 것을 알고 있었다. 오 년이 지나 다행히 완치 판정을 받는다고 해도, 나는 유방암 생존자라고 불릴 것이다. 이것이 나의 정체성이 되어버렸다. 나는 인간이 아니라 '환자'가 된 것이다. 평생토록 엄마 옆에서 도대체 나는 누구인가에 대한 질문을 하며 살았는데, 발병을 하자 그 질문은 내가 무엇인지에 대한 질문으로 간단하게 바뀌어버렸다. 존재에 대한 고민 따위는 암이 발병한 몸뚱이에게 쉽게 손을 들고 만 것이다.

"방사선 폐렴이었다며? 몸은 좀 어때?"

형석의 전화였다. 전화를 받지 않으려다 나는 전화를 무시하는 일마저 그에게 남은 미련이 될까 봐 통화 버튼을 눌렀다.

"그러게. 방사선 치료를 하면 올 수도 있는 병이래. 너무 힘들었어. 항암보다 더 힘들었던 것 같아. 항암이 지능적인 흉악범이면 이건 그냥 무식한 흉악범이야."

"고생했어. 이제 다 나은 거야?"

"병명을 알 수 없어서 그동안 버티느라 힘들었던 거지. 방사선 폐렴 치료를 본격적으로 하고 난 뒤부터 금방 좋아졌어."

응응 대답을 연이어 하던 형석은 저기— 하면서 말을 끌었다.

"왜? 뭐 할 말 있어?"

"유미가 당신 폐렴 앓을 동안 당신 아픈 걸 나에게 안 알렸어. 당신이 불편해할까 봐 그랬던 거 같아."

"얘기할 거 뭐 있어? 내가 하지 말라고 했어. 엄연히 각자의 생활이 있는데 이런 식으로 엮이는 거 옳지 않아. 솔직히 당신이 암에 걸리더라도 나는 모른 척할 거야."

"알았어. 혹시 내가 필요한가 싶어서 물어보려고 했어. 면역력이 약해졌으니 또 어떤 병이 올지 모르니까."

형석이 겸연쩍은지 피식 소리 나게 웃었다. 달팽이가 지나간 길처럼 끈적하게 뭔가 흔적이 남는 기분이었다. 나는 마치 그 길을 지우기라도 할 듯 식탁 위를 손가락으로 문지르며 말했다.

"꼭 필요하면 연락할게."

그가 좋아하던 커피 드립포트를 방바닥에 집어 던지며 악을 쓰던 때도 있었다. 놀랍게도 절대로 지워지지 않을 것 같은 그런 시간들도 조금씩 무뎌지고 있었다. 어쩌면 주선영도 평생 날카로운 칼끝으로 심장을 찔러대던 남편의 죽음을 그렇게 용서하게 된 건지도 몰랐다.

○
1

실내는 어두웠다. 곧 어둠이 눈에 익었다. 네 평 남짓한 방 한가운데 피크닉용 돗자리가 깔려 있고, 그 위에 유미가 태아처럼 웅크린 채 누워 있었다. 유미의 발치에 비스킷 두 개와 두유가 놓여 있고, 작은 화이트보드에 '주의 사항'이라고 적힌 글씨가 보였다.

주의 사항

1. 전시자는 스스로 먹을 것을 구하지 않는다. 오로지 관람자가 주는 음식만 먹는다.
 (이는 탁발에서 빌려 왔다. 불교에서 탁발은 수행자의 자

만과 아집을 버리게 하고 무소유의 원칙에 따라 끼니를 해결하는 것조차 남의 자비에 의존하는 수행 방식이다.)
  *가족은 음식을 줄 수 없다.
 2. 전시자는 오전 10시부터 오후 5시까지 작별의 순간을 체험한다.
 3. 관람자는 누구든지 위로할 수 있다.

전시는 일주일 동안 계속되었다.
웅크리고 누워 있던 유미는 몸을 일으켜 머리를 뒤로 묶더니 책상다리를 하고 앉았다. 돗자리 위에는 방석이 두 개가 놓여 있었는데, 유미는 출입문을 등진 쪽의 방석에 앉아 전시장 안쪽을 바라보고 있었다. 유미 맞은편 방석은 비어 있었다. 주의 사항을 읽다가 나는 단어 하나가 가슴에 박혀 나도 모르게 중얼거렸다. '위로, 모르는 사람의 위로라니……' 유미는 그런 걸 좋아하는 아이가 아니었다.

제1전시실과 제2전시실로 나누어진 실내를 구분하는 것은 흰색 천이었다. 제1전시실은 유미가 있는 돗자리 옆, 천으로 만든 직육면체 모양의 집이었다. 각 기둥을 철제로 만들고 문까지 달아놓아 제법 집 모양을 갖춘 꼴이었다. 문 앞에는 '유미-희주의 방'이라는 글자가 검은색 글씨로 쓰어 있었다. 나는 문을 열고 안으로 들어갔다. 벽에는 만화가 그려진 A4용지 네 장이 붙어 있었다. 그리고 책상과 의자가 하나. 책상 위에는 어디서 구했는지 오래된 시디플레이어와 이어폰이 있었다. 나는 이어폰을 끼고 플레이 버튼을 눌렀다.

　―나는 마음속에 두 개의 자아가 있다는 것을 깨닫곤 했다. 늘 나를 점검했다. 할머니가 좋아할 거야. 엄마가 싫어할 거야. 할머니가 울 거야. 엄마가 속상해할 거야. 마음은 전쟁이 일어나듯 시끄러웠다. 언젠가부터 나는 연기하는 법을 배웠다. 어쩌면 당신은 이제 막 태어난 아기가 그럴 수 있냐고, 그건 착각이라고 비난할지도 모른다. 하지만 나는 그렇게 하지 않으면 살 수 없다는 것을 알았다. 엄마 딸로, 할머니 딸로도 살 수 없었다. 할머니가 내 눈을 그윽히 들여다볼 때 나는 그것이 할머니의 눈이 아니라는 것을 알았다. 어느 날 그녀가 나를 희주야, 라고 부른다는 것을 알게 된 것이다. 내 속에 있는 누군가, 그 누군가가 나의 엄마가 아니라는 것을 나는 알았다. 할머니의 눈 속에서 나는 자라났다. 두 살 희주에서 세 살 희주로 그렇게 무럭무럭 자라났다.

　늘 두 사람의 눈치를 봐야 했다. 그들의 이야기를 들으면서 나는 끊임없이 균형을 맞추기 위해서 노력했다. 엄마의 이야기를 듣다가 어느 적정선에서 할머니의 이야기를 들어야 했으므로 화제의 방향을 바꾸려고 노력했다. 이것은 어린아이가 해야 할 일이 아니었다.

　더 이상 할머니라는 존재가 필요 없어졌을 때 할머니는 엄마의 엄마이기를 거부했다.

만화는 시디플레이어가 놓인 위쪽부터 시작되었다. '슬픈 위로'라고 적힌 제목 아래 할머니와 어린아이의 그림과 말풍선이 있는 네 컷짜리 만화였다.

―할머니를 왜?
―할머니 마음에 이만한 구멍이 있단다. 그런데 그 구멍이.

―그 구멍이 어떻게 되었는데?
―할머니를 자꾸 갉아먹어.

―그런데 왜 할머니를 엄마라고 불러야 해?
―그러면 그 구멍이 작아지거든.

―희주야,
―엄마……

엄마라고 부르는 마지막 그림의 아이는 울고 있고, 그 앞에 앉은 할머니는 옅은 미소를 짓고 있었다. 나는 감전이라도 된 듯 부르르 몸을 떨었다.
이어폰을 귀에서 빼고 손에 든 채 꼼짝도 하지 않았다. 유미는 지금 자신의 몸에서 희주를 지우는 일을 하려는 것일까. 나만큼 그게 힘들었던 아이라는 것을 나는 까맣게 몰랐다. 결국 유미에게 좋은 엄마가 되지 못했다는 반증이었다. 내가 의식적으로 애를 썼던 일, 엄마 같은 엄마가 되지 않으려고 했던 일이 무용한 일이었던 셈이다. 나는 아이에게서 눈을 떼지 않았다. 아이를 사랑한다고 표현하는 것을 잊지 않으려고 노력했다. 그런데 나는 아이의 마음을 전혀 짐작도 하지 못하고 있었다. 아니, 아닐지도 모른다. 짐작하고 있었지만 나는 종종 모르는 체했다. 나는 엄마와 관련된 어떤 것도 피하고 싶었고, 실제로 그렇게 했다. 그 속에 유미도 있었다. 나는 결국 실패한 엄마인 것이다.

두번째 칸막이 앞에는 '희주와 희주의 방'이라는 제목이 적혀 있었다. 작은 방, 방바닥에 펼쳐진 이불과 요, 요 위에 딸랑이와 하얀 손수건이 놓여 있었다. 손수건에서는 아기 특유의 시큼한 젖 냄새와 땀 냄새가 나는 듯했다. 창호지로 막아놓은 창문 너머로 희붐한 빛이 비치고, 경운기 지나가는 소리가 연속적으로 들렸다. 오로지 빛과 소리가 두번째 전시실의 전부인 듯했다. 나는 딸랑이를 손으로 잡았다. 순간 희주의 울음소리가 내 손으로, 그리고 이어서 딸랑이로 전해졌다. 딸랑딸랑 딸랑. 그날의 고독과 절망감이 손에서 심장으로 전달되었다.

하지만 나는 타협하고 싶지 않았다. 나는 그녀의 그것과 나의 것이 같은 무게라고 생각한 적이 없었다.

"너는 내 삶을 시시하게 만들었어."
나는 조용히 읊조리듯 내뱉었다.
―사랑했고, 사랑했고, 사랑했어―
그것은 유미의 목소리도 아니고, 내 목소리도 아니었다. 그것은 희주의 목소리였다. 마치 무슨 장치라도 되는 듯 병원에 있는 동안 내내 들었던 희주의 목소리가 작은 실내를 왕왕 울렸다.

엄마가 나가고 난 방에는 안개가 가득 들어왔다. 아버지는 문을 열어둔 채 나를 멀거니 보고 있었다. 니 엄마가 나갔다, 라고 낮게 읊조린 아버지의 입술 위에도 안개가 묻어 있었다. 나는 그 안개가 내게도 오리라는 것을 알았다. 뒷집 마누의 울음소리가 들렸다. 마누일 수도 있고 만후일 수도 있지만 내게는 언제나 마누로 들렸던 그 이름. 마누는 잘 울었다. 나는 잘 울지 않는 아이였다. 나는 울음이 복받쳐 올라오는 것을 참고 있었다. 아버지는 나를 한참 쳐다보더니 옷을 주섬주섬 입었다. 엄마 곧 올끼다. 얼라 놔뚜고 어디 가겠노. 지가 가봤자지.

아이의 목소리가 끝나자 작은 벽에 영상이 켜졌다. 그곳에 내가 있었다. 중학생, 고등학생 때의 사진과 성인이 되었을 때의 사진 몇 장, 우리 가족이 모두 함께였던 10초 정도의 짧은 동영상도 있었다. 그리고 영상의 마지막에 아기가 나왔다.
그것은 나였다.

제2전시실은 다시 어두운 통로로 이어져 있었다. 그곳에는 오래된 구형 세탁기가 있고, 세탁기 뒤의 벽에 '작별'이라는 제목이 씌어 있었다. 세탁기는 작동 중이었는데, 끊임없이 세탁되고 배수되고, 탈수되는 과정을 되풀이하고 있었다. 작별이라는 글자 밑에 '한 달 뒤, 아기의 이불과 요를 세탁하다'라고 A4용지 반 정도의 종이에 설명이 적혀 있었다.

이 어두운 전시실에서 유미가 어떤 마음으로 이 시간을 견디는 것인지 나는 알지 못한다. 태아처럼 웅크린 유미의 굽은 등을 보는 것은 쉬운 일이 아니었다. 아이의 등을 일으켜 세워 뭐 하는 짓이냐고, 왜 이런 짓을 하느냐고 따져 묻고 싶었다. 하지만 유미는 미동도 하지 않고 이렇게 말할 게 뻔했다. 엄마, 이 시간을 견디는 사람은 내가 아니야. 그러니까 엄마가 아무리 그래도 소용없어.

문득 양갱 생각이 났다. 그 달콤함으로 이 아이의 외로움이 잠깐이라도 잊힌다면 그렇게 해주고 싶었다. 어디서 양갱을 살 수 있을까. 나는 밖으로 나가 한참을 헤맨 끝에 전시장이 있는 골목의 끝에서 제과점을 발견했다. 다행히 양갱을 파는 곳이었다. 눈에 보이는 대로 허겁지겁 양갱을 쟁반에 담았다. 전시장 앞에서 제과점 봉지를 들고 나는 망설였다. 나는 가족이므로 유미는 내가 준 것은 먹지 않을 것이다. 유미는 원칙을 지키는 아이였다. 그래도 혹시나 하는 마음에 나는 다시 전시장 안으로 들어갔다. 문을 열고 들어서던 나는 흠칫 발걸음을 멈추었다.

누군가가 유미와 마주 앉아 있었다. 전시장 안의 조명이 눈에 익자 마주 앉은 사람이 또렷하게 보였다. 검은 패딩을 입은 육십대로 보이는 초로의 여인이었다. 그녀가 가져다놓은 것인지 아까는 보이지 않았던 떡과 음료수가 바닥에 놓여 있고, 에코백이 그 옆에 그림자처럼 널브러져 있었다. 잠시 후 그녀의 몸이 천천히 유미에게 기울었다. 그리고 등을 안았고, 마디가 굵은 큰 손으로 유미의 등을 도닥도닥 두드려주었다.

나는 전시실 앞 계단에 쪼그리고 앉았다. 종이봉투를 열고 양갱을 꺼내 한입 베어 물었다. 달콤하고 따뜻한 맛이었다. 그 맛이 내 몸의 무엇을 자극했는지 눈물이 쏟아졌다.

○
2

 내가 그곳을 기억할 수 있을까. 눈을 감고 그곳 풍경을 떠올렸다. 강물 흐르는 소리가 귓바퀴를 간질이며 흘러가는 곳. 엄마와 내가 있었던 장소에서 조금 떨어진 곳에 낚시꾼이 두어 명 앉아 있었다. 그들이 떨어뜨린 낚싯대 쪽 강물 표면에 작은 물보라가 일었다. 눈에는 보이지 않지만 물고기들이 가짜 먹이에 속아 자꾸만 그곳을 얼쩡거리는 것 같아 가슴이 조마조마했다. 나는 물고기들이 그곳으로 가지 않기를 속으로 빌면서 강물의 움직임에서 눈을 떼지 않았다. 윤슬이 흔들리자 낚싯줄도 같이 흔들렸다. 아이스크림이 뚝 앞섶으로 떨어졌다. 떨어진 아이스크림을 손가락으로 훑어서 입에 넣고 빨았다. 단맛과 짠맛이 뒤섞여서 입안에 이상한 맛이 감돌았지만 나는 침을 꼴깍 삼켰다. 어디선가 나타난 날개가 큰 새 한 마리가 수면을 차고 날아올랐다. 그리고 마치 그 새의 발길질에 녹은 것처럼 또다시 아이스크림이 뚝 옷에 떨어졌다. 나는 아이스크림이 묻은 입을 옷으로 닦고 강가로 내려가 찐득거리는 손을 씻었다. 강물은 차가웠다. 가까이 가니 강물은 우는 소리를 내고 있었다. 마치 아까 날개가 큰 새에게 차인 옆구리가 아프다는 듯이 우르륵우르륵 소리를 냈다. 그 소리에 놀란 나는 물이 뚝뚝 흐르는 손을 그대로 들고 엄마를 돌아보았다. 엄마도 울고 있었다. 엄마, 나는 엄마를 보며 생각했다. 엄마에게는 누가 발길질을 한 것일까.

바다처럼 한없이 거대해 보였던 강물은 여전히 크고 넓었다. 어쩌면 내가 그대로인 것일까. 어릴 때 본 풍경이 나이가 들어서도 똑같이 느껴진다는 것은 보는 사람이 그 시간으로부터 전혀 자라지 않았다는 방증인지도 몰랐다. 주차를 하고 운전석에 앉은 채로 강물을 보던 나는 천천히 차 밖으로 나왔다. 엄마와 아버지가 결혼을 해서 처음 살았던 곳은 밀양이라고 했다. 하지만 수미 이모는 아마 밀양강은 아닐 거라고 말했다.

"언니가 강에다 희주를 뿌렸다면 수산 쪽일 거다."
"수산요?"
"그래, 하남읍 수산리. 우리가 어릴 때 거기 살았거든. 그러니까 수산에 너희 외가가 있지 않니. 우리가 어릴 때 그 강에서 장난치고 자주 놀았어. 그런데 한번은 우리 동네에 어린 애기가 죽었거든. 그 집 사람들이 애기를 화장해서 강물에다 뿌렸어. 그걸 언니랑 본 적이 있었어. 왜 강물에다 뿌리냐고 우리가 너희 외할머니한테 물었지. 그랬더니……"
 수미 이모는 목이 메는지 잠깐 말을 멈췄다.
 "강물은 다 받아준다고. 허물도 잘못도……"
 수미 이모는 아이구 모르겠다, 왜 이제 와서…… 라고 말을 흐리며 전화를 끊었다. 이모의 말이 맞을 것 같았다. 엄마와 나는 그날 시외버스를 탔다. 부산에서 밀양으로 가는 시외버스를 타는 곳은 서부터미널이었다. 밀양시로 갔다면 기차를 탔을 것이다. 그러니 수산다리가 있는 그곳의 낙동강이 맞았다.

 검색해본 블로그에서는 벚꽃이 피면 사람들로 발 디딜 틈이 없다고 했다. 꽃이 피지 않아서 다행인 건가. 운동복을 입은 사람들 서넛과 자전거를 탄 아이들 몇몇이 눈에 띌 뿐 공원은 한적하고 평화로웠다. 나는 주차장에 차를 대고 강변에 조성해둔 산책길을 걸었다. 봄 가뭄이 제법 길었는데도 강물은 생각보다 수량이 풍부했다. 변하지 않은 것은 넘실대는 저 강물뿐일까. 사십여 년 전과 같은 지도 위에 있지만 예전의 모습은 하나도 남아 있지 않았다. 강 주변은 넓은 공원이 강을 따라 길고 아름답게 조성되어 있었다. 여기저기 체육시설과 운동장, 자전거길과 피크닉을 할 수 있는 그늘진 벤치도 군데군데 있었다. 아직 푸른 물이 오르지 않았는데도 늙은 나무들이 길가에 늘어서 공원의 풍경을 제법 생기 있게 만들어 주었다. 수령이 오래된 벚나무들은 꽃봉오리를 숨긴 채 전체적으로 어렴풋한 분홍빛으로 물들어 있었다.

다리 주변을 몇 번이나 왔다 갔다 했지만 나는 이 화사한 풍경 속에서 돌멩이와 흙과 잡초가 푸르던 옛날의 장소를 찾지 못했다. 엄마가 앉아 있던 바위는 어디로 갔을까. 공원을 조성하면서 파낸 것일까. 내 아이스크림이 떨어져 내렸던 곳은 어디였을까. 날개 큰 흰 새가 물을 차고 날아오르던 강물만 변함이 없을 뿐 주변은 마치 그곳이 아닌 듯 모든 것이 생소했다.

그 생소한 풍경 속으로 옛 바위에 등을 구부리고 앉은 어떤 여인이 들어왔다. 낡은 치마가 펄럭이는데도 그것을 오므릴 생각도 없이 하염없이 강바람을 맞고 있던 여인. 그 여인, 아이를 잃은 여인, 슬픔이 몸속 가득 들어차서 아무것도 할 수 없었던 여인. 한 번도 그 여인을 제대로 보려고 한 적이 없었던 것 같다. 나는 문득 목이 멨다. 나는 오래된 다리 근처에 꼼짝 않고 서서 그 여인처럼 온몸으로 바람을 맞았다.

"왔어."

그날 나는 여기쯤에서 아이스크림을 먹었어. 아이스크림이 묻은 손을 강물에 씻었어. 강물에 녹아 있던 너의 몸이 내 손에 닿았어. 그리고 너는 내 손에 지문처럼 새겨졌어. 나는 왜 그걸 모른 체하고 싶었을까. 미안해, 희주야.

 나는 해 질 녘까지 그곳에 앉아 있었다. 희주를 품어준 강물을 바라보는 것, 그것만이 내가 할 수 있는 일이었다. 나는 강바닥의 돌들을 쓰다듬으며 강물이 우르르우르르 소리를 내면서 흘러가는 것을 보았다. 가방 안에는 어제 산 양갱도 있고, 이 동네를 한 바퀴 뒤져 사 온 만두도 있었다. 하지만 나는 아무것도 꺼내지 않았다. 엄마는 누구를 임신했을 때, 그 집 만두가 그렇게 먹고 싶었을까. 나는 희주에게 무엇을 줄 수 있을까. 나는 희주에게 나를 주고 싶었다. 우리 집 거실 벽에 걸린 액자 속의 '나무'를 주고 싶었다. 나무 속에 머물게 하고 싶었다.

 길게 웃자란 잡목 사이 강물 아래로 이어지는 작은 길이 보였다. 원래는 길이 아닌 길이었다. 누군가가 처음 풀을 눕히면서 걸어간 후에 사람이나 짐승들이 지나다니면서 길이 만들어진 모양새였다. 까끌까끌한 이파리들이 드러난 내 발목을 쓸었고, 웃자란 풀들이 슥슥 소리를 내며 다리를 스쳤다. 강 가까이 내려가니 풀밭에 누군가가 쳐둔 보라색 그늘막 텐트가 보였다. 인기척이 없었지만 드리워진 낚싯대를 보아 안

쪽에 사람이 있는 것 같았다. 마치 어린 날의 그 시간을 복제라도 한 듯 엄마와 함께 이곳을 찾은 날이 다시 떠올랐다. 나는 신발과 양말을 벗어 풀숲에 얹어두고 강물 속으로 성큼 걸어 들어갔다. 그때였다.

"어이, 아줌마, 거기 위험해요. 물이 깊어요."

그늘막 아래에서 누군가가 얼굴을 불쑥 내밀며 소리쳤다. 흠칫 놀란 나는 고개를 숙여 목례를 하고 더 이상 들어가지 않는다는 뜻으로 손을 들었다. 그리고 그곳에 가만히 섰다. 뾰죽뾰죽한 돌들이 발바닥을 찔렀다. 곧 발가락 사이로 물큰한 흙이 올라오더니 빠르게 발등을 덮었다. 발등에 올라온 흙들이 스믈스믈 발목을 간질였다. 오래전에 가라앉은 희주의 몸이었다. 희주를 품은 차가운 강물이 내 발을 핥고 만지고 도닥였다. 괜찮다, 괜찮아.

강을 훑고 올라온 바람이 내 몸을 휘청이게 했다. 순간 교각 아래에 앉아 있던 재두루미 한 마리가 훌쩍 날아올랐다.

안녕, 희주야.

03

샤워를 할 때면 가슴을 유심히 들여다본다. 방사선 치료를 위해 표시했던 선들은 이제 흔적도 없이 지워졌다. 하지만 피부는 한동안 원래대로 돌아오지 않았다. 연고를 꾸준히 바르는데도 가슴의 피부는 마치 짐승의 가죽처럼 거칠거칠했고, 불에 덴 자국처럼 거무스름했다. 샤워를 하고 난 후에는 그 부분에 꼼꼼하게 좀 더 많은 로션을 발랐다. 가끔 수술 부위가 찌릿찌릿 아팠다. 만지면 내 살이 아닌 듯 감각이 없었다.

암을 진단받고 그 치료 과정을 겪는다는 것은 정신적인 외상을 남긴다. 영원히. 거울을 볼 때마다 나는 암 환자라는 인식을 버릴 수가 없다. 몸에 작은 이상이라도 생기면 혹시 재발된 것은 아닌지 걱정을 하게 된다.

거의 일 년간의 항암 치료는 끝이 났지만 항암제와 방사선이 짓눌러놓은 내 몸은 면역 기능을 상실한 채 느리게 느리게 회복 중이었다. 그러는 와중에 신체 곳곳에서 약한 부분들이 암 치료의 핍박에 항의라도 하듯 불만을 표출하며 들고일어났다. 입천장에 뭐가 생길 때도 그랬고, 이마에 알 수 없는 혹이 발견되었을 때도 그랬다. 두 번 다 대학병원에 가서 수술을 받았다. 몸에는 원인을 알 수 없는 것들이 생겨났고, 병원에 가면 간단하니까 수술을 받자고 했다. 유방암 정기검진 때 뼈 사진을 본 의사는 갈비뼈가 두 개나 부러졌다며 아프지 않았느냐고 나에게 물었다. 암 환자의 골절은 흔하다는 말을 듣기는 했지만 갈비뼈가 부러졌는데 통증이 없었다는 사실은 나를 다시 공포에 빠트렸다.

"혹시 재발한 건 아닐까요? 갈비뼈가 두 개나 부러졌는데 어떻게 아프지 않을 수가 있나요?"

의사는 정 그렇게 걱정이 되면 암의 재발 유무를 확인할 수 있는 펫시티(PET CT)를 찍어보자고 했다. 나는 그 간단한 확인을 위해 엄청난 방사능을 감수하며 사진을 찍었다. 언제나 그렇지만 병원에서 더 정밀한 검사를 요구할 때 생겨나는 공포는 엄청나다. 잊었다고 생각한 기억들이 오롯이 되살아나기 때문이다. 재발은 아니라는 의사의 말에 갈비뼈의 위치에 따라 통증이 없을 수도 있다는 지인의 말을 그제야 믿을 수 있었다. 오십견인지 회전근개파열인지 너무나 뻔한 어깨

병을 앓을 때에도 마음속에는 재발이 아닌가 하는 의심이 일었다.

일상은 바뀌었다. 이런 의심들이 내 삶을 바꾸어놓을지도 모른다는 새로운 공포가 생겼다. 암을 진단받고 항암의 과정을 겪는다는 것은 어쩌면 하나의 병을 치료하는 간단한 과정이 아닐 수도 있었다. 그것은 하나의 사건이었다. 사소한 증상 변화에도 암이 재발했을지도 모른다는 망상을 가지고, 아무런 예고 없이 암이 다시 내 몸속에 찾아올 것이라는 두려움에서 벗어나지 못하기 때문이었다.

하지만 나는 알고 있었다. 치료를 하는 동안 끊임없이 왜 나인가? 라는 질문을 했지만, 그 질문은 삶 속에 있을 때만 가능하다는 것을 말이다. 치료와 투병의 시간들을 겪으면서 나는 수시로 죽음을 생각했다. 하지만 질병은 결국 살기 위한 투쟁이었다. 나를 죽음의 공포 속으로 몰아넣었던 지난 일 년도 삶의 시간이었다는 사실을 나는 부인할 수 없었다.

마치 우연처럼 유미의 전시가 끝난 날, 주선영에게서 전화가 왔다. 몇 달 만에 들은 주선영의 목소리는 작고 담담했다. 그렇게 작게 이야기하는 목소리가 너무 낯설어서 스팸 전화인 줄 알고 전화기 속의 이름을 다시 한번 확인해야 할 정도였다.

"괜찮아?"

"뭐가? 몸이? 아니면 마음이?"

몸일까, 마음일까. 너는 더 이상의 치료는 불가능하다고 했다. 내가 너라면 진흙 바닥에 내린 비처럼 마음이 마구 패여나갈 텐데…… 나는 말을 삼켰다. 그리고 모르는 척 말을 돌렸다.

"밥은 잘 먹고 있지?"

"그럼, 잘 먹지. 라디오도 듣고, 오디오북도 듣고, 점자도 배우고 있어."

"그게 그렇게 금방 돼? 난 슬퍼하고 분노하느라 시간을 다 써버린 것 같은데……"

"왜 안 했겠어. 많이 힘들었고, 그리고 많이 노력했지. 지금은 그래, 오히려 마음이 편안해. 눈 속에서 콤포스텔라 대성당을 보거든. 거기까지 가서도 못 본 걸 말야."

"그래, 너한테 또 배운다."

"누군가는 매일 기도도 해준다고 했는데, 그걸 못할까."

"누가?"

"결혼하기 전에 헤어진 남자 친구."

그 말을 해놓고 그녀가 깔깔 소리 내어 웃었다.

"내가 불쌍했나 봐. 만나자고 했더니 처음엔 거절하더니 내가 앞으로 일 년 안에 시력을 잃게 된다고 말하니까 한번 얼굴 보자더라고. 순례길 떠나기 직전이었거든. 근데 별로였어. 머리도 빠지고 얼굴에 주름도 쭈글쭈글…… 시력 잃고 난 뒤에 만나는 게 오히려 나을 뻔?"

"핑계로 옛날 애인도 만나고."

나도 그녀를 따라 웃었다.

"순례길 떠나기 전에 다 만난 거야? 보고 싶은 사람들."

"아니, 한 사람을 못 만났어."

주선영이 잠깐 침묵했다. 짧은 침묵이 흐르는 동안 그녀와 나 사이에 보이지 않는 긴 줄 같은 게 연결되어 있는 느낌이 들었다.

"그 사람 한번 보고 싶거든. 그런데 그런 생각도 들더라. 시력을 완전히 잃게 되면 그때 그 사람을 볼 수 있지 않을까. 만약 그때 나를 찾아온다면, 죽음의 이유 따윈 묻지 않을라구. 그냥 안부만 물을라구."

"그래, 그럼 경민 씨도 편안할 거야."

"나는…… 평생 죽음이 정말 두려웠어. 그 사람의 죽음을 내 눈으로 직접 봐야 했으니까. 그 서늘한 절망의 시간들이 끔찍하게 싫었어. 그런데 이제는 그 시간들을 편안하게 품을 수 있을 것 같아. 순례길을 걷는데 그런 생각이 들더라고. 죽음도, 삶도 모두 이 길 위에 있는 것……"

"철학자 다 됐네."

"순례길 떠나기 전에 짐을 최소화하려고 옷도 두 벌, 양말도 속옷도 두 벌만 가지고 갔어. 그런데 책은 꼭 하나 넣고 싶더라. 활자를 읽을 수 있는 마지막 기회라는 생각이 들었어. 책

꽂이를 며칠에 걸쳐서 살폈어. 단 한 권의 책을 찾기 위해. 그러다가 구석진 곳에서 『모모』를 발견했어. 중학생 땐가 읽어보고 그 이후론 안 읽었고, 무슨 내용인지 기억도 안 나는데, 그 책에 이상하게 눈이 갔어. 아니 나도 모르게 손이 갔지."

"『모모』, 그 책 읽는 게 유행이었던 때가 있었지. 나도 생각나."

"적어도 오후 한시가 되면 걷는 일이 모두 끝나거든. 점심 먹고 빨래하고, 우연히 알게 된 함께 걷는 사람들과 서투른 영어로 이야기도 해. 시간이 남으면 그날 알베르게가 있는 마을을 산책하기도 하고, 숙소로 돌아와서 일기도 쓰고. 일기를 쓰고 나면 그 책을 펼쳐. 책을 읽다가 잠이 들기도 하고. 근데 예전에 읽었을 때는 왜 몰랐을까 싶은 말들이 참 많았어. 누워서 읽고 있는데 갑자기 벌떡 일으켜 세우는 말들 말야. 그런 말이 있더라. 죽음이 뭐라는 걸 알게 되면 사람들은 더 이상 죽음을 두려워하지 않을 게다. 그리고 죽음을 두려워하지 않으면 아무도 사람들의 인생을 훔칠 수 없다. 와, 진짜 가슴에 꽉 박히더라. 두려워하지만 않으면 아무도 내 인생을 훔칠 수 없다는 말이."

"그래, 멋진 말이네."

"내가 앞으로 세상을 더 이상 볼 수 없게 된다면 차라리 죽는 게 낫다고 생각한 적도 있었어. 실제로 자살 방법을 찾아보기도 하고. 수면제를 먹고 차 안에서 숯을 피우고 잠들면

편안하게 갈 수 있겠다 싶었지."

"그런데?"

"그런데 조금 아까웠어. 지금은 볼 수 있으니까. 아직은 눈이 보이는데, 눈이 보일 때 무엇을 할 수 있을까. 무엇을 보면 가장 덜 아까울까. 돌아가신 아버지 생각이 나더라. 나를 세상에서 가장 아껴준 분이야. 아버지를 보면 이 시간이 가장 덜 아까울 것 같았어. 하지만 아버지는 만날 수가 없는 분이잖아…… 그런 생각이 드니까 엄마를 당장이라도 만나야 할 것 같았어. 그날 광주로 내려가서 엄마를 만났어. 그리고 서울로 돌아가는 길에 무작정 순천으로 갔어. 순천에서 중학교 때까지 살았거든. 거기서 중학교 때 친하게 지냈던 친구 미호를 만났어. 그 시간 이후로 사람들을 만나기 시작한 거야. 그런데, 희주야. 사람들을 만나면서 정말 이상한 감정을 느꼈어. 나보다 불행해진 사람들이 많았어. 그런 불행을 맞닥뜨릴 땐 못된 마음이지만 마음이 안정되기도 했고…… 어느 날 문득 그런 생각이 들더라. 이건 어쩌면 기회인지도 모른다고."

"기회라……"

"맞아, 나를 합리화하는 거 맞아. 그걸 알지만 한번 확인해보고 싶더라. 진짜 기회인지 아닌지. 그래서 그때부터 순례길을 계획했어. 결국 그 순례길이 내가 마지막으로 본 세상이 되어버렸지만. 울퉁불퉁 돌멩이 많은 그 길…… 그래서 나는 아직도 걷고 있는 중이야."

유미는 일주일의 전시를 마치고 집으로 들어와서는 최소한의 음식만 먹고 계속 잠만 잤다. 잠자는 유미의 얼굴은 고요하지 못했다. 어지럽게 출렁이는 물결을 보고 있는 듯했다. 가끔 어깨를 떨기도 하고 눈썹과 미간이 가볍게 흔들리기도 했다.

'얘야, 왜 이렇듯 시끄러울까.'

나는 찡그린 유미의 미간을 살며시 문질러주었다.

그래, 어떻게 고요해질 수가 있겠는가. 작별이 쉬웠을 리가 없지 않은가. 사흘째 아침에 눈을 뜬 유미가 밥을 달라고 했다. 그동안 겨우 죽만 몇 숟가락 뜨고 다시 잠자는 일을 반복하더니 이제 정신이 조금 돌아오는 모양이었다. 밥을 먹고 양치를 하고 세수를 하더니 유미는 주섬주섬 옷을 챙겨 입었다.

"어디 가려고?"

"응, 전시 작품 철거해준 애들한테 밥이라도 사야지. 마지막 날 너무 힘들어서 그냥 집으로 와버렸거든."

현관을 나서는 유미에게 나는 물었다.

"유미야, 너는, 거기서 무엇을 했어?"

유미가 뒤를 돌아다보았다. 눈물이 글썽해진 얼굴이었다.

"나? 나는 작별 인사를 했어."

나는 아이의 등을 쓰다듬으며 말했다.

"그래…… 수고했다."

잠시 말없이 있던 유미가 현관문 손잡이를 잡은 채 물었다.
"그분은 이제 안 나타나?"
"병원에서만 나타났어. 집에서는 한 번도 만난 적이 없어."
"왜 그럴까?"
"글쎄, 확실한 건 아니지만 초등학교 때 보건실에서도 한 번 나타난 적이 있어. 그때는 꿈인 줄 알았지."
"그분이 전시장에 오셨을까……"

나는 유미를 꼭 끌어안았다. 잠시 그대로 가만히 있던 유미가 장난처럼 "아, 엄마 왜 그래? 하던 대로 하지"라고 소리치며 내 품을 빠져나갔다. 그러고는 히히 하고 소리 내어 웃으며 크게 손을 흔들었다.
"다녀올게."

0
4

 두유 한 박스와 양갱을 사서 조수석에 놓고 시동을 걸었다. 엄마는 이제 나를 전혀 알아보지 못한다. 지난주에는 침대로 다가가는 나를 보고 이상한 사람이 왔다면서 간호사를 소리쳐 부르기도 했다. 간호사는 질린 얼굴로 나가는 나를 붙잡고 다음에는 양갱을 사 오라고 했다.
 "양갱을요?"
 "네, 얼마 전부터 양갱을 정말 좋아하세요."
 "우리 엄마가요? 언제요? 언제부터요?"
 "얼마 전인데…… 정확한 날짜는 모르겠고요."
 어느 날 병실에 들어가니 노인들이 모두 양갱을 먹고 있더라고 했다. 어느 보호자가 가지고 온 것인데 아마 하나씩 나누어준 모양이었다. 그날 저녁때 엄마가 보호사를 따로 부르더라고 했다. 돈을 주면서 양갱을 좀 사달라고 말이다.

"그날 이후부터 매일요."

그리고 양갱만 있으면 모두에게 친절해진다고 덧붙였다. 엄마는 나이가 들면서 당뇨수치가 정상인데도 외할머니가 당뇨였다며 단 음식을 먹지 않았다. 자기 앞의 빵을 멀찍이 밀어놓는 엄마를 보며 나는 종종 코웃음을 쳤다. 몇 번이나 자살 시도를 한 사람이 있지도 않은 당뇨 걱정을 하다니, 라고 비아냥거리기도 했다. 그런데 지금 엄마의 뇌는 한없이 달달한 것을 원하고 있다. 정신이 망가지는 것이 죽음이라면, 그렇게 엄마의 죽음은 훌쩍 엄마 곁으로 와 있는 것일까.

하지만 모든 것을 망각한 채 몇 개의 기억에만 매몰되어 있다고 삶이 아닐까. 그리고 그 기억이 양갱이라면…… 엄마가 양갱을 원한다는 것은 무의식 속에서 나를 원하고 있다는 말일까. 그렇게 생각하니 가슴속에서 뭔가가 마구 휘몰아치는 기분이었다. 한 번도 엄마를 사랑한다고 생각해본 적이 없는데, 왜 지금 내 가슴은 처음 칭찬받은 아이처럼 뛰는 것일까. 어쩌면 양갱을 먹고 싶다고 말하는 엄마가 정말 엄마 자신이 원하던 모습일지도 몰랐다. 엄마는 얼마나 많은 시간동안 간절히 '정상적'으로 살고 싶었을까.

사람은 누구나 자신이 어떻게 변하는지 느끼지 못한다. 시간이 지난 후 돌아보면 지난 시간의 내가 생소해지기도 하는 것이다. 많은 시간이 지나고 나면 지금의 내 모습을 나는 어떻게 기억할까. 양갱 껍질을 벗기는 손이 저린 것처럼 떨렸다. 껍질이 잘 벗겨지지 않았다. 그런 나를 엄마가 빤히 쳐다보고 있었다. 침대 앞에 서 있던 나는 엄마 옆에 나란히 앉았다.

"고마워 아줌마."

입에 고인 침을 스읍 삼키며 엄마가 말했다. 양갱 하나로 충분히 희주와 희주를 기억하길. 그래서 엄마에게 그만큼 가벼운 삶만 남아 있기를 바랐다.

주차장으로 가면서 나는 눈앞에 서 있는 요양병원을 올려다보았다. 오층 창문에 기대서 있는, 머리가 푸석한 모르는 노인이 손을 흔들었다. 나는 노인에게 손을 흔들고 금방까지 보고 있던 핸드폰 사진을 다시 확인했다.

엄마가 화장실에 간 사이에 나는 소지품 가방 안에서 엄마의 지갑을 찾아냈다. 엄마 칠순 때 유미가 사준 명품 지갑이었다. 엄마는 유미가 사준 지갑을 무척 아꼈다. 지갑을 꺼내서 그 속을 유심히 들여다보는 것을 몇 번 본 적도 있었다. 나는 그 속에 무엇이 들었는지 알고 있다. 아무도 없을 때 그것을 보는 엄마를 나는 늘 상상했다. 아니, 나는 늘 짐작했다.

주민등록증을 빼자 그 뒤에서 사진이 나왔다. 뒷면에 돌사진이라고 연필로 적어놓은 사진이었다. 안티푸라민이라고 적힌 동그란 약통을 손에 쥐고 정면을 응시하고 있는 아이는 눈

섭 위에 일자로 앞머리를 자르고 귀밑을 바짝 짧게 단발로 쳐 올린 모습이었다. 무슨 소리에 놀랐는지 눈을 동그랗게 뜨고 입을 반쯤 벌린 채 자기 손보다 큰 약통을 떨어뜨리지 않으려 고 손끝에 힘을 주어 잡고 있었다. 나는 이 아이를 알았다. 미국 이모가 다녀간 후 엄마의 화장대 서랍에서 나는 처음 이 사진을 발견했다. 엄마의 지갑 속에 꼭꼭 숨어 있던 사진. 직장을 다니기 위해 집을 떠나기 전까지 나는 엄마 몰래 사진을 꺼내 보곤 했다. 하지만 한 번도 사진을 가지려고 생각한 적은 없었다. 오늘 나는 핸드폰을 꺼내 희주의 사진을 찍었다. 그리고 다시 주민등록증 뒤에 사진을 넣어두었다.

요양병원 뒤뜰에는 노거수가 있었다. 삼백 년이 되었다는 팽나무였다. 잎 하나 없이 검은 옹이가 박힌 가지가 이곳 저곳으로 뻗어 있는 나무는 화가가 마지막 힘을 짜내어 그린 처절한 그림 같았다. 뒤틀린 관절처럼 꺾인 가지들이 겨울을 지나며 절규하듯 뻗어 있는 모습을 나는 한참 동안 올려다보았다. 이쪽으로 가지를 뻗다가 다시 방향을 틀어 반대쪽으로 뻗었을 때, 그때 나무는 어떤 마음이었을까. 꺾인 채 옹이로 남았다가 포기하지 않고 다른 방향으로 잔가지들을 마구 뻗어 댈 때는 어떤 마음이었을까. 그러다가 딱딱한 나무둥치를 뚫고 싹을 피워 올렸을 때에는…… 노거수의 뒤틀린 가지 끝에 아직 바람이 찬데도 서둘러 뾰족하게 얼굴을 내민 새싹이 보였다. 내 방에 걸린 나무 그림을 볼 때와는 또 다른 감동이었다. 삼백 년 동안 쉼 없이 싹을 피워 올린 나무의 아슬아슬한 생명력에 코끝이 찡할 정도의 뭉클함이 올라왔다.

주차장에서 차를 막 빼는데 블루투스로 연결된 전화연결음이 실내에 왕왕 울렸다. 명숙 언니였다.

"어디야?"

"코로나 때문에 담주부터 요양병원 출입이 금지된다고 뉴스 떴길래 부랴부랴 다녀왔어."

"너 지난번에 수술한다고 내가 갔을 땐 이모 아주 멀쩡하시더라. 요즘은 어떠셔?"

"이젠 나를 완전히 잊은 것 같아. 엄마한테는 평화가 찾아왔을 거야."

"말이 되는 소리를 해라. 자식을 잊는 부모가 어디 있다고. 너 같으면 그러겠냐?"

문득 명숙 언니의 그 단순한 말이 폐부를 찔렀다. 언니가 쓸데없는 소리 말라는 듯 덧붙였다.

"햄 빼고 야채 듬뿍 넣어서 건강 김밥 쌌다. 오늘 기온이 많이 올랐어. 을숙도 벤치에 앉아서 먹어도 괜찮을 것 같아. 따뜻한 차도 보온병에 넣었어. 을숙도 주차장에서 만나."

을숙도는 항암 3주차가 되어 면역력이 올라오면 종종 명숙 언니와 걸었던 곳이었다. 발바닥의 염증이 심해져 걷기 힘들었던 때 말고는 나는 절룩이면서도 그 길을 걸었다. 강과 나무와 갈대와 바람이 시끄러운 마음을 고요하게 해주었다. 을숙도는 내가 아프다는 사실을 잊게 만드는 힘이 있는 것 같다고 했더니 항암 3주차가 되면 언니는 꼭 차를 몰고 우리 집으로 왔다. 날씨가 싸늘해지면서부터는 장갑에 모자에 목도리에 넥워머를 하고 파카를 입었는데도 몇 번이나 점검을 하고 나서야 언니는 나를 차에 태웠다. 언니는 내 발걸음에 맞추느라 걷는 내내 나한테 신경을 썼다. 을숙도의 북쪽, 일웅도라고 불렸던 강변길에 서면 바람이 없는 날에도 바람이 불었다. 강이 밀어 올린 공기의 움직임이 온몸으로 느껴져서 나는 그곳에 도착하면 한 올도 남기지 않고 다 빠져버린 나의 눈썹과 머리를 가리고 있는 비니를 완전히 벗었다.

  을숙도 하구둑을 지나 우회전을 하자 주차장이 보였다. 단체로 운동이라도 하는지 어디선가 한꺼번에 왁자하게 웃는 사람들의 소리가 들렸다. 주차장은 생각보다 한가했다. 빈 주차장에 고여 있는 햇살이 물결처럼 가볍게 흔들렸다. 나는 천천히 그 빛 속을 가로질러 걸어갔다. 을숙도 산책로 입구에서 노란 모자를 쓴 명숙 언니가 도시락 가방을 흔들며 활짝 웃고 있었다.

발문

몸에 새겨진 기억과 상처, 그리고 치유와 해방

강동수(소설가)

그것이 무엇이든, 다만 살[肉]이기만 하다면 무한히 껴안고 싶음이여!

그대 몸 전체가 유곽이로다!

—이성복 「그대에게 가는 먼길」에서

1

소설가 박향은 나와는 등단 동기이다. 그와 나는 1994년 신춘문예로 나란히 등단했더랬다. 같은 회사에서 근무하는 선후배 중에서도 입사 동기끼리는 특별한 친근함을 느끼고

의좋게 지내곤 하지만, 나는 그에게서 입사 동기 비슷한 우정을 느낀다. 그와는 소설이라는 한길을 걸어온 도반으로 삼십 년이 넘는 기간을 보냈다. 요즘도 어쩌다 그와 나의 등단작이 나란히 실려 있는 『1994년 신춘문예 당선소설 작품집』을 책장 한 귀퉁이에서 꺼내 펼쳐볼 때가 있는데 지나온 그 세월이 문득 아득해진다.

같은 해 등단해서, 같은 부산이란 지역을 터 삼아 작품 활동을 해왔지만 내가 그와 처음부터 친해졌던 건 아니다. 등단을 하고 나서 부산의 이런저런 작가단체에 가입해 가끔 얼굴을 마주치긴 했지만, 그 무렵 막 서른을 넘긴 그의 첫인상이 사뭇 깔끔하고 새침한 깍쟁이처럼 보여서 쉽게 말을 걸기가 어려웠던 기억이 난다. 나는 알량한 신문기자 노릇 하느라고 글판에는 얼굴을 잘 비치지 않았던 터라 어쩌다 송년회 같은 행사에 나가고도 좀 서먹서먹했던 터였다. 그런 와중에 어떤 모임에서 그가 나에게 "이번에 발표한 소설이 참 좋았어요"라고 먼저 다가와 말을 붙여주어서 의외라는 느낌과 함께 물색없이 좋아했던 기억이 있다.

좀 더 친해지게 된 것은 한 15년 전 부산소설가협회가 해마다 여는 '여름소설학교' 때였던 것 같다. 지리산에서 열린 그 행사에 아마 나로선 처음 참가했던 것 같은데 일행들이 자러 가고 난 후에도 다른 여성 작가 한 분과 셋이 어울려 새벽까지 술청에 마주 앉아 술을 찔끔거렸다. 그동안 발표한 서로의 소설에 대한 독후감, 지역에서 소설가로 살아가는 일의 고단함 따위를 주제로 두서없이 긴 이야기를 나누었는데, 그때 비로소 나는 박향이란 소설가가 기실은 매우 사려가 깊을 뿐 아니라 마음이 따뜻하고 반듯한 사람이라는 걸 알게 되었다. 문학에 대한 그의 열정까지도. 그 역시 내 첫인상이 좀 딱딱하고 차갑게 느껴져서 쉽게 말을 붙이기 어려웠노라고 뒤늦게 고백(?)해서 함께 웃었던 기억도 있다.

그와 더욱 친해지게 된 것은 함께 합평회란 형식의 정기적 모임을 갖게 되면서부터였다. 그가 동년배 작가 몇 사람과 함께 매월 합평회를 가질 생각인데 끼일 생각이 없느냐고 전화를 걸어왔던 거다. 나는 등단 이전은 물론 그때까지도 누구에게 소설이란 걸 배운 적도 없고, 초고를 읽혀본 적도 없었던 터라 그 제의가 처음엔 뜨악하게 느껴졌지만 다시 생각해보니 그것도 재미있는 경험이 될 것 같아 응낙했다.

김하기, 정인 작가와 그와 나, 이렇게 네 사람이 모여 개화기에 바이올린을 지칭한 단어인 '사현금(四絃琴)'을 모임 이름으로 정했다. 서로 다른 음역을 가진 네 줄의 현처럼 각자의 작품 세계를 개척하면서도 화음을 만들어보자는 뜻이었다. 그렇게 해서 한두 달에 한 번씩 꾸준히 모여 번갈아 서로의 작품 초고를 도마 위에 올려 난도질(?)한 지 또 십이삼 년이 흘렀다. 그동안 동인작품집도 두어 권 내고 북토크도 열었는데, 글쎄, 소설이 읽히지 않는 시대에 그 무망한 일에 평생을 걸고 있는 우리끼리라도 서로의 작품을 꼼꼼히 읽고 평가해주자는 쓸쓸한 존재 증명 욕구 때문이었는지도 모르겠다. 어쨌거나, 그렇게 소설이란 울타리 안에서 함께 늙어왔으니 그 또한 고마운 일이다.

  그와의 개인적인 인연을 늘어놓느라 좀 장황해졌지만, 그는 그동안에도 꾸준히 작품을 발표하고 책을 냈다. 특히 2013년엔 『에메랄드 궁』이란 장편소설로 거금 1억 원이란 상금을 내건 세계문학상 대상을 수상하면서 일약 주목받는 작가의 반열에 올랐고, 그 이후에도 현진건문학상 등 여러 문학상을 받기도 했던 터다. 합평회를 통해서 그가 쓴 대부분의 초고를 읽어왔으므로 누구보다 열성적인 독자임에 틀림없을 나는 작품 속에 나타난 그의 삶과 생각의 변화를 비교적 잘 추적해온 사람 중의 하나라고 감히 말할 수도 있을 터다.

2

  박향의 소설을 읽을 때마다 느끼는 것이지만 내 개인적인 생각으로는 작가 박향의 가장 큰 미덕은 삶에 대해 겸손하고 솔직한 태도를 보이는 것이다. 그는 다른 사람이 놓치기 쉬운 세상의 작은 기미를 잡아채 생각의 영역을 확장하고 덧입혀서 인간 보편의 문제로 치환하는 데 능숙하다. 겨자 씨앗에 수미산이 들어 있다는 것을 누구보다 잘 아는 작가라고나 할까. 그의 소설을 읽다 보면 우리가 살아가는 길에는 이렇게 많은 돌멩이들이 묻혀 있구나, 그 돌멩이에 걸려 자빠지고 깨어지면서, 길바닥에 주저앉아 주위를 둘러보면서, 비로소 길을 걸어가는 까닭을 되새기게 만드는구나 하는 깨달음을 얻게 된다. 그의 품성처럼 단정하고 깔끔하며 군더더기 없는 문장을 연장 삼아 그려내는 우여곡절과 부딪침과 깨어짐은 결국은 우리의 삶을 되돌아보게 하는, 어깨에 내리쳐지는 죽비와 같은 게 아닌가 싶어지는 것이다.

이번에 나온 장편소설 『희주』 역시 그의 소설적 장점이 잘 발휘된 작품이다. 이 소설의 발문을 써달라고 그가 부탁했을 때 나는 망설임 없이 응낙했다. 책이 나오기도 전에 한 작가의 원고를 두 번이나 읽는 행운이 그리 쉽겠나. 완성본을 읽으면서 지난해 읽은 초고에서 많은 부분이 고쳐지고 다듬어졌음을 확인하고는 그의 작가적 성실성에 다시 감탄했다. 그리고 넘어짐과 좌절 속에서 삶의 의미를 깊이 있게 성찰하는 그의 시선이 나이와 함께 더욱 웅숭깊어졌음을 다시 깨달았다.

『희주』는 '몸'에 대한 이야기 혹은 세 명의 '희주'에 대한 이야기이다. 작가 자신의 투병 체험을 바탕으로 쓴 것으로 여겨지는 이 소설은 1인칭 화자 '희주'의 입을 빌려 '유방암' 진단을 받은 한 중년 여성의 투병기가 사실적이고 면밀하게 묘

사된다. 질병을 진단받는 순간, 그리고 항암과 방사선 치료를 반복적으로 받는 과정에서 겪는 신체적 고통과 그 고통이 불러일으키는, 부대끼고 무너져가는 내면 풍경 역시 섬세한 필치로 그려진다. 일종의 '질병에 대한 문학적 심리 보고서'라고나 할까. 이 소설의 프롤로그는 이런 진술로부터 시작된다.

일상은 나를 간단하게 배반했다. 삶의 질은 떨어졌다. 자주 화장실에 드나들어야 하고, 오래 앉아 있어야 소변이 겨우 나왔다. 빈속이나 밥을 먹은 후나 상관없이 오심을 느끼고, 설사와 변비가 번갈아 왔으며, 음식의 맛을 제대로 느끼지 못했다. 손톱과 발톱이 시커멓게 변하고 급기야 덜렁거리는 것도 생겼다. 그러니까 온통 발진 같은 꽃들이 앞다투어 피어나 기름 속에 떨어뜨린 물처럼 튀어 오르고 야단법석을 떨었다. 꽃이 핀 몸이 말을 하기 시작했다. 여기가 아프다고, 걷지 못하겠다고, 밥을 못 먹겠다고.(8쪽)

화자는 한때 건강했던 몸에 이상을 느끼고 병원에서 검사를 받는데, '유방암 2기'라는 진단이 떨어지자마자 그 이전과 이후의 세상이 삽시간에 달라진다. 요컨대, 작가의 인용문대로 "몸에서 일어나는 문제는 인생 전체에 스며들었다"(아서 프랭크, 『몸의 증언』)는 것이다. 다르게 말하자면, 스스로 몸의 주인이라고 생각했는데 느닷없이 몸의 노예가 되어버린 거다. 몸은 정신을 담는 그릇이기도 하지만 정신을 가두는 감옥이기도 한 것이다.

진단 후에 수술을 받고 고통스럽기 짝이 없는 항암과 방사선 치료를 받는 과정을 작가는 매우 사실적으로 꼼꼼하게 그려내고 있다. 마취약이 몸속에 들어갈 때의 선뜩한 느낌에서부터 몇 개씩 주렁주렁 달린 갖가지 종류의 수액들. 수술 후 통증, 얼굴이 퉁퉁 부으며 끊임없이 시달리는 구토와 음식에 대한 혐오증, '온몸에 젖은 이불을 둘러씌운 듯한' 나른함과 무력감, 두통과 불면…… 그뿐도 아니다. 머리카락과 눈썹을 비롯해 온몸의 털이란 털이 죄다 빠져 나가는가 하면 마침내는 발톱마저 덜렁거리며 떨어져 나간다.

'암'은 사전적으로는 '악성 세포가 사멸 주기를 무시하고 비정상적으로 증식하여 인체의 기능을 망가뜨리는 질병'을 말한다. 한자 '암(癌)'을 뜯어보면 병들어 침상에 누운 형상의 병질부 '疒'에 바위 '암(岩)'의 이자인 '嵒'이 결합한 글자이다. 몸속에 바위 같은 무겁고 딱딱한 덩어리가 들어앉는 바람에 침상에 드러눕는 병이라는 뜻이겠다. 이건 오로지 내 개인적인 생각이지만, '嵒'자는 또 품성이나 품격을 뜻하는 '품(品)'과 '산(山)'으로 구성돼 있지 않나. 그러니 이 병은 산처럼 쌓아 올린 인간의 품격을 삽시간에 무너뜨리는 괴물이지 않나 싶기도 한 거다.

중병에 걸리면 삽시간에 삶이 달라진다. 모든 사회 활동과

교우관계가 끊기면서 오로지 치료라는 하나의 코뚜레에 꿰여 끌려가는 소의 신세가 된다. 항암 치료를 받는 환자는 다음 차수의 고통을 떠올리는 것만으로도 심리적 압박과 불안에 시달리게 된다. 나아가 한때 아름다웠던 몸이 시들어가는 것을 지켜보면서 극심한 자존감 박탈에 빠지는 것이다. 그리고 그림자처럼 따라붙는 죽음에 대한 공포……

작가는 화자의 입을 빌려 제 몸에 일어나는 이 모든 증상을, 독자들이 몸서리를 치도록 치밀한 관찰자적 시선으로 재현해낸다.

환자가 부닥치는 것은 육체적 고통뿐만은 아니다. 타인과의 단절에서 오는 소외감이 깊은 늪처럼 그를 둘러싼다. '하필이면 내게 왜 이런 불운이?'라는 부정의 심리가 건강하고 활발한 삶을 사는 것처럼 보이는 타인에 대한 질시로까지 이어지는 것인데, 스스로 옹졸한 줄 알면서도 통제할 수 없는 그런 심리 상태는 어쩌면 당연한 것이지만 그것이 또 환자를 자기혐오에 빠트리는 기제가 되기도 할 것이다.

전화가 오는 것도 받기 싫었다. 누군가가 위로하는 것도 듣기 싫었다. 어쩔 수 없이 나가야 하는 모임 같은 것들이 생각보다 많았다. 카톡으로 간단하게 병을 알리고 더 이상 모임에 나가지 않겠다고 했다. 수술하기 전에 힘을 내야 한다며 음식을 싸 들고 온 명숙 언니의 방문조차도 싫었다. 사람이 이렇게 고약해질 수 있

나. 원래 이런 사람이었는데, 지금 숨겨둔 내 본성이 나오는 건가, 라고 자책도 했지만 할 수 없었다. 울지 않으려면 그 수밖에 없었던 것이다. 누군가를 만나면 눈물이 쏟아질 것 같았고, 그런 꼴을 보이는 나 자신을 도저히 용납할 수 있을 것 같지 않았다.(55쪽)

작중 화자를 괴롭히는 것은 그것만이 아니다. 치료에 전념해야 하는 자신에게 쏟아지는 주변 사람의 심리까지 챙겨야 하는 상황도 괴롭다. 딸은 왜 자기에게 먼저 발병을 알리지 않았느냐고 지청구를 부리고, 6인실의 동료 환자들은 도무지 같은 환우에 대한 일말의 배려도 없어서 밤잠을 설치게 만든다. 심지어 떨리는 다리로 나선 산책길에서조차 개에게 물릴 뻔해 항의하다가 개 주인에게 몹쓸 욕설을 듣는 등 온갖 봉변을 당하지 않는가. 요컨대 병으로 '일상은 간단하게 배반당하고 삶의 질이 형편없이 떨어져버린 것'이다.

화자는 오랜 기간 지긋지긋하고 지난한 투병을 거쳐서 서서히 질병에서 해방되고(아니, 집행유예 선고를 받고) 서서히 일상으로 되돌아온다. 그때 돌아온 일상은 이제는 발병 전의 일상과는 다르다. 길 위의 돌멩이에 채여 넘어져 소리 내 울던 아이가 제힘으로 다시 일어서 무릎에 묻은 흙을 툭툭 털고 다시 뛰기 시작하면 한 뼘 더 성장해 있듯이 그에게 주어진 새로운 일상은 더욱 웅숭깊고 소중한 그 무엇이 아니겠는가.

하지만 나는 알고 있었다. 치료를 하는 동안 끊임없이 왜 나인 가? 라는 질문을 했지만, 그 질문은 삶 속에 있을 때만 가능하다 는 것을 말이다. 치료와 투병의 시간들을 겪으면서 나는 수시로 죽음을 생각했다. 하지만 질병은 결국 살기 위한 투쟁이었다. 나 를 죽음의 공포 속으로 몰아넣었던 지난 일 년도 삶의 시간이었 다는 사실을 나는 부인할 수 없었다.(265쪽)

그렇다. 멈춰 선 일상의 시계 앞에서 화자가 되돌아보는 것 은 결국 자기 자신이고 자신이 살아온 삶의 궤적이다. 이른바 암 환자의 심리 5단계라는 '부정, 분노, 타협, 우울, 수용'의 과정을 거쳐오면서 내면의 심연을 들여다보지 않을 수 없었 을 것이겠다. 살기 위한 투쟁을 하면서 죽음을 생각했고, 그 시간 역시 삶의 시간이었다는 화자의 진술을 읽으면서 나는 역설적으로 '무상게(無常偈)'의 한 구절을 떠올렸다.

영가시여! 세월이 흐르면 광대한 우주도 무너지고 수미산과 큰 바다도 흔적 없이 멸하는데 어찌하여 이 약한 몸에 생로병사와 근심 걱정 고뇌 없기를 바라리오. 머리카락, 손톱, 이빨, 살, 골수 따위 때 같은 육신은 다 흙으로 돌아가고, 침과 눈물, 고름, 피, 진액, 거품, 가래, 정기와 똥오줌은 물로 돌아가며 더운 기운은 불로 돌아가고, 움직임은 바람으로 변하여 사대가 각각 흩어져

제자리로 돌아가는 법이니 오늘 그대의 몸뚱이는 어디에도 없노라. 부처의 계에 귀의하고 달마의 계에 귀의하고 승가에 귀의하여 열반을 이루시라. 과거 세상 보승여래 부처님께 귀의하여 열반을 이루시라.

세상과 단절된 채 투병하는 시간 역시 삶을 구성하는 시간임에는 틀림이 없다. 지나간 세월에 대한 반성의 시간이자 삶의 의미를 따져보는 성찰의 시간이며, 다가올 미래를 가늠하는 예지의 시간이기도 하다. 아니, 언젠가는 닥쳐올 죽음을 예비하는 묵시(黙示)의 시간이기도 할 것이다. 그래서 소설 속의 화자는 죽음에 준하는 중병과의 전장에서 생환한 전사이다. 결락(缺落)이 있기에 원융(圓融)의 바퀴가 완성되지 않던가. 조개의 속살에 상처를 입혀야 진주가 응결되는 법이다. 그래서 삶은 오묘한 것이 아닐까.

3

투병기가 소설의 겉껍질이라면, 이 소설의 비의는 더 깊은 곳에 있다. 기억의 지층에 파묻힌 상처를 추적하는 시간 여행이 이 소설의 속살이다. 호미로 땅을 조금씩 긁어내고 솔로 흙가루를 털어내는 집요한 작업 끝에 묻혀 있던 고대의 토기를 발굴하는 고고학자처럼 작가는 조금씩 조금씩 상처의 단서를 지상으로 끌어올린다.

입원한 화자는 어느 밤 환청 같은 목소리를 듣는다. 두 살짜리 여자아이의 목소리인데, 그 목소리의 주인은 화자와 같은 이름의 '희주'이다. 그 아이는 화자가 기억의 심층에 파묻어버린 어린 시절의 상처를 환기시키고 헤집는다.

―희주야.

휴게실에서 병실로 들어간 지 얼마 안 되어 잠깐 선잠을 잔 것 같았다. 하지만 분명 꿈은 아니었으니 환청이 분명했다. 사람이 몸이 아프다고 정신마저 이상해지면 어쩌자는 것인가. 나도 모르게 헛웃음이 나왔다. 그러니 이게 무엇인지 확인해야 했다. 헛소리를 들을 만큼 나약해진 것인지, 아니면 정말 누군가가 있는 것인지 말이다.

―누구세요?

―너 내 말이 들리는구나. 내가 보이기도 하는 거야?

병실 안은 어두웠다. 복도에서 새어 나온 빛이 희미하게 병실 안에 스며들 뿐이었다.

―보이지는 않아요. 그런데 누구지?

―나? 나는 너지.

드디어 정신마저 허약해져서 헛소리를 듣는 지경까지 이른 것이다.

―무슨 소리야? 귀신이야? 날 데리고 가려고? 이제 겨우 1차 항암 하는데?
　―나는 희주야. 너랑 같은 이름을 쓰고 너랑 같은 몸을 가지고 있어.
　나는 벌떡 몸을 일으켰다.(96~97쪽)

　이 대목이 화자 '희주'와 환청 속의 '희주'와의 첫 만남이다. 두 살짜리 희주는 화자 희주가 태어나기도 전에 죽은 친언니이다. '희주'와 '희주'의 만남 속에서 '출생의 비밀'이 하나씩 드러난다. 그러니까, 화자가 태어나기 전, 월남전에 다녀온 상처 때문에 의처증을 가지게 된 아버지와의 불화로 엄마가 잠깐 가출한 틈에 화자의 언니인 두 살짜리 '희주'가 아픈 채로 방치됐다가 죽었다는 비극적 사실이 그것이다. 딸을 죽게 했다는 자책감에 빠진 엄마는 병적인 우울감에 빠졌고 새로 태어난 화자 '희주'에게 철저히 죽은 딸의 대역을 맡긴다.
　죽은 첫딸의 사망신고도 하지 않은 채 뒤이어 태어난 딸에게 같은 이름을 지어주고는 두 살 어린 나이에 학교에 입학시킨다. 영문도 모른 채 죽은 언니의 꺼풀을 쓰고 두 살 위인 동급생들로부터 지진아 취급을 받던 화자는 중학교 2학년 때 우연히 그 사실을 알고 부모에 대한 배신감으로 깊이 방황하면서 엄마와 치유 불능의 관계 단절에 이르게 된다. 그 기억 속에서 초등학교 운동회 때 김밥을 싸서 학교로 찾아오기로 했던 엄마가 하필이면 그날 팔을 그어 자살 시도를 했다거나, 엄마를 기다리며 혼자 굶던 아이에게 선생님이 양갱을 주었다든가 하는 장면이 오버랩 된다.

성장하면서 화자는 엄마를 떠나려고 하지만 엄마의 질긴 끈은 지금까지도 그녀를 놓아주지 않았고, 치매에 걸려 요양병원에 입원한 엄마는 암투병 중인 딸에게 수시로 전화를 걸어 괴롭힌다. 엄마의 정지된 두뇌엔 오로지 죽은 첫딸 희주만이 남아 있는데, 화자는 화석이 되어버린 엄마의 그런 무지와 몽매에 진저리 치면서도 차마 내치지 못한다. 그런 와중에 환청처럼 언니 '희주'가 찾아온 것이다.

화자 '희주'와 두 살짜리 동자 혼 '희주'는 쌍생아다. 프로이트식으로 말하자면 일종의 '이드(id)'라고나 할까, 죽은 언니는 화자의 심층 자아인 셈이다. 오래된 우물 난간에 머리를 디밀어 속을 들여다보면 이끼 낀 돌벽 아래로 검은 지하수가 괴어 있듯 마음의 심연 속에 두 살짜리 희주가 앉아 있다. 검은 샘물에 '아!' 하고 소리치면 그 물이 '아!' 하고 되받아 메아리치듯 그 심연에서 두 살짜리 희주의 목소리가 울려 나온다.

화자는 봉인된 유년의 우물 뚜껑을 열고 언니의 목소리를 두레박줄 삼아 과거의 기억을 길어 올린다. 마음의 심층에 잠재되어 있으나 애써 열어보기를 거부했던 그 기억은 생경하고 아프다. 그러나 치유하기 위해선 우선 상처와 대면해야 하는 법이 아닌가. 붕대를 풀어 상처를 대기에 드러내놓는 행위

자체가 치유의 시작이기도 한 것이다.

　―나는 한참을 울었어. 아무도 오지 않았지. 내 기억은 그게 끝이야. 작은 방을 가득 채운 내 울음소리. 그 소리가 너무 생소해서 그럴 때마다 더 큰 소리로 울어야 했어.
　―엄마랑 아버지는 어디에 있었던 거야?
　―그건 나도 몰라. 전날 밤부터 내 몸에 열이 있다는 것을 알았어. 열과 기침 때문에 힘든 밤을 보내고 난 후였어. 그래도 처음엔, 처음엔 울지 않으려고 애를 썼어. 나는 겨우겨우 참았어. 억지로 참으려 하니까 가슴이 두근거리고 몸이 부들부들 떨렸어.
　―왜 참았는데?
　―엄마 기분이 좋지 않으니까 나까지 힘들게 하고 싶지 않았어.
　―엄마를 위해서 울지 않아야 한다고 생각했다? 그때 그런 걸 알았다고?
　―몸으로 느껴. 엄마니까, 나는 엄마에게서 분리된 지 얼마 안 되었으니까. 엄마의 감정, 기쁨, 슬픔까지 모든 걸 몸으로 느껴.
　―난 하나도 모르겠는데. 기억 안 나.
　―나이가 들면서 기억을 하지 못할 뿐이야. 나이가 들면서 기억할 게 점점 많아지니까. 하지만 난 그거만 기억해. 기억할 게 그것뿐이니까.(115~116쪽)

언니와의 이런 대화, 아니 화자 자신의 심층 자아와의 이런 대화 속에서 화자는 서서히 엄마를 용서할 마음의 준비를 하게 되는 것 아닐까. 상처를 치유하는 근본 해법은 궁극적으로 상처를 입힌 사람에게서 해방되는 것일 테니까. 소설의 결말에서 화자는 어린 시절 엄마가 자신을 데려가서 꼭 안아주고 따뜻한 만두를 사 먹이던 강가를 찾아간다. 그리고 엄마가 좋아하게 됐다는, 그리고 사랑에 허기졌던 자신에게 선생님이 건네주었던 양갱을 사 들고 엄마의 요양병원을 찾아간다.

소설 속에는 또 다른 '희주'도 나온다. 화자의 딸인 유미. 공무원이었던 화자가 딸을 엄마에게 맡겨 기르게 했는데, 엄마는 냉담했던 딸에게와는 달리 외손녀에게 병적인 집착을 보인다. 엄마의 닫힌 두뇌 속에선 외손녀가 첫딸 '희주'였던 거다. 유미는 엄마를 건너뛰어 할머니와 애착 관계를 형성하는 듯 보였지만, 자신을 늘 '희주'로 부르고 죽은 딸의 그림자를 끊임없이 손녀에게서 찾는 할머니에게서 역시 상처를 입었음을 고백한다. 다르게 보면 이 소설은 '희주'라는 이름을 고리 삼은 모녀 삼대의 가족 서사이기도 하다. 어쨌거나, 미술을 전공한 유미는 '희주야!'라는 이름의 행위미술전을 열어 할머니에게서 입은 유년기의 상처를 드러내고 스스로 치유에 나선다. 그것은 상처 입은 엄마를 위로하고 치유하는 기제이기도 하다. 살아 있는 이를 위한 씻김굿이라고 해도 좋을 것이다. 화자는 언니 '희주'와 딸 '희주'의 도움으로 서서히 유년의 상처를 치유할 힘을 얻는다.

이 소설에는 모녀 삼대의 이야기 말고도 또 다른 상처와 용서와 치유의 이야기도 나온다. 화자는 입퇴원 과정에서 바람을 피워 이혼한 남편 형석의 도움을 받을 수밖에 없는 처지가 되는데, 그 처지에 난감해하면서도 타인의 잘못에 대해 단호했던 자신의 지난 시간이 과연 그렇게 이성적이기만 했는가 하는 성찰도 하게 된다.

 그리고 또 다른 옆 줄기 이야기도 있는데, 선영이라는 친구의 삶이 그것이다. 직장 생활 초년 어느 시골에서 다른 한 친구와 함께 셋이 절친했던 친구가 27년 만에 연락을 취해 온 것. 선영의 남편은 그녀들이 도시로 전근한 후 느닷없이 스스로 목숨을 끊었는데, 선영은 그때의 친구 둘 중 한 사람을 짝사랑했던 남편이 절망 끝에 죽은 게 아닌가 하는 의혹을 품고 오랜 세월 지옥과 같은 분노와 질시로 살아왔다고 고백함으로써 화자를 놀라고 당혹하게 한다. 그 친구는 황반변성으로 시각을 잃을 처지에 놓이자 오랜 꿈이었던 산티아고 순례길을 떠나는데, 흐린 눈으로 기나긴 길을 걸어가며 마음속에 새긴 사랑과 용서와 화해의 메시지를 블로그에 올린다. 화자는 그 글을 읽으며 또 다른 위로를 얻는다.

 이 소설은 화자 자신과 엄마의 대립과 갈등, 딸과의 간극, 남편과의 이혼, 친구의 질시 등등 여러 가지 상처를 솜씨 있게 교직하면서 우리 누구나 마주칠 수 있는 남루하고도 아픈 삶의 대목을 풀어놓는다. 그리고 단추를 꿰듯 하나씩 하나씩 정면에서 응시하고, 성찰하며 화해와 용서의 방법을 찾아 나선다. 그리고 끝내는 치유와 해방의 길로 독자를 이끌고 있다. 그렇게 보면 이 소설은 상처와 치유, 굴레와 해방에 관한 이야기라고 할 수 있겠다.

4

작가 박향의 이 소설을 읽으면서 나는 세상을 바라보는 그의 시선이 더욱 깊어지고 넓어졌음을 알게 되었다. 삶에 대한 섬세하면서도 치열한 응시와 성찰, 그리고 넉넉해진 마음의 터도 엿보게 되었다. 그의 이런 웅숭깊음은 육십대 고개를 넘으면서 얻게 된 연륜의 힘이기도 하겠지만, 무엇보다 죽음보다 깊은 투병의 결과일 것이다. 사오 년 전 나는 그가 투병하고 있는 줄은 알았지만 그 과정이 이토록 지난하고 힘든 것이었을 줄은 짐작하지 못한 터라 이 소설을 읽는 내내 미안하고 민망했다.

가장 힘든 개인적 경험을 온축해서 이렇게 깊이 있는 소설을 써낸 그가 존경스럽다. 지난 삼십 년간 좋은 소설을 많이 써왔지만, 박향 문학의 본격적인 개화는 지금부터가 아닐까 싶기도 하다. 부디, 건강을 잘 챙겨 함께 꼬부랑 할아버지, 할머니가 되어서도 부지런히 만나서 서로의 소설을 두고 옥신 각신도 하면서 따뜻한 밥 한 끼를 나누는 오랜 도반이 될 수 있기를 나는 간절히 바란다.

작가의 말

작은 노트가 나에게 물었다

  작은 노트가 있었다. 기록이라도 남기지 않으면 그 가혹한 시간들이 아무 의미 없이 버려질 것 같아 시작한 일이었다. 어떨 때는 또박또박, 또 어떨 때는 알아볼 수 없을 정도로 비틀비틀 글을 썼는데, 한 권이 다 채워지자 노트는 쇳덩이처럼 무거워져서 나를 괴롭혔다. 이것을 어쩔 셈이냐고 노트가 나에게 물었다.

  소설로 쓰기 시작하자 노트는 소설에 하나도 도움이 되지 않았다. 노트는 버려야 할 것들로 가득 차 있었다. 반복된 치료와 고통, 뒤따르는 과잉감정과 동어의 반복 또 반복. 그것이 그동안의 나였다. 그것을 안 순간 목적지도 모르고 올라탄 버스에 앉아 있는 것처럼 당황스러웠다. 나는 노트를 버려야만 소설을 쓸 수 있다는 것을 깨달았다. 작은 노트가 다시 나에게 물었다.
  이제 어쩔 셈이냐고.

질병은 내 삶이 어디로 가고 있는지 전혀 알 수 없게 했다. 그 알 수 없는 미로 속의 이야기를 쓰는 일은 쉽지 않았다. 매 순간 이것을 소설로 쓰는 것이 정말 맞는 일일까라는 질문에 부딪혔다. 심지어 출판사로부터 교정지를 받기 전까지도 나는 망설였던 것 같다.

망설이는 내 등을 밀어준 사람들이 있었기에 『희주』가 세상의 빛을 볼 수 있었다. 함께 작품을 읽어준 문우들, 그들의 날카로운 조언이 비틀거리는 내 소설을 좀 더 소설답게 만들어주었다.

지치지 않고 나를 봐낸 사람들, 따뜻한 나의 명숙 언니들, 조금만 더 힘을 내라고 응원해준 사랑하는 가족들, 감사하다.

이십여 년 전, 우연히 방문한 인사동의 전시장에서 죽은 이를 떠나보내는 행위예술을 본 적이 있었다. 그때의 어느 한 장면이 내 마음 깊이 들어와 이 소설에 옮겨졌음을 밝힌다.

산티아고 순례기를 선뜻 내준 필, 소설을 읽고 꼼꼼히 감수해주신 백병원 변경도 교수님께 온 마음을 다해 감사의 인사를 전한다.

2025년 6월
박향

희주

ⓒ 박향

1판 1쇄 발행 | 2025년 6월 27일

지은이 | 박향
펴낸이 | 정홍수
편집 | 김현숙 이명주
펴낸곳 | (주)도서출판 강
출판등록 | 2000년 8월 9일(제2000-185호)

주소 | 서울시 마포구 동교로17안길 21 (우 04002)
전화 | 02-325-9566
팩시밀리 | 02-325-8486
전자우편 | gangpub@hanmail.net

값 15,000원
ISBN 978-89-8218-368-3   03810

* 이 책의 판권은 지은이와 도서출판 강에 있습니다.
  이 책 내용의 전부 또는 일부를 재사용하려면 반드시 양측의 서면 동의를 받아야 합니다.
* 잘못 만들어진 책은 구입처에서 교환해드립니다.